U0548275

ABI DARÉ
-
A NOVEL

大声说话的女孩

[尼日利亚]阿比·达蕾 著

颜杨 译

The Girl With The Louding Voice

北京联合出版公司
Beijing United Publishing Co.,Ltd.

图书在版编目（CIP）数据

大声说话的女孩 /(尼日利亚) 阿比·达蕾著；颜杨译. -- 北京：北京联合出版公司, 2022.9
ISBN 978-7-5596-6380-1

Ⅰ.①大… Ⅱ.①阿… ②颜… Ⅲ.①长篇小说—尼日利亚—现代 Ⅳ.①I437.45

中国版本图书馆 CIP 数据核字（2022）第 127018 号

北京市版权局著作权合同登记 图字:01-2022-4028

Copyright © 2020 by Abi Daré

大声说话的女孩

作　　者：[尼日利亚] 阿比·达蕾
译　　者：颜　杨
出 品 人：赵红仕
特约监制：孙淑慧
策划编辑：谢紫菱
责任编辑：夏应鹏
营销编辑：周久琦
出版统筹：慕云五　马海宽

北京联合出版公司出版
（北京市西城区德外大街 83 号楼 9 层　100088）
北京联合天畅文化传播公司发行
文畅阁印刷有限公司印刷　新华书店经销
字数 256 千字　880 毫米 ×1230 毫米　1/32　印张 12
2022 年 9 月第 1 版　2022 年 9 月第 1 次印刷
ISBN 978-7-5596-6380-1
定价：59.00 元

版权所有，侵权必究
未经许可，不得以任何方式复制或抄袭本书部分或全部内容
本书若有质量问题，请与本公司图书销售中心联系调换。电话：(010) 64258472-800

献给我的母亲，泰茹·索莫琳教授，

您美丽而富于智慧，

2019 年成为尼日利亚首位税务专业女教授；

是您让我明白教育的重要性，

您以无尽的牺牲，为我换来最好的成长。

尼日利亚地处非洲西部，人口接近 1.8 亿，是世界上人口第七大国家，这意味着每 7 个非洲人中就有 1 个是尼日利亚人。尼日利亚是世界第六大原油出口国，也是非洲最富有的国家，国内生产总值高达 5685 亿美元。可悲的是，仍有超过 1 亿尼日利亚人生活于贫困之中，每日平均支出不足 1 美元。

——《尼日利亚的事实：从过去到现在》
第五版，2014 年

目 录

妈妈去世之后
001

卡蒂嘉：用身体战斗
035

大夫人：孤独的暴君
129

蒂亚：隐秘的烦恼
199

阿杜尼：奔向光明
321

致 谢
371

妈妈去世之后

1

今天一早,爸爸把我叫进客厅。

他坐在那张光秃秃的、连垫子也没有的沙发上注视着我。爸爸总拿这种眼神看我,好像无缘无故要拿鞭子抽我一顿,好像我的嘴里塞满污秽,只要开口说话,就会污染四周的空气。

"爸爸?"我朝他跪下,双手放在背后,"您叫我?"

"靠过来些。"爸爸说。

透过他的眼神,我知道坏消息在等待着我。他的眼睛像烈日炙烤了很久的褐色石头,黯淡而麻木。三年前,当他勒令我退学的时候也是同样的眼神。那时候我是班上年纪最大的学生,大伙喜欢叫我"阿姨"。告诉你吧,妈妈的去世和我的辍学是我人生中经历的最糟糕的两件事。

爸爸叫我靠近些,但我没有动。家里小得可怜,夸张地说整个客厅和一辆马自达轿车差不多,难不成他想让我直接跪进他嘴里?于是我待在原地,等他继续往下说。

他从喉咙里挤出一些声音,身体仍靠在那张光秃秃的沙发上。我亲爱的弟弟卡尤斯小时候像遭受诅咒似的四处乱尿,结果把沙发垫也弄脏了,后来妈妈干脆把靠垫拿去给他当枕头。

除了沙发,客厅里的电视机也是坏的。两年前,我的哥哥"老大"在邻村收拾垃圾箱的时候从一堆废物里把它搬回了家。电视机的外表完好无损,搁在客厅里倒是很时髦,像一位英俊的王子,头上还戴着顶"王冠"——我们在上面摆了个小花瓶。每当家里来客人时,爸爸总是装模作样地对我说:"阿杜尼,打开电视给巴达先生看看晚间新闻。"这时我会说:"爸爸,遥控器找不着了。"于是爸爸摇着头对巴达先生说:"没用的小鬼,又把遥控器弄丢了。算了,咱们去屋外喝两杯,别管尼日利亚那些糟心的事儿了。"

要是巴达先生看不出爸爸那套骗人的把戏,他可真太傻了。

除了这些,我们家还有台立式风扇,三片扇叶缺了俩,刮起风来反而让客厅变得更热。晚间时分,爸爸喜欢跷着二郎腿坐在风扇前,一边吹风一边喝酒。自从妈妈去世后,酒精就成了他的伴侣。

"阿杜尼,你妈妈不在了。"过了一会儿,爸爸说话了。我闻到空气中飘来的酒精味,就算他今天还没喝,皮肤毛孔和汗液里仍然散发着酒气。

"爸爸,我知道。"为什么他要提那些我已经知道的事呢?妈妈去世以后,我的痛苦一天都没有减少过。我永远无法忘记妈妈在我怀里不停地咳血,整整三个月,我手上每天都沾满又浓又黏的鲜血泡泡。现在闭上眼睛睡觉的时候,我眼前还会出现那些血,有时甚至能闻到那股咸腥味。

"我知道妈妈去世了。"我又说了一遍,"还有其他的坏消息吧?"

爸爸叹了口气,说:"我们要被赶走了。"

"赶到哪里去?"有时候我很担心爸爸。妈妈去世以后,他经常说一些有的没的,有时候还会偷偷地自言自语或者哭。

"要不我先给您打水洗漱吧?或者来些早餐?早餐是甜花生配新鲜面包。"

"房子的租金是三万奈拉[1],"爸爸说,"如果付不起这笔钱,我们就必须另找地方住了。"三万奈拉是一笔巨款,我知道爸爸就算翻遍整个尼日利亚也凑不到这笔钱,就连我七千奈拉的学费他都拿不出来。以前全靠妈妈一人赚钱支撑我的学费、全家房租、伙食费和日常开销。

"我们上哪儿找那么多钱呢?"

"莫鲁弗。"爸爸说,"你认识他吧?昨天他来家里找我。"

"那个出租车司机?"莫鲁弗是我们村开出租车的老头儿,长着一张山羊脸,家里有两个老婆四个孩子。他家的小孩从不上学,整天穿着脏兮兮的裤子在小溪边疯跑,拿绳子拖着几个磨得破破烂烂的糖纸盒追来追去,或者拍着手玩"跳房子"的游戏。可是莫鲁弗来我们家做什么?

"是他。"爸爸不自然地笑了笑,"莫鲁弗是个好人,他昨天

---

[1] 1奈拉=0.01533人民币。

说要帮我们付那三万奈拉租金的时候,我还吃了一惊呢。"

"帮我们付租金?"我意识到事情不对劲,没人会无缘无故帮我们交房租,除非另有所图。莫鲁弗想要什么?难道他欠了爸爸钱?我的心里闪过一个可怕的念头,但我不愿继续往下想,忐忑地问:"爸爸,怎么回事?"

爸爸咽了口唾沫,又擦了擦额头的汗。"这笔钱……是你的聘礼。"

"聘礼?结婚用的聘礼?"我的心碎了,我才十四岁,我不要嫁给那个糟老头!我梦想着读书当老师,长成一个体面的大人,将来挣钱买车,买房子,买舒舒服服的沙发,帮爸爸和两个兄弟过上好日子,我不要结婚!于是我放慢语速,犹疑地问:"爸爸,这是给我的聘礼?"

爸爸缓缓点头,仿佛没有看到我脸上的泪水:"就是给你的聘礼,阿杜尼,你下周就嫁给莫鲁弗。"

2

太阳西沉的时候,我坐在拉菲草席上,身体靠在墙边,一脚把卡尤斯的腿从我身边踢开。

从早上到现在,一大堆问题折磨着我,想来想去也没答案。嫁给一个家里有两个老婆四个小孩的老头儿,对我意味着什么?为什么莫鲁弗有了两个老婆还要再娶?还有爸爸,为什么他能狠心把我卖给一个老头儿?难道他忘了在妈妈死前许下的承诺吗?

我揉揉发疼的胸口,叹口气起身走到窗前。窗外,一轮红月低垂在夜空,像颗愤怒的眼球,上帝把它从脸上挖出来扔进了我们院里。

今晚有许多萤火虫,它们发出绿色、蓝色和黄色的光,在黑暗中舞蹈着、闪烁着。很久以前妈妈告诉我,萤火虫总是在夜晚为人们带来好消息。"萤火虫是天使的眼睛,"她说,"看栖息在树叶上的那只,阿杜尼,它会给我们带来关于钱的好消息。"我不明白它的出现意味着什么，但我知道后来它并没有给我们带来钱。

妈妈走了，我内心深处的一盏灯也熄灭了。一连几个月我把自己关在黑暗中，直到某一天卡尤斯在房间里找到了哭泣的我。他睁着圆圆的大眼睛，可怜地恳求我不要再哭了，因为我一哭，他的心也会跟着一起疼。

也是从那天起，我把悲伤彻底锁进心底，为的是坚强起来好好照顾卡尤斯和爸爸。只是某些时候，比如今天，悲伤会像怪物一样再次从我心底爬上来，把它的舌头伸到我脸上。

有时候我闭上眼睛，会看到妈妈化身成了一朵玫瑰：它有着黄色、红色和紫色的花瓣，叶片闪着光。只要我深深呼吸就能闻到妈妈熟悉的味道，那是以前在阿甘瀑布洗完澡，她头发上散发出来的玫瑰混合着薄荷的香气。

妈妈有一头秀丽的长发，她会用线绳将它们编成辫子，然后像粗绳一样绕在头顶，看着像是两三只小轮胎盘在头上。有时候她会拆散辫子，让长发铺满整个背，这样我就能用木刷为她梳头了。有时候，她会从我手中拿过刷子，让我坐到屋外水井旁的长凳上，给我的头发抹上许多椰子油，然后梳头。于是我走在村子里的时候，身上总带着一股香喷喷的油炸食物味。

妈妈不老，去世时不过四十来岁。每当我想起她平静的笑容和温柔的声音，想起她柔软的手臂，想起她那双会说话的眼睛时，心总是莫名感到一阵剧痛。

感谢上帝，并没有让妈妈痛苦很久——只有六个半月的咳，咳，咳，直到咳喘将她整个身体掏空，把她的肩削得像客厅门把手那样细瘦。

　　病魔没有找上她之前,妈妈总是很忙,为村里的每个人忙这忙那。她每天要炸上百个泡芙[1]拿到伊卡迪市集上去卖,有时她会从热油里挑出五十个炸得最好的,派我拿去送给隔壁阿甘村的伊娅老太太。

　　我不知道妈妈和伊娅是怎么认识的,也不知道伊娅真正的名字,因为在约鲁巴语言中,"伊娅"仅仅是老太太的意思。妈妈总是让我给伊娅还有邻村所有生病的老太太送食物:热乎乎的阿玛拉[2]和秋葵汤,配上小龙虾或豆子,还有又软又香的油炸大蕉。

　　后来妈妈病到连路都不能走太远。一次我到伊娅家送完泡芙回来,晚上问妈妈自己都病成这样了,为什么还要继续做食物给其他人,妈妈告诉我:"阿杜尼,你必须帮助他人,就算得病,就算世界变得很糟糕,你也不能停止行善。"

　　是妈妈教会我如何向上帝祷告,教会我如何用线绳编织头发,教会我如何不用肥皂就能把衣服洗得干干净净,在我第一次来月经的时候也是妈妈教我如何更换衬裤。

　　此刻我的喉咙一阵发紧,脑海中响起妈妈临走前说的那番话。她微弱无力地请求爸爸,在她死掉以后不要把我嫁给任何人。我听到爸爸的声音,明明怕得发抖,却努力让自己振作起来:"别胡说八道,没有人会死,阿杜尼也不会嫁给任何人,听到了吗?她会继续上学,做你希望她做的事情,我发誓!你只管快点好起来!"

---

[1] 泡芙(puff-puffs):尼日利亚当地一种油炸面团小吃,主要材料为玉米面。
[2] 阿玛拉(amala):尼日利亚约鲁巴族的传统美食,一种由木薯粉加工成的糊状食物。

可是妈妈没有好起来，就在爸爸做出那番承诺两天以后，她走了。现在我必须嫁给一个老头，因为爸爸忘了他的诺言；我必须嫁给莫鲁弗，因为爸爸需要钱来买食物、付租金，继续生活。

我流着苦涩的眼泪，回忆完这一切之后，重新走回到席子上坐下，闭上双眼，眼前再次浮现出那朵玫瑰花。它不再拥有彩色的花瓣和闪闪发光的叶子，而是一朵残败的褐色秽物，因为被一个男人肮脏的双脚踩过，这个男人悍然背弃了自己对亡妻的承诺。

3

悲伤和回忆让我整夜都无法入睡。

清晨第一声鸡鸣响起，我却没办法起床开始每一天的清扫、洗衣、给爸爸磨豆准备早餐。我闭上眼睛躺在席子上，倾听着四周苏醒的声音。我听到远方雄鸡打鸣，长长的哀鸣；听到乌鸦在院里的杧果树上唱起欢快的清晨之歌；听到远处有人，或许是个农民，正用斧头"咔、咔、咔"砍着一棵树；听到扫帚在某家院落"沙、沙"扫地，另一户人家的妈妈正在叫孩子们起床，叮嘱他们不要用铁桶里的水而要用陶罐里的水刷牙。

这些声音日复一日陪伴着我，今天却不一样，它们撞击着我的心，提醒我一个可怕的事实：我的婚礼在迫近。

我坐起身来。卡尤斯还在席子上睡觉，虽然闭着眼，但睡得不安稳。妈妈去世以后，卡尤斯睡觉的时候总把头扭来扭去，眼皮抖个不停。我走过去用手掌轻轻盖在他的眼睛上,朝他耳边哼起一首歌,他终于安静下来。

卡尤斯十一岁,虽然身上有些坏习惯,但是我很爱他。每当村里其他男孩嘲笑他"三彩猫"时,卡尤斯总是哭着找到我。他从小体弱多病,于是爸爸把他带到一个地方,那里的人用剃须刀在卡尤斯的脸上划出三道印子作为记号——他们相信这能驱赶病魔。所以卡尤斯总像是一副刚刚跟猫打斗过的样子,脸上挂着三道彩。

当爸爸连卡尤斯的学费也付不上的时候,是我把在学校里学到的一切教给他,加法、减法、科学,还有最重要的——英语。我告诉卡尤斯,只要自己不放弃学习,不管去不去学校,他都会拥有光明的前途。

等我嫁给莫鲁弗以后,谁来照顾卡尤斯呢?"老大"吗?

我叹口气,看了看我的哥哥"老大",他也在睡觉,一脸烦闷。他的名字叫阿拉奥,但从来没人这样叫过他。因为是头一个出生,所以爸爸准许他睡在我们卧室唯一的床上。说实话,我一点儿也不在乎。床上铺了层薄泡沫垫,上面全是虱子啃出来的小洞,它们在里面吃喝拉撒。那垫子闻上去像市集上搬砖块的工人们的腋窝,当他们摇起手臂跟人打招呼的时候,那股味简直能要了你的命。

"老大"怎么照顾得了卡尤斯呢?他除了懂那点儿机械作业,连做饭打扫都不会。十九岁的大男孩壮得像个拳击手,手脚粗得跟树枝似的,几乎从来不笑。他在卡西姆汽车工厂经常通宵干活,到家就一头栽倒呼呼大睡。就像现在的他,疲惫不堪,鼾声如雷,口里呼出的热气直往我脸上喷。

我看着"老大"一起一伏的胸膛,然后转向卡尤斯,轻轻拍了两下他的肩:"卡尤斯,醒醒。"

卡尤斯睁开一只眼睛。他总是这样起床:先睁开一只眼,然后忐忑不安地睁开另一只眼,好像害怕同时睁开双眼会遭遇什么可怕的事。

"阿杜尼,你睡得好吗?"他问。

"我睡得不错。"我撒谎了,"你呢?"

"不怎么样,"他说着坐到我旁边的席子上,"老大说你下个星期就要嫁给莫鲁弗,他是开玩笑的吧?"

我抓起他冰凉的小手,放进手心。"是真的,"我说,"下个星期。"

卡尤斯点点头,后来他一句话也没再说,只是紧咬嘴唇,用力捏着我的手。

"结婚以后你还会回来吗?"他问,"还能像以前那样教我学习,做棕榈油炒饭给我吃吗?"

我耸耸肩膀。"棕榈油炒饭很简单。只要把米淘三次,把湿米放在碗里等它充分吸收水分,再拿些新鲜胡椒……"说着说着,泪水流进嘴角,我再也憋不住,哭了起来。"我不想嫁给莫鲁弗,"我说,"卡尤斯,请帮我求求爸爸吧。"

"不要哭,"卡尤斯说,"你一哭,我也想哭了。"

就这样,我和卡尤斯紧紧握住彼此的手,无声地哭起来。

"逃吧,阿杜尼。"卡尤斯擦掉泪水,再一次睁大那双圆圆的眼睛,眼里充满恐惧和希望,"逃得越远越好,彻底躲起来。"

"不,"我摇头,"被村长抓到怎么办?你忘了阿莎碧的下场了?"

阿莎碧是我们村的一个女孩，她不愿意嫁给家里安排的老头子，因为她和一个叫塔法的年轻男孩相爱了，塔法也在卡西姆汽车工厂上班。婚礼第二天，阿莎碧和塔法私奔了，可没有跑多远就被抓了回来。人们在村边抓住她，将她痛打了一顿。塔法则像可怜的鸟儿一样被活活吊死，尸体被抛到野林里。村长说，塔法犯了偷盗他人妻子的大罪，必须被处死。因为按照伊卡迪村的规矩，贼都要被处死。按规定阿莎碧必须被关一百零三天禁闭，直到确保她今后会一直乖乖待在丈夫家再也不乱跑。

可是阿莎碧没有屈从。一百零三天过去了，她告诉所有人，自己再也不会迈出那间屋子半步。如今她仍旧把自己关在那里面，整天对着墙壁，揪自己头发吃、拔眼睫毛塞进内衣里，嘴里喃喃自语地和塔法进行着"灵魂交流"。

"也许以后你可以来莫鲁弗家找我玩，"我说，"我还能在小溪附近见你，或者在市场上，以及村里任何地方。"

"你觉得可以吗？"卡尤斯问，"如果莫鲁弗不让我去找你怎么办？"

我还没想好怎么回答，这时"老大"在睡梦中翻了个身，张开两腿放了个屁，空气里瞬间充满一股死老鼠的味道。

卡尤斯捂住鼻子笑了："也许嫁给莫鲁弗总比和放臭屁的家伙挤在一个屋子里好。"

我握住他的手，勉强挤出一个微笑。

一直等到卡尤斯重新入睡，我才走出房间。

我在外面找到爸爸，他坐在水井旁边的长凳上。天色渐亮，太阳从沉睡中苏醒，半边橙色的脸从黑色天幕后露出来，窥探着地平线上的一切。爸爸只穿着长裤和鞋子，没穿上衣，嘴里叼着一截小棍，正用石头敲打着手中的破收音机。卡尤斯出生以后，他每个早晨都在捣鼓那台破收音机。我双手背在身后，跪在地上等那台收音机发出声音来。

爸爸拿石头"咔、咔、咔"敲了三下，收音机里噼里啪啦响了几声。没过一会儿，一个男人的声音从里面飘出来："早上好！这里是调频89.9兆赫，国家广播电台！"

爸爸把那截小棍吐进旁边的沙地，看着我，好像因为我的贸然出现而心烦，"阿杜尼，我要听六点的早间新闻，你来干吗？"

"早上好爸爸，"我说，"家里没有豆子了，我可以去找伊尼坦的妈妈借一点儿吗？"

其实我在厨房里泡了整整一罐豆子，但我需要去找人聊一聊结婚的事。我和伊尼坦自打学习 ABC 和数数起就成了最好的朋友。她妈妈经营着一个小农场，经常给我们拿豆子、木薯和瓜子仁吃，说等我们有钱了再付就行。

没想到，爸爸忽然大笑起来："等等。"

他把收音机轻轻搁在长凳上，结果刚一放，收音机里传出"噼啪"两声，就跟丢了魂似的彻底死机了，没有调频89.9兆赫，也没有国家广播电台了。爸爸死死盯住那个沉默的黑色盒子，喉咙里发出"噗"的一声，拿起收音机往地下一摔，碎了。

"爸爸！"我吃惊地大喊，"您干吗要摔收音机呀？"这下除了那台破电视机，家里又多了一堆黄色、红色和棕色电线裸露的塑料垃圾了。

爸爸不耐烦地哼了哼，挪挪左边的屁股，把手伸进裤子口袋，掏出两张50奈拉的钞票给我。我睁大眼睛，看着又脏又软发出难闻味道的钞票：他从哪儿弄到的钱？难道是莫鲁弗给他的？他把钱叠起来塞进我的披肩，我感到一阵别扭。

我也没有说谢谢。

"阿杜尼，听好，"爸爸说，"去把豆子的钱付了。你告诉伊尼坦的妈妈，等你结婚以后，你的爸爸我——"爸爸猛拍着胸口，好像恨不得拍死自己，"我会还她钱，她施舍给我们的一切，我都会还清。就算要一千奈拉，我也会付掉，一分钱不欠。告诉她，听到了吗？"

"听到了，爸爸。"

看着散落一地的收音机碎片，爸爸咧嘴笑起来："反正我要买台新收音机，也许还要买台电视机，以及一个带靠垫的沙发，还要买个新——阿杜尼？"他的眼神落到我的身上，立刻换了张脸，"你看什么？还不快走！走！"

从他前面离开时，我一句话也没说。

通往伊尼坦家的路是小河后面一条又冷又湿由沙子铺成的小道，两侧的灌木丛和我的个子差不多高。村子这一头空气总是很凉，即便是阳光灿烂的时候。我低着头一边走路一边唱歌，嗓门儿压得低低的,村里的孩子们正在灌木后面的河边洗澡玩水。我可不希望有人忽然喊我的名字,问我任何有关婚礼的事情,所以我加快脚步走到小路尽头右拐,拐入一片干燥的土地,伊尼坦家的院子就在那儿。

伊尼坦的家和我们家不一样。她的妈妈把农场打理得很好,去年他们用水泥翻新了之前的红泥房,现在他们家有舒服的沙发、软乎乎的大床、转动时完全不会发出噪声的立式风扇。此外,他们家的电视机也是好的,有时还能看到国外的电影。

我在房子后面找到伊尼坦,她正在井边打水。我等她把水桶放下才叫她。

"啊,看!是谁一大早来我家呀!"她举起手朝我打招呼,"阿杜尼,新娘子!"

我朝她头上拍了一巴掌,"别这么说!我不是谁的新娘子,至少现在还不是。"

"但是很快了,"她说着把披肩从胸前拿下,用它擦了擦额头的汗,"人家专门和你打招呼,你还打我,有时候你太容易生气了,阿杜尼。你今早怎么了?"

"你妈妈呢?"我问。如果伊尼坦的妈妈在家,我就不能和她聊我的婚礼了,因为她妈妈完全不能理解为什么我不愿意嫁人。上次当她听到我跟伊尼坦说自己很害怕的时候,她硬是扯着我的耳朵让我把那些话咽回去,还要我感谢上帝能安排一个男人照顾我。

"去农场了,"伊尼坦说,"唉,我知道你为什么难过。跟我来,我们家有些豆子——"

"我不是来讨食物的。"我说。

"那你烦心什么？"

我垂下头。"我一直在想怎么……求爸爸别把我嫁给莫鲁弗。"我的声音小到连自己都听不清，"你能陪我一块求求他吗？如果你和我一起，也许他会改主意的。"

"求你爸爸？"我听出她的声音里有一丝困惑还有愤怒，"为什么？因为你就要过上好日子了？"

我的脚趾抠进沙里，结果被一块锋利的石头扎到。为什么就没人明白我不想结婚呢？上学的时候，我是全班年纪最大的，班上的傻男孩吉莫赫总是笑话我。有一天我刚刚坐下，吉莫赫说："阿杜尼阿姨，为什么你的朋友都上中学了，你还赖在小学？"我知道吉莫赫想把我气哭，但是我没有哭。我盯住他那双恶魔般的眼睛，他也不甘示弱地回瞪我。我又望着他那倒三角形的脑袋，他还是死盯住我不放。于是我伸出舌头，拉起自己两只耳朵说："为什么你明明长了一个自行车座椅的脑袋，却没被放进自行车店呢？"所有人的哄堂大笑把整个教室都震动了，我对自己的回击很满意。直到老师拿尺子在桌上拍了三下："安静！"大伙才安静下来。

在学校那些年，我总是有办法对付嘲笑我的人，我为了自己而战，把头抬得高高的，因为我知道自己来学校是为了学习。学习和年龄无关，任何人都有权利学习，所以我坚持学习，成绩优秀。可就在我的加减法和英文越来越好的时候，爸爸却让我辍学，因为交不起学费。从那时起，我就一直努力不让自己忘记学到的知识。我在村里的集市日里教小男孩和小女孩们学 ABC 和数 123。当老师没有让我赚到什么钱，但有时候那些孩子的妈妈会送给我二十奈拉或者一袋玉米、一碗米饭、一些沙丁鱼罐头。

不管他们送给我什么,我都会收起来,因为我喜欢教书。当我问"A代表什么?",他们的眼睛是那么明亮,声音细细尖尖的:"A代表苹果,苹——果[1]。"尽管除了在电视里,我们谁都没有亲眼见过苹果。

"我结婚了,谁去教那些孩子呢?"

"他们有自己的爸爸和妈妈。"伊尼坦双手交叉在胸前,翻着白眼说,"等你有了自己的孩子,你也可以教他们!"

我咬住嘴唇,努力憋住泪水。在我们村结婚是好事,许多女孩都渴望结婚,渴望成为某个男人的妻子。但我不是她们,阿杜尼不是那样的人。自从爸爸下达通知以后,我就一直在胡思乱想:还有没有其他法子?我甚至想到了逃跑,跑到很远很远的地方。可是要跑多远才不会被爸爸找到?再说我怎么能就这样扔下卡尤斯?如今就连伊尼坦也不能理解我的感受了。

我抬头看着她的脸。伊尼坦从十三岁起就想结婚,我想也许是小时候发生的意外导致她上嘴唇左边缺了一块,以致到现在也没人向她的爸爸提亲。伊尼坦对上学读书不感兴趣,她喜欢打扮、编辫子,现在她正准备一边打理自己的化妆生意,一边等待未来的丈夫出现。

"所以你不能陪我一起去求情吗?"我说。

"求他做什么?"伊尼坦大声冷笑着摇头,"阿杜尼,你知道

---

[1] 此处指阿杜尼教孩子们英文单词"Apple"。

结婚对你的家庭来说是一件多好的事吗？自从你的妈妈去世以后，你吃了多少苦头……"她叹了口气，"我知道这不是你想要的，我知道你喜欢学习，可是好好想想吧，阿杜尼。你结婚了，你们家的日子会好过多少。就算我替你向你爸爸求情，你知道他是不会答应的。我发誓，如果我能找到一个像莫鲁弗那样的男人结婚，我会有多开心！"说着她捂住嘴唇害羞地大笑起来，"我一定会在自己的婚礼上跳舞。"说着她用膝盖夹住裙子，将裙边提起来，抬起两只脚，一只脚迈到另一只脚前面，左、右、右、左地跳了起来，口中轻轻哼起一首歌。"我跳得好看吗？"

伊尼坦的话让我想起今天早上爸爸打碎的收音机，想起他已经在计划怎么用莫鲁弗的钱添置新东西。

"喜欢这支舞吗？"伊尼坦又问。

"得了吧，你跳舞的时候就跟两条腿出了毛病似的。"我配合着她大笑起来，虽然那笑很沉重，重到让我难以承受。

她松开手中的裙角，用手指头按住下巴，抬头望着天空，"我要怎么做才能让这个愁眉苦脸的阿杜尼开心起来呢？嗯？我该做什么——啊！我知道什么能让你开心了！"说完她拉起我就往她家门口跑。"看看我为你的婚礼准备的化妆品吧！你知道有一种眼线笔是绿色的吗？绿色的！让我画给你看看，美美的妆容一定会让你开心！然后咱们再去河边玩——"

"今天不行，"我收回手，转身憋回眼中的泪水，"我还有很多活要干。有很多……婚礼的事情要准备。"

"我理解，"她说，"也许今天下午我去你家里帮你试个妆？"

我摇摇头，转身就走。

"等等，阿杜尼！"她朝我喊道，"我带什么颜色的口红好？是新娘子抹的正红色还是更年轻一点儿的粉红——"

"带支黑口红给我吧，"走到路口拐弯的时候我说，"就是送葬的人会抹的那种黑色！"

4

妈妈去世前两年的一天,一辆车开进院子,停在我家那棵杧果树前。

当时我正坐在树下搓爸爸的背心。我停下手里的活,甩掉肥皂泡,看着那辆豪车开到跟前。黑色锃亮的金属皮肤,大大的轮胎,两个前置车灯像大鱼的眼睛。车门打开,从里面走出来一个男人,带出一股混合着冷气、香烟和香水的气味。他个子很高,有着烤花生一样的棕色皮肤,精致的面庞和长长的下巴让我想起一匹骏马。他穿着昂贵的绿色缎面长裤,头上戴着一顶绿色的帽子。

"早上好,我想找艾杜乌,"他语速很快,声音流畅,"她在吗?"

艾杜乌是妈妈的名字。她平日里几乎没有来访者,除了村里教会团体里那五个主妇,她们每个月第三个星期日会一起参加祷告。

我举起手挡住迎面刺眼的阳光。"早上好,先生,"我说,"您是谁？"

"她是住这儿吗？"他再次问道，"我叫艾德。"

"她出门了，"我说，"您要坐一会儿等她回来吗？"

"很抱歉，我不行，"他说，"我住在国外，这次回伊卡迪村是为了给我的祖母扫墓。我想或许可以在回机场的路上顺便和你妈妈打个招呼。我晚上就飞了。"

"飞？您是说坐飞机？去外国？"我听过"外国"这个英语单词，像是美国、英国一类。我在电视上见过那些地方，当地人的皮肤颜色很浅，有着铅笔一样细长的鼻子和麻绳一样的头发，但我从没有亲眼见过。我从收音机里听到他们说英文，飞快吐出一个个陌生的单词，仿佛掌握着一种迷惑人心的神秘力量。

我注视着这个高个儿精致的男人，看着他烤花生般的棕色皮肤和泡沫海绵一样的黑色短发。他一点儿都不像电视里的那些外国人。"您从哪儿来？"我问他。

"英国，"他温和地笑笑，露出一口洁白整齐的牙齿，"伦敦。"

"可为什么您长得一点儿也不像那些外国人？"我问。

他的表情变得严肃，但马上哈哈大笑起来。"你一定是艾杜乌的女儿。"他说，"你叫什么？"

"我叫阿杜尼，先生。"

"你和她小时候一样漂亮。"

"谢谢您，先生，"我说，"我妈妈去看望隔壁村的伊娅老太太了，明天才能回。但我可以为您捎口信。"

"这倒有些不好意思了。"他说，"你能不能替我转达艾德回来找过她,告诉她我没忘记她。"

男人上车离开以后,我忍不住想他到底是谁,又是怎么认识妈妈。妈妈回家后,我告诉她,一位叫艾德的先生从英国回来看她,妈妈震惊极了。"艾德先生?"她像聋了一样不停地问,"艾德?"

然后她悄悄哭起来,仿佛是害怕爸爸听到。过了三个星期我问起来,妈妈才告诉我。那个艾德先生家很有钱,许多年前,他住在拉各斯[1]。有一年,他陪祖母来到伊卡迪度假,那天妈妈正在市集上卖泡芙,艾德先生过来买一些泡芙,结果深深爱上了妈妈。妈妈说艾德先生是她第一个男朋友,也是唯一爱过的男人。两情相悦的人应该结婚,可是妈妈没有上过学,艾德先生家里不同意这桩婚事。艾德先生以死相逼要娶妈妈,结果被家里人强行送到国外。后来妈妈整天以泪洗面,在家人的强迫下嫁给了爸爸,一个她从来没有爱过的男人。而现在,爸爸也在迫使我做同样的事情。

妈妈曾对我说:"阿杜尼,就因为我没有受教育,所以无法嫁给心爱的人。我本来想离开这里去更大的世界闯闯,努力赚钱、读书,结果都没有实现。"说着,她握住我的手,"阿杜尼,我向上帝发誓,哪怕倾尽所有,我都要供你读书。我希望你可以拥有新生活,我希望你能说一口流利的英文。在尼日利亚,每个人都懂英文,英语越好就越容易找到好工作。"

她咳了一下,继续说:"在村里,如果你念了书,就没人能强迫你嫁人。但是如果你不上学,一满十五岁,他们就可以把你嫁给

---

[1] 拉各斯:尼日利亚旧都以及最大的港口城市。

任何一个男人。你受的教育就是你的声音,孩子,哪怕你无法开口说话,你受到的教育也会替你发声。它会一辈子保护你,替你发出内心的声音,直到上帝带你离开这个世界的那一天为止。"

从那天起,我告诉自己就算这辈子什么都没有,我也要上学。我要读完小学、中学和大学,我要做一名教师,因为我不想成为其他什么人……

我只想做一个大声说话的人。

"爸爸?"

爸爸坐在沙发上,盯着那台坏电视机,仿佛下一秒灰色的玻璃屏幕会变魔术似的忽然闪现出画面,这样他就能看尼日利亚选举的新闻了。

"爸爸?"我朝他走过去。夜幕已至,蜡烛把客厅照得更加幽暗,熔化的蜡油把沙发腿四周的地板弄得一团糟。

"是我,阿杜尼。"我说。

"我眼没瞎。"他用约鲁巴话说,"要是饭好了,就端过来。"

"我想和您谈一谈,爸爸。"我跪下来握住他的两条腿,猛然发现妈妈去世以后他瘦得如此厉害,我抓住的仿佛只是两条空荡荡的裤腿。

"求求你,爸爸。"

爸爸很固执,总是板着一副脸跟家里每个人作对,这也是为什么我想找伊尼坦陪我一块向他求情。爸爸在家的时候,每个人都压抑得像死人一样,没人说话,没人大笑,甚至没人走动。妈妈活着的时候，爸爸经常对她大喊大叫。很久以前，他打她，虽然只打过一次。他扇了她一巴掌，把她的脸都打肿了。他说这是因为他在训话时她顶嘴，男人说话的时候女人没资格开口。尽管从那以后他没有再打过她，但两人一直过得不开心。

他低下头望着我，额头上闪着汗珠："做什么？"

"我不想嫁给莫鲁弗，"我说，"我结婚了谁来照顾您呢？卡尤斯和'老大'是男孩子，他们既不会做饭、洗衣服，也不会打扫屋子。"

"明天莫鲁弗会送来四只公山羊。"爸爸伸出四根细长的手指，换成英语数着"一、二、三、四"，唾沫星子从他嘴里喷出来，落到我脸上。"他还会带家禽来，很贵的。还有整整两袋大米，还有现金。我没有告诉你，他会给我们五千奈拉，阿杜尼，五千。多亏我养了个好闺女。你不应该再待在娘家了，以你的年纪至少都该生一两个孩子了。"

"和莫鲁弗结婚，我的未来就毁了啊！我脑袋好使，爸爸您知道的，老师也知道。只要能想办法回学校念书，我将来找着一份好工作就能帮您分担了。我不介意做班上最大的学生，我学东西很快，一毕业当上老师，我就把每个月的工资存起来给您盖新房子、买新车，买一辆黑色奔驰。"

爸爸嗤之以鼻地冷笑一声，擦擦鼻子："眼下我们连吃饭钱都没有，更别提三万块房租了。再说当老师对你有什么好处？什么都没有。它只会给你安上一个不开化的脑子，还有一张利嘴。你现在这张嘴说的废话还不够多？难不成你想变成第二个托拉？"

托拉是巴达先生的女儿,今年二十五岁,长得像是披着长发的阿伽玛蜥蜴。巴达先生送她去很远的伊丹拉镇上学,毕业以后托拉在银行工作,有汽车和存款,但一直没有结婚。他们说她到处寻找丈夫,但没有男人愿意娶她,也许因为她长得像只蜥蜴,也许是因为她像男人一样有钱。

"可是她有很多钱,"我说,"可以照顾巴达先生。"

"没有丈夫?"爸爸摇摇头,拍了两下手,"上帝保佑,儿子会照顾我的。"老大"在卡西姆汽车工厂做帮工,很快卡尤斯也会跟着他一块学。你有什么用?一无是处。十四五岁正是结婚的好时候。"

爸爸又吸了吸鼻子,用手挠了两下喉咙:"昨天莫鲁弗还说,只要你能第一胎生个儿子,他还会给我一万奈拉。"

我感到胸口被什么东西重重碾了过去,自从妈妈去世以后,我生命中不可承受的重负,又多了一块。

"但您明明答应过妈妈,"我说,"您忘掉当初的诺言了?"

"阿杜尼,"爸爸一边摇头一边说,"承诺能做饭吃?承诺也不能帮我们交房租。再说莫鲁弗是个好男人。和他结婚是好事,是喜事。"

我继续抱着他的双腿祈求,眼泪流淌到他的脚上,可是爸爸不为所动。他只是边摇头边说:"结婚是好事,是喜事。你妈妈要是知道了也会为你开心,所有人都会开心的。"

第二天一早,莫鲁弗来到我家,爸爸让我前去欢迎,感谢他为我们送来的家禽和公山羊,我没有配合。我让卡尤斯告诉爸爸我这个月例假来了,肚子疼得厉害。躺在草席上,我用妈妈留下的披肩蒙住头，听到爸爸和莫鲁弗在客厅"砰"地打开杜松子酒，敲开花生庆祝的声音。

我听到莫鲁弗大笑着谈论约鲁巴地区明年的总统大选，谈论着博科圣地[1]组织上个月从学校绑走许多女孩的新闻，还谈论着他的出租车生意。

我就这样一直躺着，直到泪水浸透了妈妈的披肩，直到夜幕降临，整个天空变成黑暗的湿土。

---

1 博科圣地：活跃在非洲尼日利亚一带的恐怖组织。

5

在我家厨房后面的院子里,伊尼坦正在为我明天的婚礼试妆:一会儿往我脸上刷粉,一会儿把黑色的眼线笔深深压进我的眼睑里。

一口铁锅,三条木柴,还有个白色塑料盆搭建的临时水槽,这就是我家厨房的所有了,跟电视上那些有煤气或电器的厨房不一样。对了,还有我脚下的这条漂亮的矮木凳,是村里的木匠肯多亲手用院子的柠果树木头为我打造的。

"阿杜尼,你看上去简直像一位王后,"伊尼坦一边说着,一边用眼线笔在我脸上扎来扎去好像要扎进我脑袋里似的,"国王的妻子!"

我能听出她的喜悦,她为可以给新娘子化妆而感到自豪。她托起我的下巴,用化妆笔抵在我额头正中间画下一个点,就像我们在村中央的电视机里看到的印度人那样。然后,她开始为我描画左右两边的眉毛,最后是口红。

"阿杜尼,"伊尼坦说,"接下来我数一……二……三,快!睁开你的眼睛瞧瞧镜子!"

我眨了眨眼睛,睁开。一开始并没有看到伊尼坦抱在胸前的镜子,因为我眼睛里全是泪花。

"看,"伊尼坦说,"好看吗?"

我在脸上摸摸这儿,摸摸那儿,发出几声感叹,显出很高兴的样子。其实那些黑色眼线让我看上去好像被谁用手肘揍了一顿。

"为什么你看着很不开心呢?"伊尼坦问,"难道还在因为嫁给莫鲁弗而难过?"

我想说点什么,但我知道自己一开口就会哭不停,不仅什么都讲不清楚,还会把她好不容易化的妆哭得乱七八糟。

"莫鲁弗有钱,"伊尼坦叹口气,好像她受够了我那莫须有的烦恼,"他会照顾你和你的家庭。有了一个好丈夫,你这一生还需要什么呢?"

"你知道他家里已经有两个老婆了。"我努力开口说,"还有四个孩子。"

"所以呢?看看你,"伊尼坦大笑起来,"能结婚是多么幸运啊!感恩上帝赋予你的这一切吧,别哭哭啼啼的。"

"莫鲁弗不会送我继续念书,"我强行控制住眼眶里的泪水,"他自己就没上过学。如果我不完成学业,将来怎么找工作赚钱呢?"其实我没有说出口的是:我又怎么能拥有属于自己的洪亮的声音呢?

"你想多了，"伊尼坦说，"读书在我们这儿没有任何意义。我们不是生活在拉各斯。忘掉什么教育吧，安心结婚，给他生几个健健康康的儿子。莫鲁弗家离得不远，等化妆的活不那么忙的时候我去找你，咱们还可以一块到河边玩。"说着她从金黄色的连衣裙口袋里拿出一把木梳给我梳头。"我准备给你编个淑酷造型[1]，"她说，"把红色头珠编进这里，这儿和这儿。"她说着在我头顶、左耳和右耳后面的位置摸了摸。"你觉得这么编怎么样？"她问。

"就按你的方式来吧。"我毫不在乎地说。

"阿杜尼要成为伊卡迪的新娘子喽，"伊尼坦像唱歌一般说，"来一个大大的微笑！"她用手指戳着我的肚子，挠了几下，我从胸腔咳出一声苦笑。

远处，"老大"正在院子里用一根粗绳子从井里打水。井是祖父用泥巴、钢筋和汗水浇筑而成的，妈妈曾经告诉我祖父死在井里的故事。某一天打水的时候，谁也不知道他怎么掉进了那口井里。整整三天时间，没人知道他在哪儿。人们到处找他，森林、农场、村子广场，甚至是村里的停尸房都寻了个遍，直到那口井散发出臭鸡蛋的味道，人们才发现水被尸体污染了。祖父的腿、鼻子、肚子、牙齿还有臀部像怀孕似的全肿了起来。村里的人都为他的死而难过，哀悼哭喊了三天。此刻我看着正在打水的"老大"，竟然产生一种希望他掉到井里的想法，这样我的婚礼就会取消。不过很快我便制

---

[1] 淑酷造型：源自尼日利亚约鲁巴族的传统发型，将头发编成辫子，然后在头顶形成一个驼峰。"淑酷"（shuku）在约鲁巴族语里意为"篮子"。

止住了这种阴暗的念头。

"老大"打完水,放下水桶,擦擦脸上的汗。这时爸爸把他那辆自行车推了过来,他手里拿着一块绿色抹布。今天他穿着那条最好的裤子——蓝色安卡拉染布上描着许多红色小船,隆重得像是要去见国王似的。"老大"跪下来,额头抵到沙子上向爸爸问好,接着从他手里接过抹布开始擦拭那辆自行车。与此同时,伊尼坦将梳子扎进我的头发,把它们分成几股,使劲儿梳起来。

"哎哟,"我忍不住叫出声来,感到头被重重揪了一下,"轻一点儿。"

"抱歉。"伊尼坦说着把我的头往下压,继续用力编她的辫子。编完一排,我抬起头。"老大"已经把自行车擦得闪闪发亮,爸爸朝地上吐了口唾沫,踩进沙子,然后跳上自行车,骑出了院子。

伊尼坦给我试完妆,梳好头,再后来,我又把脸上的东西一点点洗掉。那天剩下的时光,我一直独自站在小板凳上摘玉米粒,把它们一颗一颗掰下来扔进桶里。

从下午到夜晚,直到月亮高高升上天空,空气又热又闷。我的背僵硬得像鸡蛋壳似的随时要爆开,手指被染成玉米的颜色,而且火辣辣地疼。我想停下手上的动作,但只有干活才能让我平静下来不至于崩溃。

桶里的玉米粒终于快满一半,我把它挪到一边,跺跺脚伸了个懒腰,听到骨头"咯吱"一声响。我将一碗冷水倒进桶里,然后用布盖住了桶口。

明天一早茜茜阿姨会来我们家,她总是为村里办喜事的人家做饭，到时候她会把泡发的玉米粒、甘薯和糖还有生姜混在一起磨碎，做成婚礼上客人们喝的饮料。

我把剩下的十根玉米棒踢到一边，也不管上面沾了许多沙土。如果她明天需要更多玉米，那就自己剥，我不干了。我的手指太疼了，浑身沾满了白色的玉米须须，像爬了无数条小蛇。

进屋，我发现爸爸睡在客厅的沙发上，还打着鼾，帽子压到鼻子上，脚边搁着我的结婚礼物：三箱小瓶装的啤酒，其中一个箱子里少了一瓶，空酒瓶滚到不远处的蜡烛旁。我站在那儿，想再和爸爸聊聊，万一他最后还能考虑一下呢？但我很快想起屋外桶里浸泡的玉米，想起厨房里那堆番薯、大米和红胡椒，想起屋子后面拴着的两只鸡和四只公山羊。

我想起茜茜阿姨、伊尼坦，还有那些明天为了我的婚礼盛装出席的人。我望着爸爸脚边的空酒瓶叹了口气，弯腰走到门边，一口气吹熄地上的蜡烛。

爸爸独自留在了黑暗中。我走回房间，脱下衣服，抖干净上面的玉米须须，挂在窗前晾干。

我裹上一条披肩来到卡尤斯旁边躺下，把头搁在席子上。头像脱离我的身体似的麻木而昏沉地呼吸着，仿佛伊尼坦编头发时往我脑子里灌进许多混浊的热气。于是我靠墙坐了起来，听着风在外面轻轻地吹。真羡慕卡尤斯，他的生活几乎没有什么需要担心的。卡尤斯担心什么呢？不过就是吃什么、去哪里踢球而已，既不用担心结婚或者赚钱，也不用担心学习，反正一直都有我教他。

伊尼坦说莫鲁弗有座大房子，有辆不错的车，有吃不完的食物，还有钱能让爸爸、卡尤斯和"老大"吃饱饭。而且卡尤斯上学需要钱，也许我可以努把力，就像伊尼坦说的，尽量让自己快乐起来。

我抿住嘴唇强迫自己挤出一个微笑，胸腔里却像挤满了振翅的鸟儿，它们跺着脚，啄着嘴。我祈求鸟儿们停下来，别让我的心跳得这么厉害了。我真想朝着夜晚大喊永远不要让明天来临，但卡尤斯睡得像个婴儿般酣甜，我不忍吵醒他。于是我用力咬紧揪成一团的披肩，任凭咸咸的泪水和玉米味混合着一起流进嘴里。

一直哭到筋疲力竭，我才将披肩从嘴里拿出来揉着鼻子。不管怎样，明天总会来临，我什么也改变不了。我躺下来闭上眼睛，又睁开，闭眼，睁开。旁边传来一阵窸窸窣窣的颤抖，是卡尤斯。

我轻轻碰了碰他："卡尤斯，你还好吗？"

但我的宝贝弟弟只是打掉我伸过去的手，好像我的手指烫着他似的。他从草席上爬起来，踢开拖鞋，我还没来得及叫住他，他就一口气冲进了门外的黑夜。

我坐在那里，听见他用赤脚狂踢着家里的大门。

踢。踢。踢。

我听到了难过和愤怒，他一遍遍叫着我的名字；我听到爸爸在床上大声咒骂着，让卡尤斯要么闭嘴，要么进屋领一顿热气腾腾的鞭打。我从席子上爬起来找卡尤斯，他背靠着墙坐在地上，揉着自己发疼的左脚，一边揉一边哭，一边哭一边揉。

我俯下身紧紧握住他的手，把他拉近些。我们就这样彼此倚靠，一句话也没说，直到他把头靠在我的肩膀上沉沉地睡着。

卡蒂嘉：用身体战斗

6

我的婚礼就像电视上演的一场电影。

我全程注视着自己。我跪倒在父亲跟前,当听见他祈祷着今后能跟我一起迈入丈夫家门的时候,我张开嘴,嗓子里发出一声"阿门",心却毫无知觉。

我从纯白的婚纱头巾下注视着眼前的一切:杧果树下男男女女身穿同款蓝色衣服,打着赤脚。击鼓的老人将一面说话鼓[1]夹在腋下,拉住一端的绳子,用小棍敲打着唱着:"走,走,走呀!"歌声中,我的朋友伊尼坦和露卡笑着、跳着、唱着。我看着眼前琳琅

---

[1] 说话鼓:或称对话鼓,非洲的一种敲击乐器,形状像沙漏定时器,鼓面蒙上皮革,并用绳子连接着鼓的两端。演奏者用手臂夹在腰间,用一根弯曲的棒子敲打鼓面,利用手肘夹紧或放松来改变鼓绳的拉力,鼓皮因张力不同而发出不同声音。非洲人以鼓声代表不同的语言,借此传达信息,用于宗教仪式、歌舞或节日庆典。

满目的食物：棕榈油炒饭、鱼、木薯、可乐、油炸大蕉，还有各式各样的饮料——专为女孩们准备的谷物汁和果汁，为男人们准备的棕榈酒、杜松子酒和口感浓稠的本地烈酒，还有一碗又一碗孩子们最爱吃的巧克力豆和糖果。

我注视着自己。莫鲁弗用手指伸进盛满蜂蜜的小陶罐中，在我的额头上按了三次，说："从今天开始，你的日子会像这蜂蜜一样甜。"

我注视着自己。莫鲁弗匍匐下来朝爸爸磕头七次，爸爸抓住我冰冷僵硬的手放在莫鲁弗的手中，说："从今以后她只属于你，你想怎么处置都可以。她将服侍你一直到老，希望永远别回娘家！"说到这儿所有人哄笑着祝福起来："恭——喜！阿门！恭——喜！"

我始终注视着自己，那个在学校念书的自己，像注视着过往的一幅画。它从高高的地方掉落到地，碎成渣滓。

莫鲁弗开着出租车离开我家，伸出手朝路两边的人们喊："谢谢大家，谢谢！"人们摇手告别，祝福我们生活幸福。

我坐在他身边，头垂到下巴，眼睛盯着今早伊尼坦在我手上画的海娜[1]，才发现那些图案和我的内心多么相似：细细的黑色线条经历无数蜿蜒曲折，远远看去很美，但如果你仔细往里看，里面全是混乱。

"你没事吧？"渐渐地，路上一个人也没有了，车窗外只剩下树和灌木，我们驶入夜晚，巨大的深蓝色天幕笼罩一切，星星像灼

---

[1] 海娜（henna）：古老的身体装饰艺术，绘画原料从一种叫作"henna"的植物中提取。

出的小洞般,一颗颗闪动着。微风吹拂我的脸,如果换作另一个女孩一定满脸笑容,心想:结婚是多幸运的事情呀!我却始终低着头,努力锁住泪水。我不想在这个男人面前哭,我永远永远不想让他看到我的内心。

"不理人?"莫鲁弗说着,方向盘往左一打,车开上村子边界。"得了!看着我!"

我抬起头来。

"很好,非常好,"他说,"现在你已经结婚了,是我的妻子。我家里还有两个老婆呢,她们叫什么来着?对,一个叫拉贝卡,一个叫卡蒂嘉,她们会嫉妒你的。卡蒂嘉糊涂些,拉贝卡不一样,她会想方设法让你的日子不好过,你最好注意点,明白吗?如果拉贝卡欺负你,你就告诉我,我狠狠抽她。"

我不懂为什么他要打自己的妻子。如果我做错什么,他也会抽我吗?

"好的,先生。"我说。愚蠢的眼泪却控制不住地流了出来。

"嗯,你哭了?"他把婚礼上戴的帽子拿下来,往汽车后座一扔。"嫁给我你很难过?"他问。我点点头,祈祷着他可怜可怜我,把车停在路边告诉我他犯了个错,后悔和我结婚,不想让我做他的妻子了。但他只是冷笑一声:"你最好擦干净眼泪给我笑。你知道跟你结婚花了我多少钱?现在就张开嘴给我笑。现在!干吗这么看着我?我杀了你爹还是怎么?你耳朵聋了?张开嘴笑!"

我努力咧开嘴,感觉整张脸都要撕裂了。

"很好,"他说,"笑,开心起来,我没见过不开心的新娘子。"

一路上，我们就像两个疯子，我咧嘴强颜欢笑，他则一个劲儿说着娶我花了多少多少钱。我们开过伊卡迪村的十字路口，旁边面包店的香气飘进鼻子，让我想起妈妈；我们开过村里的清真寺，正巧许多人从门里走出来：男人穿着白色罩袍，手里拿着念珠和祈祷用的水壶；女人用头巾遮住面部，所有人仿佛被什么东西驱赶而步履匆匆地走着。

汽车行驶了将近二十分钟，然后在伊卡迪食堂拐了个弯，最后开进一个足足有半个足球场那么大的院子，院子中央有栋水泥楼房。房子暗沉沉的，四扇窗户都没开灯。院子没有大门，只有一扇矮小的木栅，屋上的窗帘在浓稠的晚风中摆动着。莫鲁弗把车停在一棵粗壮的番石榴树旁边，枝叶郁郁葱葱朝四面伸展，像手臂上长出的许多指头。我注意到院里还停着一辆绿色的车，后车窗是坏的，用蓝色尼龙袋草草挡了起来。

"这就是我的家。二十年了，这里的一切全靠我白手起家一点点盖起来。"莫鲁弗指了指旁边那辆车，"那是我另一辆出租车，这个村里有几个男人拥有两辆车？"说完他用肩膀顶开车门，"下车等我，我去后备厢把你的东西拿出来。"

我从车里走出来，踢开掉在地上的两颗烂掉的番石榴。这时，我听到屋那边门开的声音，接着只见一个裹紧黑色长袍，身材浑圆，臀部像个大木瓜似的女人往外挪动着走来。她双手用盘子托着蜡烛，摇曳的烛光下，脸惨白得简直像戴着发网的女鬼。

她像献祭一般小心翼翼托着蜡烛，一步一步缓缓走来，最后站到我面前。

"偷别人老公的贼，你好！"她说话时喷出的怒气几乎把面前的蜡烛吹灭，"等着吧，我会让你后悔来到这个世界的，贱女人。"

"拉贝卡！"莫鲁弗从车后面大喊，"你疯了？敢叫我老婆贱女人？你是活得不耐烦了？阿杜尼，你不要管她，她精神有问题，脑子不正常。别理她！"

那个叫拉贝卡的女人，嘴里发出可怕的嗞嗞声，拖得很长，像条蛇在院子里来回响着。过了好一会儿，她才拖着浑圆的身体转身走开。

我站在原地，一股寒意从脚底爬到头顶，直到莫鲁弗走过来。他放下行李，往旁边吐了口唾沫，然后用手背擦擦嘴。

"这是我的大老婆拉贝卡，"他说，"别理她，整天满嘴废话。现在跟我去见见我的二老婆卡蒂嘉。"

7

我数了数，客厅里一共有六个人。

靠墙有一张沙发，沙发前面的木桌上搁着个空杯子，旁边角落的电视机上，一盏煤油灯发出幽幽的光。

我第一眼看到的是家里两个女人——拉贝卡，惨白的脸，站在电视机旁，摸着自己的肚腩，仿佛里头住着个恶魔；她旁边站着一个像未成年的怀了孕的女孩，惨淡的煤油灯光照出她身上的墨绿色长袍。仿佛是觉得我的目光要将她肚子里的孩子夺走似的，她赶紧躲开朝墙壁转过身去。

地上坐着四个小女孩，她们朝我眨巴眼，像看电影似的津津有味地注视着我，最小的似乎才一岁半左右。所有女孩都没怎么好好穿衣服，只是随便套了条裤子。就算其中有个女孩的乳房已经发育到坚果那么大了，还没有穿内衣。我在小溪边见过她，只穿了一条裤子用陶罐打水。更早以前，我们还一块玩过游戏。

就在这时，她的名字蹦进我的脑海：凯克。她今年十四岁，和我一样大。我从她的眼神里也捕捉到一丝惊讶，于是赶紧把目光移到电视机上的煤油灯上，注视着灯碗里跳跃的火光。

"这是卡蒂嘉，"莫鲁弗指着那个怀孕的小个子女孩，"虽然她看上去小，地位还是比你高，跪下跟她打个招呼。"

当我跪下向卡蒂嘉问好的时候，莫鲁弗将孩子们踢着赶走："走，所有人都赶紧走。凯克，艾拉菲亚，起来，你们已经看够了新娘，现在回房间去。如果不想挨揍，今晚就不要吵闹！"

小女孩们你推我搡，跌跌撞撞离开了客厅。

"拉贝卡，卡蒂嘉，坐下。"莫鲁弗说，"坐下，听我说。"

拉贝卡坐到沙发上，双臂交叠抱在胸前："我们都知道你要说什么，快说。"

卡蒂嘉只是一动不动地站着。

莫鲁弗打了个哈欠，在拉贝卡旁边的沙发上躺下。煤油灯下，他的皮肤像磨砂纸一样粗糙，因为年纪大而下垂得厉害。露出的一口黄牙往左歪扭着，趁他说话的时候我数了数，一共才五颗。他应该和我爸爸的年纪差不多，也许五十五六岁，但看上去更像是我的爷爷。

"阿杜尼，这就是你的新家了，"莫鲁弗说，"在家要按我的规矩，必须尊敬我，我是这儿的国王，谁都不能和我顶嘴，你不行，孩子们不行，任何人都不行。当我说话的时候，你必须闭嘴，更不能当着我的面随便提问，明白了吗？"

"为什么？"我问，"那我要是有问题怎么办呢？不当面提难道背着问你吗？"

卡蒂嘉在一旁不小心笑了出来。

"阿杜尼，你觉得我在跟你开玩笑？但愿这张嘴不会给你惹来什么麻烦。"莫鲁弗微笑着警告我。"面对丈夫，你没有发言权。"他说。

"我有专门揍人的手杖，但我不希望把它用到你身上，听到了吗？我刚刚说到哪儿？对，这里就是你的新家。我好不容易熬到头发白了才娶上第一个老婆，为什么？因为我忙着赚钱，学习做出租车生意。我和拉贝卡结婚，但她一直没有孩子，直到我们在伊卡迪河边向神灵献祭了两只公山羊，她才怀上孕，结果生的是个女孩。"他说起这些的时候看上去很痛苦，仿佛女孩是诅咒，是上帝的惩罚。

"凯克，我的大女儿，她和你一样大，阿杜尼。从那以后，我们经常在河边献祭，但河神可能对拉贝卡有怨恨，拉贝卡再也没怀过孩子。后来我娶了第二个老婆，卡蒂嘉。这是个大错，大错！为什么？因为卡蒂嘉生了三个女儿：艾拉菲亚、科弗，还有最小的那个我忘了名字。一个男孩也没有。阿杜尼，你没看错，卡蒂嘉又怀上了。我警告过她，如果这胎不是个男孩，她家人就等着活活饿死吧，我发誓会把她踢回娘家去。"

"上帝不会让那种事情发生的，"卡蒂嘉对着墙壁说，"这胎是个男孩。"

"我想要两个儿子，"他说，"我会将他们送进学校，他们会学习英文，学开出租车，赚很多很多钱。女孩们最好的用处就是嫁人、做饭和收拾屋子。我已经替凯克找好了丈夫，正好用她的聘礼来修理那辆破出租车，也许还能给农场买些鸡仔。毕竟为了娶我亲爱的阿杜尼，我实在花了不少钱了。"

"但是我不介意为我的阿杜尼花钱，一点儿也不介意！现在你们三个听好，我不希望你们之间打架。拉贝卡，管着点你自己，别找麻烦。如果不消停点，我会把你赶出这里。我年纪大了，就想家里清静点。接下来让我想想怎么安排你们三个跟我睡觉呢？"

莫鲁弗抓了抓灰色的胡子，拔下一根放进嘴里嚼着。"这样，阿杜尼每星期三个晚上跟我睡：周日、周一、周二。拉贝卡两晚：周三和周四。怀孕的，就周五吧。周六这天我得保持体力。阿杜尼还年轻，她必须给我生个儿子出来。是不是，阿杜尼？"说完他笑了起来，可是没有人跟着他一起笑。

莫鲁弗的话是什么意思？睡在同一张床上？他会看到我赤裸的样子？然后对我做成年人做的那些事？想到这儿，我忍不住发起抖来，只能用手紧紧抱住自己。除了妈妈，还从来没有人见过我赤身裸体。就算去伊卡迪村的小溪里洗澡，我也会把全身浸在水里遮掩起来。我可不想让莫鲁弗那张老脸碰我。我不要丈夫，我只想要妈妈，可为什么死神那么早就把她带走了？我用力咬破嘴唇才忍住没让眼泪流出来。

莫鲁弗站起来脱掉结婚穿的袍子。他不胖，但肚子很圆，看起来硬邦邦的像个椰子。也许他的肚子生了什么病，我忘了那种病叫什么，老师在科学课上说过，如果你不是怀孕或者吃太多，肚子却又大又硬，很可能是得了那种病。

"卡蒂嘉会带你参观厨房、浴室还有家里其他地方,在这里你不用害怕,明白吗?"他说,"我也该去做做准备了,你还有什么问题吗?"

我想问他能不能放我回家找爸爸。我想告诉他今晚不要碰我,永远也不要碰我。但我只是打着冷战摇头,与此同时,拉贝卡却热得头上冒汗,卡蒂嘉则不停用手扇着风。

"没有问题,先生,"我说,"谢谢您,先生。"

莫鲁弗走后,拉贝卡站起来收紧腰间的袍子好像要打架。"你和我女儿凯克一样大,"她眼睛飞快眨着,"你死了的妈妈和我一样大。上帝不允许我女儿和我共享丈夫,上帝也不会舍得让我可怜兮兮在房门外等你和我的丈夫完事然后才轮到我。等着吧,你会在这里吃苦头的。问问卡蒂嘉,她会告诉你我是什么人。没人治得了我。"

她的手指戳到我脸上,然后一把将我猛地推到沙发上。"我会折磨到你屁滚尿流跑回娘家。"

我直接吓哭了。

"别哭,"客厅只剩下我和卡蒂嘉的时候,她从墙角走过来,"拉贝卡只是嘴上说说而已。她的嘴很厉害,但做不出什么事,毕竟没有女人乐意和别人共享丈夫。别管拉贝卡了,听到了吗?别哭了。"她轻轻将手放在我的肩膀上。她的英语说得比我还好,我猜她在嫁给莫鲁弗之前应该也上过学。

"其实不坏,"她说,"这儿有吃的喝的。我很感激,起码肚子不会挨饿。"

我看着她的脸，双眼深陷得好像营养不良，当她微笑的时候，那双眼睛几乎不见了，但我还是在它们后面发现了一颗善良的灵魂。

"我只想要妈妈，"我小声说着，"我一点儿也不想嫁给莫鲁弗。但爸爸说我必须嫁，因为他给我们家付了房租。"

"你已经算好了。我爸爸把我嫁给莫鲁弗仅仅为了换一袋米，"她说，"疾病夺走了爸爸的一条腿。你知道糖尿病吧？"

我摇摇头。

"糖尿病是一种和糖分有关的病，"她说，"得病以后，医生把我爸爸的腿给切除了。"说着她把手放在膝盖绕着切了一圈，好像在切番薯。"住院费太高，加上他没法工作，我们只能挨饿。一开始莫鲁弗还愿意帮我们，很快他就不干了，说除非我和他结婚，否则就没有吃的了。结果他只是给我家送来一袋大米，爸爸就把我押进莫鲁弗的汽车，挥挥手告别，我连像你一样的婚礼都没有。"她挤出一声干笑。"以前我的学习成绩一直很好，如今辍学都有五年了。如果再不给他生个儿子，他就不会再给我们家里食物了。我真的厌倦了一切，但我知道这一胎是个男孩，生完我终于可以休息了。"

"你多大了？"我看着她往后仰着，把手放在隆起的肚子上。

"二十，"她说，"十五岁嫁给莫鲁弗，给他生了三个孩子他都不想要，因为她们是女孩儿。做莫鲁弗的妻子并不容易，如果你想在家里轻松一点儿，阿杜尼，永远不要惹我们的丈夫生气。他发起脾气就像魔鬼，很可怕。"

我不喜欢她说"我们的丈夫"，仿佛是一种头衔，仿佛她说的是"我们的国王"。

"放轻松一些,"她说,"笑笑,开心一点儿。跟我来,我带你参观参观这座房子,别忘了我们的丈夫还在等着你。今晚你会成为一个真正的女人,如果上帝眷顾你的话,九个月以后你就会生出一个男孩。"

她用力将自己从沙发上提起来,用手揉揉后背,然后伸过来一只手。"快下雨了,你能感觉到吗?走吧,我先带你去参观厨房。"

就在这时,天空炸开一声惊雷,直接劈进我的心里。我走过去牵起卡蒂嘉的手,仿佛牵住了许多哀愁。

8

雨下得怒气冲冲,像是从上帝手里扔出无数鼓槌重重敲打在屋顶上,发出噼里啪啦的响声。卡蒂嘉站在屋檐下,指着厨房里的东西向我介绍着。

"那是煤油炉子,"轰隆隆的雨声里,她指向厨房左边角落的铁炉大声说,"专门用来煮饭。"她故意强调,好像有人会拿煤油炉子来煮摩托车一样。"那边还有两个炉子,一个是我的,一个是拉贝卡的。你愿意的话可以和我共用。"

"谢谢你。"我用手抱住身体环顾起四周来。搁在地上的碗里有一条吃剩的炖鱼,鱼骨像细细的白色梳子。碗的旁边是一把小木椅,地上还有块棕榈海绵,上头夹着一坨黑色的肥皂渣。整座厨房连门都没有,与其说是屋子,不如说是由两根木柱支棱起来的棚子。

我看到远处有扇油漆掉了一半的破门,好像有人刷到一半罢工走了或是油漆用完了。暴雨中，一股浓烈的尿臊味扑鼻而来。

"那是厕所？"我问。

"是的，"她说，"看到房前的水井了吗？我们一般从井里打完水，从厨房走到厕所这边洗漱。这是我们自家的厕所，你想怎么用就怎么用。"她这话说得好像能拥有属于自己的厕所也是一件美好的事情。

"必须提醒你，在这个家里，我们的丈夫永远排第一。"她说，"每天大概五点，过了早晨祈祷的时间或者公鸡打鸣，所有人就可以自由使用厕所了。但我们的丈夫永远是第一个享用一切的。他没吃饭，任何人都不能吃饭，他是这里的国王。"她僵硬地笑了笑，眼睛一眨不眨地看着我。我等她继续往下说，但她只是拍拍手，说："今晚就介绍到这里，咱们进里屋吧。雨下得太大了。"

回到里屋的时候，我浑身上下淋了个透，身上的衣服都变重了。

"让我带你回我们丈夫的房间里吧。"卡蒂嘉说。我们沿着走廊往前，她手中的灯笼摇晃着，我看到自己的影子也跟在她身后摇晃。拉贝卡的房间在走廊左边，卡蒂嘉的在右边，孩子们的房间紧挨着她的房间。

"千万不要进拉贝卡的屋子，"她小声说着，"有次我的女儿艾拉菲亚进屋给她送吃的，那个女魔鬼差点儿把她打出血。如果你爱惜自己，记得离那间屋子远一点儿。"

终于我们来到走廊尽头的房门前。门上挂着一道帘子，散发出难闻的味道。隔着门，我听到里面有人在吹口哨、吸鼻子，还有搓纸巾的声音。

"这就是我们丈夫的房间了,"卡蒂嘉说,"你每周要来这儿服侍他三个晚上。其余时间就来我的房间睡觉,好吗?"

"我好怕。"我小声说,心脏几乎要从嘴里蹦出来,"求求你,留下来陪我吧。"

她大笑着站在走廊暗处,我几乎都看不到她的眼睛,只见她的牙齿闪过一道光。"第一次和男人睡觉?"

"我从没见过不穿衣服的男人,"我说,"我怕。"

"这是荣幸,"她说,"把自己保存好留给丈夫。当你走进屋里的时候,他已经为你准备好了。记得闭上眼睛,那个东西会弄疼你。疼的时候,就在脑子里想想你喜欢的东西。你喜欢什么?"

"妈妈,"我说着,眼泪一下子涌上来,"我只想要妈妈。"

她摸摸我的肩膀,敲了两下门,便拖着步子走了。

"进来,进来。"门打开,莫鲁弗站在我的面前。

他身后的地板上铺着一张报纸,上面搁着两盏灯,旁边是张床垫。我的行李箱靠在灰色的墙边。

"站在那里瞅什么?"说着他站到一旁,胸膛上是浓密卷曲的灰毛。我挪着步子走进去,满屋的烟味让我忍不住要打喷嚏。虽然点了两盏灯,房间还是压抑得像具棺材,四面墙壁朝我挤压过来仿佛要把我挤碎。我的呼吸越来越急促,心跳也越来越快。

"来,和我一起上床。"说着他斜躺到床垫上,压得弹簧嘎吱嘎吱响。他摸着肚子,浑身散发出一股杜松子酒的味道。

"婚礼上你怎么不跳舞?"他将两手交叠在头后朝我微笑,"坐下吧。和我结婚就那么不开心？我不是坏人，你知道吗？"

"我很冷。"我坐到破旧的床垫上，既没有床单也没有其他东西遮盖上面的破洞。我注意到地上有个黑色的塑料瓶，里面脏兮兮的液体浸泡着树皮和叶子一类的东西。我试着一个字一个字读出瓶子上的字："'鞭炮'大补药唤醒沉睡的男性力量。"

"沉睡的男性力量"是什么意思？莫鲁弗难道是为了我才喝它？做什么用呢？

恐惧在瞬间将我紧紧包围起来。"我不太舒服，"我说，"刚刚和卡蒂嘉淋了雨，我有点儿冷，您就让我睡觉吧，我实在不舒服。"

"我已经喝了'鞭炮'。"他大笑着朝我转过来，"你知道汽油对汽车来说有多重要吗？汽车全靠汽油发动，而那个药就是男人的汽油，喝了它，我整个身子都有劲儿了。你要不要也来一小口？它会驱走寒冷。躺下吧，放松。"

我拼命摇头拒绝。

"来，为我躺下来。"他说着，拍了两下床垫，床垫咳出些灰尘，散发出像是衣服没晒干的霉味。见我没有反应，他开始大声喝出我的名字。

"我来了，先生。"当我躺到他旁边时，呕吐的感觉又一次袭来。他靠过来，把一只手放到我的小腹上。我浑身紧绷。

"放轻松，"他说，"放轻松。"

接着他把手放到我的胸部，用力掐起我的乳房。他的呼吸变得急促大声，手在我身体上下移动着好像在寻找什么东西。当他脱下裤子的时候，我哭着大喊妈妈。他爬到我的身体上面，不耐烦地将我的两条腿扒拉开。

忽然，一道闪电照进房间，屋内瞬间充斥着蓝白色电光。是妈妈吗？她把光明送来拯救我了？

妈妈，救我。

我试图抓住那道光把它留在我身边，可眨眼一瞬，它就消逝了。

疼痛来得那么突然，猛然中断了我的思考、我的呼吸，把我全部的意识从身体中顶出去，推到天花板上。我看到自己紧咬住嘴唇，抓着他的背，拼尽全身的力气抵抗着。但我的力量微不足道，莫鲁弗的身体里仿佛住了一个魔鬼。我越是反抗，他就越是用力把自己压进我的体内。炽热一次次从下面灌入我的身体，直到他重重地哼出一声，倒在我身上，最后翻落到一侧，喘息着。

"现在你是完整的女人了。"过了一小会儿他说。

"明天我们再来一次，我们要一直这样做，直到你生出个男孩。"他从床垫上爬下来穿上裤子，留下被灼烧刺穿的我独自在房间里。

我躺在那里看着天花板中央那只坏掉的灯泡，眼泪顺着脸颊往下流淌，一直流进耳朵里。

9

早晨的空气像绳子紧紧缠住我的身体。

一根又粗又紧的绳子,把我的头和腿绑到一起,我没法行走,没法呼吸,没法思考。从莫鲁弗的房间出来的时候,我恨不得把整个自己撕碎然后扔掉。

我感到身体下面剧痛无比,仿佛在滚烫的煤堆上坐了很久似的。昨天夜里发生的事情我一点儿也记不起来,脑子不知被谁盖了一块黑布,将莫鲁弗那些恶魔行为通通遮了起来,直到他今天早上对我说:"阿杜尼,去把我的早饭拿来。"

远处的厨房前面,一只长着脏兮兮的棕色羽毛的公鸡正用脚爪刨地,把红泥弄得满地都是。看我走近,它便停下动作,朝我"咯咯、咯咯"响亮地打起招呼来。

卡蒂嘉的两个孩子正从厨房里跑出来，我已经记不起她们的名字，铁桶在她们手里晃来晃去。我想起小时候早上跑到伊卡迪河边为爸爸打水，那时候我总是乐呵呵的，那时候妈妈还在。

我擦掉脸上的泪水，走回厨房。卡蒂嘉正坐在炉前的木凳上，锅里咕噜咕噜煮着什么，炉盖时不时被蒸气掀起来。

"阿杜尼，"卡蒂嘉抬头跟我打招呼，一边用手将苍蝇从脸旁赶走，"早上好。"

"你的丈夫让我给他送早点。"我说着看到火炉旁边有一把木柄小刀，我的心里有了个邪念——把它藏在裙子里，要是今晚莫鲁弗还对我做那种事，我就用刀切掉他身上那个东西。"你在煮什么呢？"过了一会儿，我把目光从小刀上移开，看着卡蒂嘉，"木薯吗？"

"是的，新鲜木薯。昨晚睡得好吗？"她歪着头从上到下打量着我，在我身上寻找着什么我拼命想藏起来的东西，"有没有哪儿不舒服？流血了吗？"

羞耻像一只大手紧紧捏住我的喉咙。"流了一点儿血，"我说，"在下面。"

"我知道那是什么感觉，"她温和地说，"擦'伊布昆'药粉可以止疼。等我们的丈夫出门工作，我烧热水给你抹点，再涂些棕榈油，就不会疼了。"她小心翼翼地回过头望了望，又问，"他喝了'鞭炮'？"

我点点头。

她赶走身边另一只苍蝇，摇摇头。"他第一次吃完药和我做那种事情的时候,我昏死过去五次,然后一次次醒过来。在床上,他必须靠吃药才有劲儿。对了,早饭咱们吃木薯和洋葱好不好?"

"我只想从头到脚洗个澡。"我身上沾着莫鲁弗的烟味,闻上去一股恶臭,嘴里也苦涩无比,仿佛体内有一颗苦种飞速地发芽长大,要从喉咙捅进我的嘴里。

"去吧,"她指指身后说,"孩子们为我打了一桶水,你用吧,我再让她们打一桶过来。"

厕所是一小块正方形的地方,潮湿的四面墙壁上爬满绿色的植物,到处充斥着刺鼻的尿臊味,装满水的铁桶放在地上。

我刚一摸水就忍不住叫出声来,手缩了回来。水凉得像冰。我把婚礼服脱下挂到门上,身体不住地发抖。我把手重新伸进水里,将水泼到身上,一点一点洗去莫鲁弗身上的味道和那种叫作"鞭炮"的药味。

洗完澡,我躺在冰冷潮湿的地板上迟迟没有动,我害怕推开门出去。一早上和一下午的时光就飞快过去了,夜晚再次来临,莫鲁弗又要做那种可怕的事了。我躺在地上像小虫一样蜷缩起来,眼睛紧紧闭着。

"不要哭,阿杜尼,"我警告自己,"永远,永远不准为了莫鲁弗那个愚蠢的老头哭泣。"

10

四个星期飞快地过去,在这个家里,我遇到了太多想都没想过的可怕的事情。

莫鲁弗的身体里住着个魔鬼,每次喝下"鞭炮"或者某个孩子惹他生气的时候,他体内的魔鬼就会跑出来。

我亲眼看到他从裤带上取下皮带,将凯克和她的姐妹打得皮开肉绽,直到拉贝卡和卡蒂嘉向他求饶不要杀死孩子们。除了莫鲁弗,拉贝卡的身体里也住着恶魔,只要一见到我,那恶魔便会跑出来。就在两天前,早上公鸡刚刚打过鸣,我在厕所慢慢地洗澡,因为那是每天唯一一段独属于我自己的时间。拉贝卡敲门催我出来,说要去集市之前赶紧洗个澡。我让她等一下,马上就好,她忽然变得怒不可遏,嘴里发出那种咝咝声,强行拉开门把一丝不挂的我拽了出来。

她从地上抓起沙子就往我身上撒,我从来没有经历过那种羞辱。拉贝卡用沙子打我、羞辱我、诅咒我,孩子们围在旁边大笑。出于尊敬,我没有还手。但是她羞辱完我以后,转身又给了卡蒂嘉的两个孩子重重的耳光。

卡蒂嘉说如果拉贝卡下次还这样,我应该直接咬回去,绝不能惯着。要不是她怀孕,一定会和拉贝卡打到见血。她还建议下次洗澡随身带一碗红辣椒,如果拉贝卡找我麻烦,就直接把辣椒泼到她脸上,再狠狠咬她几口。

卡蒂嘉是我在莫鲁弗家中唯一的温暖。除照顾三个小孩和肚里的宝宝之外,她还照顾着我。"阿杜尼,你必须吃些木薯。"她总是这样说,然后微笑着递来一碗木薯鱼汤。"吃下去,感谢上帝我们还有东西吃。"或是:"阿杜尼,来,我给你头上涂些发油。要我帮你洗头吗?"我会说:"不,谢谢你卡蒂嘉,我自己洗。"再或者是:"和莫鲁弗睡觉还会疼吗?"我会告诉她不疼了,至少身体不疼了,但灵魂上的伤痛永远也不会减少。

除了一周那三天,平时我都和卡蒂嘉睡在一间房里。夜晚悲伤来袭的时候,卡蒂嘉会帮我一圈圈地揉背,告诉我要坚强,必须为生活保持足够的意志力。每当肚里的宝宝踢她的时候,我会把嘴贴到她的肚子上,为里面的小家伙唱歌,直到卡蒂嘉和宝宝一起沉入梦乡。卡蒂嘉说宝宝出生以后我还得继续为他唱歌,因为小男孩早就爱上了我的歌声。

就在昨天,她还在宽慰我:"有了孩子,你就不会那么难过了。"她说:"我刚刚嫁给莫鲁弗的时候完全不想要孩子,害怕怀孕会得病,所以我吃了避孕的药。可是两个月以后,我告诉自己:'卡蒂嘉,如果你不怀上一个孩子,莫鲁弗就会把你送回你父亲家。'于是我停止服药,很快便怀上第一个女儿艾拉菲亚。第一次握住她的小手,我的心一下子就融化了。现在每当我不开心的时候,孩子们总能让我开怀大笑,她们就是快乐本身,阿杜尼。真正的快乐。"

但我不想怀孕。像我这样的女孩怎么能生孩子呢?如果这些小女孩从一出生就注定无法接受教育,发出自己的声音,那我为什么要带她们来到这个艰难的世界?

整个晚上,我脑子里都在想卡蒂嘉提到的那种避孕药。第二天早上我来到厨房找她,卡蒂嘉正坐在炉边的长凳上摘黄麻叶。

"阿杜尼,"她说,"早上好,今天觉得怎么样?没有再想妈妈想到哭了吧?"

"我一直在想你昨天说的话,"我盯着脚指甲,看上去它们应该要修剪了,"关于生孩子的那些话。"

"噢。"卡蒂嘉说。

我扭头飞快瞄了一眼确定没有人然后才开口。"我害怕怀孕,"词语飞快地从我口中一个个飞出来,"我一直在想你提到的那种避孕药。我只是……不想马上有孩子。"

卡蒂嘉停下手上的活,点点头。

"阿杜尼,你知道我们的丈夫想要两个儿子吧?一个是我生的,一个是你生的。"

"我知道,"我说,"我只是想再等等。"实际上我希望自己永远别怀孕,这样莫鲁弗也许会把我送回爸爸那儿,但我不能把真实想法告诉卡蒂嘉。

"你很害怕吗？"过了好一会儿她才问我，声音里充满了遗憾。

"非常害怕，"我说，"我现在只想念书学习，充实自己的大脑，而不是把肚子弄大。我不能因为莫鲁弗想要儿子就让自己的肚子一天又一天地大成皮球。"我紧咬住嘴唇，"我不像你那么坚强，卡蒂嘉。我不能在这个年纪怀孕。"

"其实你很坚强，阿杜尼，"她低沉地说，"你是个战士。其实我们都一样。你说你想通过教育去战斗，这很好，如果你能在我们的村子里做到的话。而我在凭借自己的身体和生活战斗，通过怀孕让自己留在这个家里，让我的孩子们能有一个庇护之所，让我的爸爸妈妈能有面包吃，有热汤喝。"

我站在那儿，看着她，看着碗里像小山一样堆起的黄麻叶，它们一片一片从卡蒂嘉的手里掉落下来，她的手指被染成深绿色，湿漉漉的。

"你知道怎么计算经期吗？"她问，"知道每个月的月经从什么时候开始吗？"

"我知道，"我说，"怎么了？"

"或许有些东西能帮你。一种混合的草药，挺厉害的。"

"能帮我，"我的心激动地悬了起来，"避孕？"

"我不能保证，阿杜尼，但我可以看看还能不能在伊卡迪农场里找到那些草药。你要把它们和十颗木瓜种、姜根和干胡椒混合到一起，装进一个黑色瓶子，再把瓶子浸在雨水里整整三天。每一次月经来之前的五天和来之后的五天，还有每次和莫鲁弗行房的时候都要服用。"

她抬起头，眯着眼睛看着我："千万不能让莫鲁弗知道你在喝药。明白吗，阿杜尼？"

我端详着她的脸，心被她眼中那颗善良的灵魂融化了。"谢谢你，卡蒂嘉，"我弯腰拿起一根黄麻枝，"我来帮你摘这个吧。"

"阿杜尼，"她将树枝从我手里小心地拿走，"看看你自己，烦恼都从脸上溢出来了。今天就别干家务活了，把凳子拉过来，坐下陪我说说话。"

11

　　和卡蒂嘉在一起的日子过得很快，有时候也挺甜美。
　　我们一起散步，一起大笑。她的肚子一天天大起来，有时候会犯恶心，于是我便帮她洗衣做饭，干所有的家务活。我还帮她照顾孩子们，比如给艾拉菲亚和她的妹妹们洗澡、喂饭，帮她们洗头和洗脏衣服。她们是听话的好孩子，总是在开心地大笑，也总是在给拉贝卡找麻烦。
　　至于莫鲁弗，我们几乎不怎么说话。他从早到晚在农场干活或是忙出租车的生意。有时候他把我叫进房间，让我把手背在身后站在他跟前，然后像医生一样询问我有没有怀孕或者是这个月例假有没有来。他想让我尽快怀孕生个男孩，但是大多数时候，他只是继续粗暴地对我做那种事。我则继续喝着卡蒂嘉为我特制的避孕药。
　　每当轮到我和莫鲁弗睡觉，我会迅速吞下一小杯药水然后走进房间，看着他喝下"鞭炮"，让自己像具尸体躺在那儿，闭上眼睛等待他完事。六个月以后，如果他发现我一直不能怀孕，也许会把我送回爸爸那儿去，也许。

拉贝卡仍然在想办法欺负我。只要我在厨房洗碗太久，或者院子打扫得太快，又或者是豆子磨得太慢，她都会跺脚诅咒我。

但是今天是个特殊的日子——本月的第二个周二。

每个月这一天集市上的妇女和农民都要开会，这意味着拉贝卡和莫鲁弗都不在家。早上打扫客厅的时候，我便感到难能可贵的放松，难得没有什么事情要担心或者发愁。我太开心了，于是哼起一首脑海中随性而起的曲子：

你好啊，漂亮姑娘，
听说你想做个名气大大的大律师？
恐怕得念很多很多书才行。
听说你长大想穿高高的高跟鞋？
走起路来"叩——咔——叩"，
恐怕得念很多很多书才行。

我拿过煤油灯下的一沓报纸，叠成我在电视上看到的律师们头上戴的那种假发。我把报纸戴在头上，踮起脚尖，好像穿着双高跟鞋，在客厅里踱来踱去，唱着：

走，走，

"叩——咔——叩"

穿着你高高的高跟鞋！

唱到"叩——咔——叩"的时候，我停下脚步，随着节奏一左一右扭起臀部，踮起脚尖继续走，一只手上下摆动，另一只手压住头上的报纸，不让它掉下来。

我听到自己的声音像清晨快活的小鸟，完全没有注意到卡蒂嘉正往客厅里探着脑袋，对着我滑稽的样子悄悄大笑。

"阿杜尼！"她说。

我吓了一跳，赶紧停下来。看到她并没有生气，我朝她飞去一个大大的微笑。

"对不起，"我说，"我只是想——"

"早上的活儿干完了吗？"她问。

"都做完了。"我把报纸从头上拿下来，摊平重新放回电视机上，"我编了首歌，是关于一个想当律师的小女孩的，你想听我唱吗——你好啊，漂亮姑娘——"她摆摆手让我停下，揉揉自己的大肚子。"现在别唱，我有点儿恶心了，晚一点儿再唱给我听吧。"

"好的。"我说，"你看到我为你做的秋葵汤了吗？"

"我会喝一点儿的，"她说，"谢谢你。"

我看了看客厅四周，点点头："这儿都打扫干净啦，我该去洗……"

"别，"卡蒂嘉说，"脏衣服扔在院子里吧，等舒服些了我来帮你洗。上个星期下雨一定让河水上涨不少，你去伊卡迪河给我打些水回来吧。我的陶罐在水井旁边。"

"我？我可以去伊卡迪河？！"我用手压住胸口，简直难以置信，"我？"

莫鲁弗从不允许我去伊卡迪河那么远的地方。他说新婚妻子一年之内不可以随便在外面抛头露面，除非我给他生了男孩。

卡蒂嘉点点头温柔地笑了："阿杜尼，我知道你的朋友们肯定都在小河边玩耍呢。拉贝卡和莫鲁弗不在，你暂时自由啦。你一定很想念朋友们了吧？快去吧，下午之前回来。"

"噢，卡蒂嘉，"我激动得跳起来拍着手，"谢谢你，谢谢你，谢谢你！"

这一辈子我从来没有跑得那么快过。

我迈着大步飞奔，一路上都没有停下来和那些头顶柴火走过的妇女或是那些顶着托盘卖早餐面包的孩子打招呼。我一只手拿着卡蒂嘉的陶罐，另一只手紧紧抓着披肩，飞奔到河边。远远地，香蕉叶围起的篱笆后面，我看到了露卡和伊尼坦。

五六个小男孩在河滩的另一边喊叫着大笑着打拳玩，但我的眼睛始终注视着伊尼坦，她正用一根小棍在湿漉漉的沙滩上画着方块，打水的桶子搁在旁边，露卡则蹲坐在地上看伊尼坦画画。

我看着她们回想起还没结婚的时光，那时候的我就像她们此刻一样无忧无虑地玩耍。想到这里，我的心口一阵酸疼。

伊尼坦画完一个方格接着画起另一个，我猜她会在沙地上画出六七个方格，这样我们就能玩"跳房子"的游戏了。每次我都会往一个格子里扔小石头,然后单腿逐一跳进每个格子里去捡那块石头,中间不能停也不能摔倒,伊尼坦和露卡则站在格子外拍手欢呼。这些都是以前的事情了。

我放下卡蒂嘉的陶罐,喊道:"伊尼坦!露卡!"

露卡转头看着我,睁大眼睛:"看!阿杜尼!"

我们三个拥抱到一起,大笑着聊起天来。

"我们的新婚妻子。"伊尼坦拉着我的手坐到河边的石头上,露卡则坐到我的另一侧,我望着她们脸上的微笑、眼中跳跃的快乐,觉得自己的心都要快乐得蹦出来了。

"结婚的感觉如何?"伊尼坦的眼睛闪着光,仿佛脑子里装了个小灯泡,"快和我们分享分享吧!"

"看她的脸!"露卡说着捏捏我的左脸,"阿杜尼,你吃太多牛奶和面包啦!看来日子过得很滋润嘛!"

"家里确实有很多吃的。"我说。

"其他妻子呢?"伊尼坦问,"莫鲁弗呢?他对你怎么样?"

"等一下,让我也问个问题嘛!"露卡抢着说。"告诉我们,阿杜尼,你是不是和你丈夫做那种事情了?"她眯起眼睛问,好像眼皮上沾了什么东西。"痛吗?还是很甜蜜?"

"你每天都要做饭吗?"伊尼坦问。

"先说说那件事儿吧!"露卡说,"我想听!"

"问题太多了!"我朝着好奇的露卡说,"莫鲁弗的第一个妻子叫拉贝卡,很坏的女人,脸上抹了许多粉,简直像个鬼魂。她不光找我的麻烦,还和家里所有人作对。"

"凯克的妈妈？"伊尼坦问道。忽然一阵凉风吹来，她拿起披肩盖住膝盖。"我认识她的妈妈，总是一副有人惹了她的样子。另一个妻子呢？她叫什么？"

"卡蒂嘉。"我望着一左一右两个朋友，"她只比咱们大六岁，但已经有三个孩子了，现在又怀了一个。她人特别好，不仅给我做饭，还教会我很多东西。晚上我会为她唱歌，她喜欢听我唱歌。对我来说，她就像是另一个妈妈。"

想起卡蒂嘉，我的眼睛总会冒泪花。卡蒂嘉就是我的另一个妈妈，一个小妈妈。长久以来，我祈求上帝让妈妈回到我的身边，我知道她不会回来了，但卡蒂嘉的到来让我第一次觉得或许上帝听到了我的祈祷，卡蒂嘉就是上帝赐予我的回答。

"你看！"伊尼坦拍着手说，"结婚也不是那么糟糕的事情嘛！"

"不，"我慢慢说，"之所以还能忍受，唯一的原因就是卡蒂嘉。至于你刚才问我的问题……"我转过身去朝向露卡，胃一阵抽筋似的疼。如果我告诉她们实情，也许她们就不会那么着急想结婚了，"特别疼，疼到几乎走不了路，还流了许多血，导致我的身体变得很虚弱。所以听我说，不要那么着急结婚！"

露卡那个傻女孩只是害羞似的大笑一声，把我的膝盖拨到一边，"你撒谎，撒谎！"

我刚想问她为什么觉得我在撒谎，伊尼坦指着我们后面大喊："看，谁从男孩堆里过来啦？卡尤斯！"

我跳起来一看，果然是卡尤斯！我的卡尤斯，呼喊着我的名字飞奔而来！结婚两个月以来，这是我第一次见到卡尤斯，我丢下伊尼坦和露卡朝他狂奔而去。我们紧紧拥抱在一起,卡尤斯把我悬空抱起一圈圈转着,直到天空在我眼中变成大地。他有时候太强壮了,噢,卡尤斯!

"很远就听到女孩们喊你的名字,"他说着把我放下,"我对自己说,不,不可能是我的阿杜尼,可是等我看清楚了,才发现竟然真的是你!"

我站稳脚跟,捧起他的脸颊:"我亲爱的弟弟卡尤斯!"

"自从爸爸把你嫁给那个老山羊莫鲁弗,我就没再和他说话了。"他试图从我的怀抱中挣扎出来,但我还是紧紧捧住他的脸颊,我想好好看看他:他长长浓密的睫毛,他脸上细小的皱纹和印记,他那因为摔跤而缺了一块的门牙。

"等我在卡西姆汽车工厂上班,"他语气强硬起来,"我发誓一定会赚很多钱把你从莫鲁弗那儿赎回来。我会把他那些破聘礼都还清,然后盖一栋属于咱们的房子,永永远远住在那儿,就我和你!"

我拉他过来,将他的头贴在我的胸口、我的心脏上。

"我知道你会的。"我说,"在那之前我会好好照顾自己,莫鲁弗家的情况也没那么糟糕。过来和我坐一起吧,让我把一切都告诉你。"

直到中午我才离开河边,和卡尤斯、伊尼坦还有露卡道别以后,便开始了漫漫的回家之路。

太阳倚靠在白色云团里,像一块闪亮滚烫的圆盘,我把卡蒂嘉的陶罐装满水顶在头上,耳边仍然回荡着卡尤斯的笑声,我的心也随之快乐地舞动。

离莫鲁弗的家越近,我的心像装进许多石头一样越来越重,脚步缓慢。我多么想奔回卡尤斯身边和他一块回家,为他做美味的棕榈油米饭,为他在晚上唱歌,但爸爸一定会狠狠地揍我。我只好沿着小路继续往莫鲁弗的家走去。

走着走着,忽然从房子那边飞来一块石头,前面灌木丛里传来动静。我停下脚步。"谁在那儿?"我把陶罐放下来四处探望。"谁?"

拉贝卡从灌木丛里走了出来,胸前裹着一块棕色的布,双目怒睁,手中拿着一根棍子,上面钉着许多木头短钉。平时她把这根棍子放在厨房后面,卡蒂嘉不在家的时候,她便拿来吓唬卡蒂嘉的孩子们。

"下午好,孩子妈妈,"我尽量掩盖住恐惧,"您在灌木丛里做什么?"

"就在等你,"她用约鲁巴语说,"我就是要逮住你一个人的时候,这下卡蒂嘉都救不了你了。告诉我,我炉子里的煤油怎么少了一截?"

我想到早晨为卡蒂嘉熬的秋葵汤,她连续两个星期每天早上都要喝一碗秋葵汤,据说这样能让肚里的宝宝精神起来。我记得熬汤用的是洗碗池旁边那个绿炉子,卡蒂嘉的炉子。

"我不知道为什么你的煤油会少一截。"我说。

"你做饭了吗?"她说,"在厨房里?"

"做了,给卡蒂嘉做的。"我说。

"用的哪个炉子?"

"卡蒂嘉的炉子。"

难道是我错用了炉子？我在脑子里仔细回忆，然后摇摇头。厨房里有两个一样的绿色炉子：一个在洗碗池旁边，另一个在长凳后面，每天晚上做完饭以后，拉贝卡都会把她的炉子拿回房间。不，我再次摇头，我没有用过拉贝卡的炉子，因为它早上压根儿不在厨房。

"请别挡着我的路，"我说，"我还要把水拿回去——"

"我的炉子就是靠洗碗池的那个，"她站得更近了，眼中喷射出怒火，"就是绿色的那个，我昨晚没拿回屋。卡蒂嘉的炉子早就坏了，我想怀孕可能把她的脑子也弄坏了，所以忘记告诉你她把炉子拿去给莫鲁弗修了。现在我再问你一遍，你有没有用过我的炉子？"

"你的炉子到底是哪个？"我的心狂跳，手指因为把陶罐抓得太紧而酸胀起来。

她朝我胸口用力推了一把，只是一推，陶罐里的水就洒了出来。冰冷的水泼到我的脸上和衣服里，刺痛到我的胸腔。

"你竟然还在问我哪个？"她拿起棍子在空中挥舞，摩擦声甩到我身上仿佛抽出一道道火辣辣的伤口。

我紧张地舔舔嘴唇，后退两步，装满水的陶罐像一堆滚烫的火石重重压在我的头顶。

"我想可能——"我刚想求她别用棍子打我，这时拉贝卡的女儿凯克的声音从我们身后传来："妈妈！"

凯克上气不接下气地从小路跑过来，自从嫁给她的父亲以后，我们便没有说过话。她经常独自待在房间，我连她人都见不着。她身上裹着块布，手里拿着木勺，勺尖上还沾着面团，似乎是在厨房做弗弗[1]中途丢下东西从家里跑了出来。她来这儿做什么呢？难道要和她妈妈一起揍我？

"妈妈，"凯克跪到地上向拉贝卡问好，"是我，妈妈。我今天早上用您的炉子煮了院子里的鸡蛋，不是阿杜尼。"

"凯克，是你？"拉贝卡说，眼睛从上到下打量着她仿佛并不相信，"你确定？"

"我发誓，妈妈，是我。"

拉贝卡发出可怕的嗞嗞声，又朝我胸口推了一把。装满水的罐子从我的手里摔到地上，摔得粉碎。

我盯着地上那一摊破碎的东西，沙子打湿变成了深红色。拉贝卡走了，她的双脚扬起尘土，一路上响彻着对我和卡蒂嘉的诅咒之词。

于是只剩下我和凯克。我转过脸去，看到她仍旧跪在地上，手里拿着那把木勺，好像并不知道自己在这里做什么。

"你为我撒谎了。"我既感谢又有些难过，"为什么？"

凯克没有回答，她只是耸耸肩，站起身拍掉膝盖上的沙子便跑了，口中叫着拉贝卡"妈妈等等我"。

我看着地面飞起的尘埃，心想凯克或许还会回来。我坐到地上，将披肩打开，铺在双膝之间，然后把地上的陶罐碎片连同今天见到卡尤斯的快乐心情一点一点拾起来，包进披肩里。

我不知道自己在那儿待了多久，只是把地上各种各样的东西都

---

[1] 弗弗（fufu）：盛行于西非的一种主食，由煮熟捣碎的淀粉类食物混合制成的面团。

往披肩里拾：湿漉漉的沙子、野狗吐出来的碎骨头、汽车轮胎压扁的牛奶罐、灌木丛里掉落的种子。我不停把这些东西往披肩里面放，放啊放，一点儿也不介意它们散发出来的恶臭或是弄脏了我的手。

直到东西多得实在没法往里放了，我努力站起来，可是不行。有什么东西拽住了我，不知道是披肩里那些乱七八糟的垃圾，还是心头的悲伤。于是我坐在原地，只是坐着，直到有人轻声呼唤我的名字。

"我一直在等你回家呢。"是卡蒂嘉，她的声音温柔而充满关切，"看看你弄得一身多脏啊！"

"拉贝卡，"我刚要站起来，披肩里的东西像下雨一样一股脑儿"哗啦"全掉到地上，"拉贝卡推了我一下，你的罐子就掉到地上摔碎了，我把它们捡了起来，还有所有这些。但我要怎么才能把它修补好呢？修补好一切，修补妈妈去世以后的生活。太难了，所有的事情都好难。"

"噢，阿杜尼。"卡蒂嘉用温暖的手擦去我脸上不知道什么时候滑落的泪水。

"过来，我的孩子。"她说，"你需要洗个热水澡，吃上一碗甜木薯，再美美睡上一觉。"

说完，她拉起我的手，拖着我和那颗沉重的心一起走回莫鲁弗的家。

12

自从上个星期发生那件事以后,我一直对凯克心怀感激,遇到的时候,我们偶尔会用眼神打个招呼。今天早上,我正坐在厨房外磨胡椒,她找到了我。

凯克站在我跟前,两只手托在臀部,歪头看着我。

"阿杜尼,"她说,"早上好。"

"早上好。"我也向她打招呼,一边将磨石上面的脏东西用水冲干净,然后把它放到我两腿之间的灰色石头上继续磨胡椒。

"谢谢你那天在灌木丛里帮我……"我眼睛盯着磨石,"我一直想对你说声谢谢,但是你妈妈老是盯着我提防我跟你说话。"

"她这会儿去市场了,"凯克说,"太阳落山才会回来。"

"你那天为什么要为我撒谎?"我问。

"因为……没什么。"她说。

我抬起头，用手遮挡住刺眼的阳光："我一点儿也不想嫁给你的爸爸。你知道的。"

她弯腰坐到我旁边的石头上："我知道你想回学校继续上学。你的头脑不错，阿杜尼。你很适合读书，村里每个人都这么说。"

"那你妈妈为什么总是找我的麻烦呢？"

"因为妈妈没有生出男孩，所以爸爸娶了你和卡蒂嘉。她是把心里的痛苦发泄到你们两个人身上。再说你的年纪和我差不多大，这也让妈妈心里非常不好过。"

"我明白了。"我说。

"爸爸给我找了个丈夫，"她说，"自打我十岁起，他就在帮我找丈夫了。他说昨天已经收下聘礼，明天我就要搬去丈夫家里了。"

"嫁给谁？"我拿起一串胡椒撕开，放到磨石板上磨起来，"你见过那个男人吗？"

凯克摇摇头："我只知道他叫巴巴·奥贡，村里卖药的。结过婚，妻子六个月前死于咳血。他正想找个像我这么大的女孩，好重新找回青春的感觉。他已经结过一次婚，我们不会办婚礼。明天爸爸妈妈就直接把我带到他那儿去。"

看上去凯克并不痛苦，好像去给一个老鳏夫当第二任妻子没有让她很难过。

"你愿意嫁给这个男人吗？"我舀起一勺胡椒，胡椒末里面夹杂的白色种子像一粒粒沙，但还不够细，我把它们倒回石头上继续磨。

"但这会让爸爸开心。"她耸耸肩，"妈妈想让我多学点裁缝，但是爸爸不想花钱让我学那些,他打算用我结婚的聘礼钱修另一辆出租车。"她把身子往后倚了倚,看着我用石头前前后后碾着那些胡椒。

她叹了口气:"真希望我是个男人。"

我停下手里的活:"为什么?"

"想想吧,阿杜尼,"她说,"咱们村里所有男孩都可以上学或工作,女孩呢?十四岁开始就得结婚嫁人。我知道自己可以成为一个好裁缝,我有设计的天赋。"说着她伸出一根手指在沙地上画了几下,我歪头一看,一件鱼尾形状的长裙跃然眼前,袖子像两个小铃铛。

"这个款式真不错。"我说。

"每当我和妈妈从集市上回来,"她擦掉沙子上的画,伸出手指开始画另一件,"我会画出各种款式的裙子。我只要闭上眼睛,"说着她闭起眼睛,"就能看到村里每个女人穿着我设计的衣服的样子。"

说完,她睁开眼睛给了我一个难过的笑容。"真希望我是个男人,可惜我不是,所以我只能做自己被允许的事情,嫁给一个男人。"

我认真琢磨着她这句话里的意思。

"我向上帝祈祷未来的丈夫是个好人,没准儿他会愿意送我去学习裁缝设计。"她说,"你呢?阿杜尼,你想成为怎样的人?"

"老师。"我说。从两岁起我就想当老师了。妈妈还没有去世的时候,每当她在院子里炸泡芙,我便对着小树和小草讲课,把它们当作我的学生。我会拿起小教鞭对着杧果树说:"你,杧果同学,一加一等于几?"接着我自问自答,"一加一等于二,阿杜尼老师！"

回忆让我忍不住笑起来。"我想继续教村里的孩子们，"我对凯克说，"帮他们获得更好的生活。但现在我嫁给了你的父亲，所有梦想都不可能实现了。"

她摇摇头。"闭上眼睛，想象你就是一名老师，"她说，"试试看，闭上你的眼睛，在脑海里想象。"

一开始，我只能看到一块黑布笼罩在眼前，但我努力掀开那块黑布往里看，渐渐地我走进了自己内心的深处。我从黑暗中出来，来到一间教室，拿起粉笔在黑板上写起字来。身后孩子们穿着红白相间的校服坐在长凳上听我讲课，就像过去在学校的教室里老师为我上课一样。

那个瞬间，我感受到一种自由，感觉如此强烈，以至于我很快睁开了双眼。笑声从我嘴里蹦了出来，把我自己吓了一跳。

凯克朝我微笑起来。"看到了吗？阿杜尼，就算你嫁给爸爸以为希望都破灭了，但你的心没有放弃，什么都无法阻止你成为想要成为的人。"说完她站起来，"既然你喜欢读书，那么就去寻找任何你能找到的书充实你的思想吧，也许在伊丹拉镇的垃圾箱里，也许是市场上便宜的旧书。有一天，也许你会成为梦想中的老师，也许不会。虽然明天我就要结婚，但在心里我还是那个凯克，那个服装设计师。请为我祝福吧。"

她走了以后，我又闭上眼睛尝试继续做刚才那个梦，脑海里却一片黑暗，只有手中的胡椒刺扎着我的皮肤。

13

昨天夜里,卡蒂嘉让我陪她去找产婆。

她怀孕八个多月了,肚子大到走路的时候好像两腿之间夹着个轮胎。上个星期在厨房干活的时候,她不停地呻吟,声音压得很低,唯恐叫人听见。我问她肚子里的宝宝还好吧,她说没事。直到昨天,她爬上席子蜷缩在我身边,我正要为她肚子里的宝宝唱歌,她摇摇头:"阿杜尼,今天请别唱了。"我问她怎么了,以前她从来没有阻止我唱歌。她说:"我好害怕,阿杜尼,恐怕这个孩子要提前出来了。"

"为什么?你感觉到宝宝有什么地方不对劲儿吗?"我问。

"是的。"她说。

"你确定?"我问。

她皱起眉瞪大眼睛:"这是我的第四胎了,阿杜尼,我知道他们是想出来还是继续待在我的肚子里,这个宝宝想出来了。本来应该再过四五个礼拜的,但按现在的情况,明天一早我就必须找产婆了。这次是个男孩,他不能死。"

"你怎么知道是个男孩?"我问,"你找医生检查确认了?"

"我就是知道,"她说,"莫鲁弗说如果这胎不是男孩,他就再也不管我家人的死活,所以我想了个办法确保这胎是个男孩。"她低下头,好像有些难过。"我做的事情不太光彩,但我没有其他选择,我不能再生女孩了。阿杜尼,你知道的,万一还是个女孩,我的爸爸妈妈怎么办?这胎必须平平安安生出个男孩。明天早上你和我一起去找产婆吧,天亮就出发。"

那一晚我都没睡好,我一直在想她怎么保证是男孩呢。夜里我有时候会去检查卡蒂嘉的肚子,害怕万一宝宝半夜从她肚里爬出来死了怎么办。可是如果我去叫莫鲁弗,拉贝卡一定会把我揍得半死,因为今晚轮到她陪莫鲁弗睡觉。

谢天谢地,宝宝在她肚子里一直撑到今天早上。

"产婆住在哪儿?"早上洗漱过后,我问卡蒂嘉。"你准备告诉你的丈夫我陪你去找产婆吗?"我小声说。虽然嫁过来快三个月了,我还是不习惯叫莫鲁弗为"我们的丈夫",我永远开不了这个口。上次试图这么叫的时候,我的舌头几乎打结,后来和卡蒂嘉说话,我就一直称他"你的丈夫"。她明白,我也明白。

她摇摇头。"我告诉他我要回家看我母亲,"她说,"你陪着我,帮我拿包。"

"为什么不直接告诉他你是去找产婆呢?"我困惑地问,"有什么问题吗?"

"你不明白。"她揉着肚子,痛苦地皱起脸,"你准备好走了吗?"

我穿上黑色凉鞋,系好衣服上的腰带,便跟着卡蒂嘉走了。

与此同时,莫鲁弗和拉贝卡站在院子里的出租车前,今天是凯克出嫁的日子,他们正要把她送去丈夫家。

莫鲁弗穿着我们婚礼上的那件长袍,拉贝卡则套着一件棕色麻袋似的衣服。她转过身来又朝我发出那种咝咝声,这一回我也朝她咝咝,虽然声音小得只有我自己能听见。

"一大早你这是去哪里?"莫鲁弗问我,"你不用跟我们一起去参加凯克的婚礼。"

"噢,上帝绝不允许。"拉贝卡抢着说,"她们不能跟我们一起去,今天是属于我的好日子,其他女人休想捣乱。"

"我们没有要跟你们一起去。"卡蒂嘉说。她擦着大汗淋漓的额头,看上去灵魂都要从身体里跑出来似的。"我得回一趟家看看妈妈,她生病了,阿杜尼帮我提包。"

莫鲁弗怎么一点儿也看不出卡蒂嘉此时那么痛苦?

我跪下向莫鲁弗问好:"早上好,先生。"

"阿杜尼,我年轻的妻子。"他说,"你想陪着卡蒂嘉一起看望她的母亲吗?"

我看着卡蒂嘉的脚摇晃一下,她向我点点头,于是我也点头:"是的,我愿意,先生。"

"但你今晚必须回来,"他说,"今天我想和我的阿杜尼度过一个特别的夜晚。"

"上帝会保佑我们,"卡蒂嘉说,"我们一定在太阳落山之前回来。"

"必须在那之前回来。"莫鲁弗说完坐进车里,发动引擎。我们看到凯克从屋里出来,她穿着新裙子,头上裹着新头巾,上衣领口别着一朵花,看上去很美,也许是她为自己设计的。蕾丝纱帘从头巾上垂下,正好遮住她的脸。她从纱帘下抬眼看着周围的一切,描着黑色眼线的眼眸里充满希望。

"去吧,"当她走到我跟前时,我对她说,"去吧,我的设计师!"

与此同时,我和卡蒂嘉则要赶往两英里外的公共汽车站。

公共汽车站不远,但卡蒂嘉走得很慢,一边呻吟一边揉着肚子,仿佛孩子马上就要出来了似的。

一路上,她不停地说想大便,想小便,想睡觉。

我很害怕,又小心掩盖着自己的害怕,只能催她一直走不要停,忍住小便和大便。大巴车不挤,车上全是妇女,带着一篮篮的面包、橘子、豆子准备去集市卖早餐。我坐在司机旁边,他身上散发出一股刚从被窝里爬出来的气味,卡蒂嘉坐在门边。我将她的包放在膝盖上,眼睛紧紧盯住她,生怕她肚里的孩子忽然跑出来。司机发动汽车后,我问卡蒂嘉感觉如何:"宝宝还在闹?"

"嗯,还在想要跑出来。"说着她把头靠在我肩上,抓住我的手,"我眼睛快睁不开了。咱们到凯尔村下车,到了你叫我。"

我还没来得及说出"别睡",她已经闭上眼睛,打起鼾来。

14

汽车在林中小路穿行，车窗两侧是郁郁葱葱的树木。

树枝像伞一般遮住路面，阳光从缝隙里透进来。我们从骑着自行车赶往农场的农民身边经过，车铃"丁零零"驱赶着路上的行人、鸡和狗；我们从妇女们身边经过，她们刚从农场忙完回来，头顶一簇簇柴火、面包和绿色大蕉赶回家做饭，孩子们在背篓里熟睡。我忍不住想：为什么男人反对女孩们去上学，却从没见到他们反对女人们背柴赶集、为他们做饭？

汽车越过伊卡迪村的边界，很快红色的山丘靠拢着把我们拥抱起来。山坡边缘上有一些泥巴砌成的房子，看上去好像随时会垮掉把屋里的人统统压扁。

远远地，大约五十只黑山羊正往山坡上爬，身后是一个男人拿着细棍在驱赶。汽车左侧的小山好像在哭泣，一行清澈的泉水从山顶涓涓淌下,映照出湛蓝色的天空,山峰圆润得像个男人的光头。

经过那些山后,汽车又行驶了一个多小时,终于抵达凯尔村车站。一路上卡蒂嘉都在睡觉,鼾声重重,还在梦里胡言乱语。

司机把车停在一棵可可树旁。空气中弥漫着烤坚果的香味,一个男人正在翻烤着核桃,小摊前站着一两个等待的顾客。凯尔是个小村庄,只有伊卡迪的一半大,附近有一两座红泥砌成的圆房子,其余屋子都盖在山上,看上去摇摇欲坠。

车站对面有家卖巧克力糖果、香烟、报纸和面包一类的小店。一个女人一边拿着扫帚"嗖嗖"在店门前的地上来回扫着,一边唱着歌,歌声越过马路朝我们迎面而来:

清晨到来,
我要起来赞美伟大的主。

"凯尔村到了,"司机喊道,"停10分钟就走。"

不知怎的,我紧张得胃痉挛起来,用胳膊肘碰了碰卡蒂嘉。"醒醒。"我说,但她只是把脖子歪到一边。为什么她这么困?我舔舔火辣辣的嘴唇,又用胳膊肘戳了戳她。"卡蒂嘉?"

为什么,为什么,为什么我要跟她来到这个地方?我当时在想什么?如果她再也醒不来了呢?

"卡蒂嘉,醒醒!"我大喊着,连司机都回过头来看我。"她怎么还不醒来!"我朝司机说,被自己几乎哭出来的声音吓了一跳。

"阿杜尼?"卡蒂嘉慢慢睁开眼睛,环顾四周,擦了擦流出来的口水,"我醒来了,就是这儿。咱们下车。"

"你还好吧?"当我用手给她擦脸的时候,胃部的痉挛停止了。"我好害怕你一睡过去就醒不过来了。你感觉怎么样?"

"很好,"她握住我的手,"咱们走。"

一路上,她时不时停下来呻吟,我让她继续坚持,直到我们抄近路穿过公共汽车站,经过商店门前唱歌的女人,来到一条路上。路边有棵番石榴树,一只脖子上挂着红线的棕山羊正啃着树根周围的草。山羊抬头看到我们过来,扯下几根草便跑开了。卡蒂嘉倚在番石榴树下歇息,番石榴低垂到她的头旁边,黄黄的,熟到可以摘了。

"你想坐下来吗?"我将她的布包搁到地上,"坐下休息会儿吧。"

卡蒂嘉弯下腰坐到树根上。"我在这儿等你。"她颤抖的手指指着远处的一间圆房子,"穿过这条路,走到那扇红门跟前,敲三下门。如果开门的是女人,就说你在卖草药,然后回来。如果开门的是男人,告诉他你找巴米德尔,就说是卡蒂嘉派你来的,然后把巴米德尔带到我这里来。"

我困惑极了。"那是产婆家?"可巴米德尔听上去是个男的,我这辈子还从没见过男产婆。"卡蒂嘉?"

她的额头上沁出一层汗珠,嘴唇上也沾着汗珠。

"现在别问太多,"她说,"如果你不想我的宝宝死掉,现在就去叫巴米德尔过来。告诉他……噢,我的背,阿杜尼。我的背好痛。"

我久久地看了她一眼,再次后悔起来:我为什么要跟她来?我为什么不待在伊卡迪管好自己的事就行了?可是是卡蒂嘉帮助我避孕,是她让我在莫鲁弗家的日子变得开心起来,是她为了我和拉贝卡战斗。再说万一她死在这里,大家都会以为是我害死了她,他们会说我因为嫉妒才把她带到凯尔村里,把她扔到一棵番石榴树旁边活活等死。他们会处死我的,毫无疑问,在伊卡迪杀人或者偷窃都会被处死。

我记得一个叫拉米迪的农民,在农田的打斗中杀死了他的朋友,村长让人每天在广场上用棕榈叶鞭打拉米迪七十下,一直到他被活活抽死。尸体草草烧掉,焦黑的躯体被扔进了森林当作给神灵的祭品。

我拔腿匆匆穿过小路,往那座泥屋的门前走去。

往回看,卡蒂嘉抬起手向我挥挥手。

那扇门像愤怒的鲜血一般红。我蜷起手指敲了敲,没人应声。但我听到里面有人在听收音机,播放的是约鲁巴地区的早间新闻。

我又敲了敲门。

门慢慢开了。我看到一个男人,很高,年轻,帅气,只穿着一条裤子,没穿上衣,脚上也没穿鞋,手里拿着收音机。

"我在找巴米德尔,"我说,"是你吗?"

他按下收音机旁的按钮,关掉:"是的,我是巴米德尔。你找我?"

我尽量放低声音:"卡蒂嘉,你认识她吗?"

他忙转过脸看向屋里,确定没人过来,才问:"她怎么了?"

"她说我应该叫你过去,"我说,"她就在不远处坐着,状态很不好。"

"很不好?"他板起脸,"稍等。"

他进屋后，关上了门。

我站在那里双脚扭来扭去，感觉非常奇怪。这个叫巴米德尔的人是谁？他和卡蒂嘉是什么关系？为什么卡蒂嘉对我撒谎说是要去找产婆，又对莫鲁弗撒谎说要去看望母亲？这时门开了，我的思绪被打断了，只见男人套上了一件衬衫，说："带我去见她。"

我们几乎是边走边跑着找到卡蒂嘉。她脸上的汗更多了，正痛苦地把头扭来扭去。我站在一边，那个叫巴米德尔的男人跪下来，握住卡蒂嘉的手。

"卡蒂嘉，"他说，"是我。你怎么了？"

卡蒂嘉睁开眼，挣扎了一下。她抬起嘴唇，好像想要微笑。"巴米德尔……"她说话声音那么微小，以至于我只能低头才听得清。

"这孩子在给我找麻烦，"她说，"我怕自己会死。"

听到这话，我震惊了。巴米德尔用手擦了擦脸，我望向四周，现在谁看到我们了？街上一个人也没有，远处只有那只山羊，弯着两条后腿正在费劲拉屎，黑色屎球像雨点一样从屁股上落下来。

那个男人在干吗？他为什么摸卡蒂嘉的脸？难道不知道她是有夫之妇吗？

"我的爱人，"他说，"你不会死的。"

他疯了吗？为什么叫她爱人？

"卡蒂嘉，"我说，"这个男人在胡说八道些什么呀？"

卡蒂嘉仿佛根本没听见我在说什么，我像个傻瓜站在一旁只能干等着。

"孩子马上要出来了，"她对那个男人说，"恐怕一出生他就会死。记得你说的那个诅咒吗？怀孕九个月之前咱们必须完成的仪式？"

什么诅咒？什么仪式？我跺起脚，脑子里的疑惑越来越多，还有愤怒。为什么他们像恋人一样说些奇奇怪怪的话？

巴米德尔点点头。"我们今天就可以走，"他说，"一起走，我和这个女孩会带着你。"

他给了我一个眼神，我往后退了一步。哪个女孩？不是我，我不会跟任何人一起走，更不会去完成什么奇怪的仪式。

"我要回伊卡迪了。"我说。

"求求你，"卡蒂嘉说，"帮帮我吧，我站都站不起来了。我需要你和巴米德尔的帮助。"

"那你先告诉我这是怎么回事。"我上下打量着那个人，仿佛他身上有什么东西在腐烂变质，"他是你什么人？"

那个男人同时站起来。"你又是她的什么人？"他问。

"她是我的姐姐，"我说，"我在她之后嫁给了莫鲁弗。"

"噢，"他说，"你就是阿杜尼。"

他怎么知道我的名字？

"卡蒂嘉跟我说起过你，"他露出一个难过的微笑，"她说你是个好女孩，她还说——"

"请说重点。"眼看卡蒂嘉正慢慢走向死亡，我可没有心情听什么赞扬自己的话。

"卡蒂嘉是我的初恋，"巴米德尔说，"她没有告诉过你吗？"

"没有。"她干吗要告诉我这个？这个巴米德尔的脑袋是坏了吗？

"五年前,我和卡蒂嘉真心相恋,我们约定好要结婚。"他说,"可是她父亲病了,把卡蒂嘉卖给莫鲁弗来帮助他们一家人。我那时没有钱,他们就这样把卡蒂嘉从我身边夺走嫁给了那个老头。我很难过,但我还是接受了事实。后来我离开伊卡迪来凯尔村干起了焊工的活,在这里定居下来。嫁给莫鲁弗四年以后,卡蒂嘉找到了我。她告诉我她爱我,于是我们又一次相爱了。"

他低头看着她在地上痛苦地挣扎,接着望向我,眼里闪着泪光。"她肚子里的孩子是我的,是个男孩,我知道。"

"帮帮我吧。"卡蒂嘉的声音那么虚弱。

"你们说的那个仪式到底是什么?"我问,"在哪儿?"

"我的家族有个诅咒。"巴米德尔说,"肚里的孩子长到九个月之前,必须给每个孕妇在河边洗七次澡。如果不这样做,母亲便会和孩子一起因难产而死。

"我的家族从不生女孩,所有女人怀的都是男孩。比如我,我有六个兄弟。从卡蒂嘉怀孕,我就知道是个男孩,是我的儿子。"他难过地叹了口气,"凯尔河不远,她可以去那儿洗澡,但必须用一种特殊的黑皂完成仪式,黑皂在我家里。眼下咱们先把她扶到河边。求求你,帮帮我吧。"

我看了一眼卡蒂嘉:"这个男人说的是真的?孩子不是莫鲁弗的?"

"是真的,"她说,"孩子是巴米德尔的,莫鲁弗就是个愚蠢讨厌的老头,想要儿子又不能让我怀上男孩,于是我找到巴米德尔,他能帮我。因为这个诅咒,我必须先去河边完成洗澡的仪式……可这个小家伙提前就要从肚子里出来,我得赶紧……帮帮我,扶我起来吧。"

我站着没动:"可是卡蒂嘉,你为什么要这么做啊?"

卡蒂嘉痛哭地左右摇摆着脑袋,脸皱成一团。

巴米德尔忧心忡忡地看着我。"没时间了,"他说,"你抓她的那只手,我抓这只,我喊一二三,我们一起把她搀起来。"

"我不要参与那个仪式,"我说着将双手交叉在胸前,心脏跳得飞快,"我们现在必须把她带去产婆那儿。产婆会帮她——"

"她要死了!"巴米德尔猛地喊出来,惊得远处的山羊一溜烟跑开了。

"求求你相信我,"他压低声音,"这个诅咒在我们家流传许多年,孕妇死去就是因为她们没有完成洗澡的仪式。就算是我母亲怀我和我那六个兄弟时,她也每次都乖乖去河边洗净了自己。我们必须抓紧时间!"

我讨厌这个主意,我讨厌卡蒂嘉把我扔进一堆莫名其妙的事情里。但她快死了,如果这么做可以挽救她的性命,我必须帮她。我想起那些在莫鲁弗家的日子,卡蒂嘉怎样在每个夜晚为我擦去泪水,为我做热乎乎的胡椒汤。我拿着她的陶罐去小河边打水,结果被拉贝卡摔了个粉碎,卡蒂嘉不仅没有怪罪我,怀着孕还为我烧水洗澡,宽慰我。

因为卡蒂嘉,我在莫鲁弗家的日子才没那么难熬。因为卡蒂嘉的存在,我才能重新拥有笑容,而现在我必须让她看见自己的宝贝儿子,让她幸福起来。

我必须救她。

当我弯腰拉起卡蒂嘉的手时,心跳在耳畔发出怦怦巨响。她的手挂在我的脖子上时简直像一块冰。"河在哪儿?"

"不远,"巴米德尔说,"走路就一英里。"

"为什么不找辆出租车或者摩托车来?"

他环顾四周,摇摇头。"我结婚了,"他说,"如果看到我和另一个怀孕的女人坐在一辆出租车或者摩托车里,村里的人会怎么想?"

我拼命把骂人的话咽回去,这个蠢男人明明有老婆,还让卡蒂嘉怀孕?卡蒂嘉做这一切的时候到底在想什么啊?再说在医生都没有检查的情况下,她怎么确定自己怀的是男孩?

我知道伊丹拉镇上有个医生,每个月他都会来帮我们村的孕妇做检查,据说他有一副厉害的机器能检查出怀的是男孩还是女孩,我必须让莫鲁弗把卡蒂嘉带到医生那儿去。

"走,"巴米德尔说,"我们可以从那边的小路走。"

说着他弯下腰,从一侧抓起卡蒂嘉的手:"听我口令,一、二、三——起来!"

就这样,我们扛着卡蒂嘉一起朝巴米德尔口中的那条河走去。

15

卡蒂嘉正在拼尽全力与死神搏斗。

我和巴米德尔抓着她,求她和我们说话,求她千万别睡着。我和她说起我的妈妈,说起卡尤斯,说起"老大",说起关于我的一切。我问她:"你还在吗,卡蒂嘉?还清醒着吗?"她发出一声呻吟,于是我继续和她说话,把我脑子里冒出来的一切都告诉她。

我感觉到了死亡,想起死亡是如何把妈妈从我身边带走的。

死亡,就像伊罗科树[1]一样高,没有身躯,没有血肉,没有眼睛,只有嘴巴和牙齿。许许多多颗牙齿,细如铅笔,利如刀锋;死亡没有腿,却有长满了钉子和剪刀的双翼;死亡可以飞,足以杀死空中的小鸟,把它们从空中击落到地面,撕裂它们的头;死亡还可以游泳,

---

1 又名大绿柄桑,生长于西非的一种高大树木,有人认为树中居住着精灵。

潜入水中生吞水里的鱼。

当它想杀掉一个人的时候,会悬浮在那个人的头顶,像船在灵魂的水面上悬浮,静静等待,伺机将那个人从地球上带走。

死亡可以伪装成各种形式的东西,它就是那么聪明。今天它能化身成一辆车,变成车祸,明天就能变成一把枪、一颗子弹、一把小刀、一种咳血病。它可以变成一把干枯的棕榈叶狠狠抽打一个人,直到把那个人打死,就像农民拉米迪。或者变成一根绳子把人的生命活活勒尽,比如阿莎碧的爱人塔法。

现在死亡是不是跟随着卡蒂嘉呢?如果卡蒂嘉死了,它会不会找到我身上来?

我们沿着巴米德尔指的路一直走,脚总是被湿泥吸进去,我们挣扎着走得很艰难,直到眼前终于出现那条河。我这辈子从来没觉得这么充满希望。

"卡蒂嘉,"我说,"你真棒,我们到了。"

她呻吟着哼出虚弱的一声。

"那就是凯尔河。"当我们穿过小路来到河边时,巴米德尔说。河流像一大片玻璃漫延开,在清晨的阳光下闪闪发光。

两个女孩正用陶壶取水,其中一个抬起头来看到我们,点点头,然后继续打水。一个渔夫划着独木舟捕鱼,渔网像孔雀开屏一般在水面上撒开。

我脚底一滑,差点儿摔倒,就在这时,我感到卡蒂嘉松开了手。我和巴米德尔想办法让她躺下,我跪在她跟前,用袋子做成枕头让她枕在上面,接着捏起衣服的一角,为她擦脸。

"让我给她洗吧。"我对巴米德尔说。

巴米德尔也出了满身汗。他四处看了看,转过脸对我说:"我回家把那种特殊的肥皂拿来。"

我看着卡蒂嘉,她的眼睛闭上了。

我掐了她一把,她随即睁开眼睛,然后又闭上了。

"你要去多久?"我不希望他把我和卡蒂嘉扔在这条河边,"你什么时候回来?"

"很快,"巴米德尔说,一边用手在裤子上来回擦着,"五分钟。"

"太久了,"我说,"两分钟,快去快回。"

"我抄条近路,"他说,"我回来之前,先将她的衣服脱下来。"

"我不会给她脱衣服的,"我说,"我不知道怎么给一个孕妇脱衣服!"巴米德尔的蠢话让我想要拿头撞他的鼻子。"我不会动她一根毫毛,除非你回来,听清楚了吗?"

"我很快就回来。"接着他俯下身来在卡蒂嘉耳边说了些什么。她努力点头,但过了很久才缓缓动了一下。

巴米德尔站起来。"我要走了。"我还没说话,他已经转身朝我们来时的路上跑去。

刹那间,一声雷鸣"轰"地从天空传来。

是死亡。它在发声,给我们警告。

过了很久,巴米德尔并没有回来。

我握住卡蒂嘉的手,看着时间一分一秒流逝。河边两个女孩正帮对方将装满水的陶壶放到头顶上,经过我面前的时候,她们停下脚步。两人看上去像双胞胎,脸都是西红柿般圆圆的形状,笑起来左边脸颊上都有一个酒窝,只不过其中一个女孩的皮肤是可可粉的颜色,另一个则是新鲜面包的黄棕色。

"你们没事吧?"深色皮肤的女孩用科尔村的口音问,每个字都像打在她的舌头上,听上去有些费劲。

"她怎么了?"她问,"你们需要帮助吗?"

"她生病了,我正在等……"我想了一会儿,"等芭芭佬[1]来,他来了就会治好她的。谢谢你。"

"上帝保佑她。"两个女孩齐声说着,从我们跟前走了。

云层吞没了早晨的阳光,四周陷入一片阴暗。风呼啸着,空气阴冷。我浑身打战,咬紧牙齿让自己镇静下来。渔夫摇着独木舟划到了很远的地方,我能找谁来帮我呢?

我擦了擦卡蒂嘉的脸和她冰冷的头。"还疼吗?"恐惧在我胸腔里围起一堵墙,压得人无法呼吸。我努力让自己振作起来。"你好些了吗?"我问。

"是的,"她动动嘴唇,试图挤出一个微笑,"疼痛变轻了。"

"太好了,"我说,"还记得我之前想唱给你听的那首俏女孩变律师的歌吗?你忙家务活一直没空听我唱呢。"

她没有回答,但我继续说着。"我现在就唱给你听。我觉得你会喜欢那首歌的。那是一首甜甜的歌,卡蒂嘉。你能听见,对吗?

---

[1] 芭芭佬(babalawo):尼日利亚约鲁巴语中"神秘之父"或者"灵魂之父"的意思,负责给信徒讲解疑惑帮助信们做出重大决定,还能通过占卜的方式帮助人们预测未来。

你好啊,漂亮姑娘,"明明嗓子已经不受控制,但我仍然继续唱着:

> 你好啊,漂亮姑娘,
> 听说你想做个名气大大的大律师?
> 恐怕得念很多很多书才行。
> 听说你长大想穿高高的高跟鞋?
> 走起路来"叩——咔——叩"……

我的声音发抖,但我努力控制,好让自己继续唱下去:"叩——咔——"

"阿杜尼?"卡蒂嘉叫我。

"是的,卡蒂嘉,我在呢。"我说,"我在这儿唱歌,唱歌给你和你的宝宝听。你喜欢这首歌吗?肚子里的宝宝喜欢吗?"

"巴米德尔在哪里?"

"他还没有回来。"我说。

"他什么时候回来?"卡蒂嘉问,"他走太久了,他在哪儿?"

"他在——"我没有继续说下去。如果巴米德尔永远不回来,只是把卡蒂嘉留在这儿等死呢?

卡蒂嘉拖着剩下的一口气。"他骗了我?"她问,"他就这样丢下我了?"

我还没有想好怎么回答,她发出一声低沉的哀鸣,像困在陷阱中的一条狗。我抬起头,看到死神在上空盘旋,我驱赶着它,让它化身成汽车去撞死一只该死的羊或者别的什么。但是当我望向卡蒂嘉的时候，我知道她正在用目光迎接死神，她正和死神合二为一，就像一位妻子迎接自己的丈夫回家。

"阿杜尼，替我照顾好我的孩子们。"她的声音那么小，那么弱。

"不，"我握着她冰凉的手，"卡蒂嘉，不是我，是你，你要照顾好你的孩子，你以后还要照顾我的孩子呢！你和我，我们一起，共同对付拉贝卡。我们还要一起嘲笑莫鲁弗不是吗？卡蒂嘉，不是吗？等等，等等，请听我再为你唱首歌。那首歌是关于——"我摇晃着她的肩膀。

她的身体抖动了一下，眼睛浑然睁开，朝着灰色的天空渐渐呆滞下去，注视着只有将死之人才能看到的一切。我把耳朵放在她的胸口倾听着，她的乳房还在涨着奶，我再也忍不住大哭起来。

醒醒，卡蒂嘉，我用全部的灵魂呐喊祈祷。醒醒，醒醒，醒醒。

可是祈祷没有作用。

卡蒂嘉走了。

而巴米德尔再也没有回来。

16

我努力打起精神,环顾着四周。

渔夫打完鱼往回走了,我想等他过来帮忙一块把卡蒂嘉带到莫鲁弗那儿。但脑子里却响起了警告:他会认为是我杀了卡蒂嘉,毕竟他没有见过巴米德尔。他会把我交给伊卡迪村长,我想起被处死的农民拉米迪,人们用鞭子狠狠抽打他整整七天。不行,我必须找到巴米德尔,我要和他一起把卡蒂嘉带回家安葬。他会告诉村长、莫鲁弗和卡蒂嘉的孩子们发生了什么,他必须说出一切:卡蒂嘉的怀孕、家族的诅咒、那块可以解除诅咒的肥皂,以及他最终的辜负。

我擦擦脸,下定决心就这么办。

巴米德尔得为这一切承担罪责。

不是我,也不应该是我。

我走了好几英里，穿过一条又一条小路终于来到一座房子跟前。门口长着一丛灌木，上面结着樱桃般诱人的红色果实，它们有剧毒。这不是巴米德尔的家，他家到底在哪儿来着？我急得跑起来，卡蒂嘉的模样充斥在我的脑海，她就那样可怜地躺在沙子上。天空再次响起惊雷，一场倾盆大雨即将到来。

如果大雨把卡蒂嘉冲进河里，她就永远消失了。我要怎么对巴米德尔说？要怎么和其他人解释？他们压根儿不会相信卡蒂嘉已经死了。

我向上天祈祷不要下雨，请再给我一些时间。直到那只系着红线的山羊出现，它依旧坐在番石榴树的树荫底下，我知道自己离巴米德尔家不远了。我向山羊表示感谢后继续寻找，终于我找到了——那扇红门。

我从地上捡起块石头砸到门上，没人应答。我又砸了一下，开始喊道："巴米德尔，出来！巴米德尔！"

门慢慢开了。

一个孕妇的大肚子先露出来，接着是她的脸。女人很清秀，但那张脸看上去像个饿坏的洋娃娃，满头鬈发歪向天空，像顶着一撮杂乱的荆棘。她那圆滚滚的肚子和卡蒂嘉的差不多大，恍如一记拳头重重捶向我的胸膛。我明白了为什么巴米德尔没有回来：因为家里有个怀孕的妻子。

"我找巴米德尔，"我呼吸急促，努力不让自己哭出来，"叫他出来，跟他说卡蒂嘉已经死了。"

"巴米德尔？"她露出一副困惑的模样，"我们家的巴米德尔？"

"对,就是你家的巴米德尔。"我说着环顾四周,那只山羊正抬起头看着我,我知道它目击了这一切,"我今天早上来找他,就是他开的门,就是这扇红色的门。你是他的妻子?"

她眯起眼睛仔细打量我,然后点点头。

"巴米德尔出远门了,"她说,"他三周前就走了,去……去他母亲的村子了。你找他做什么?谁是卡蒂嘉?"

"不,"我说,"巴米德尔没走,他就在家,今天早上还为我开过这扇门。"

我向前一步想推开门,没想到女人迅速走出来,随即把门关上,两手紧紧握住把手。

"巴米德尔不在家。"她说,"你马上走。"

"他眼睁睁让卡蒂嘉死了!"我跺着脚号啕大哭起来,"尸体就在凯尔河边,死了,彻彻底底死了,我们必须把她的尸体带回来!巴米德尔,出来!你杀了个女人!出来!"

这时旁边邻居家的门开了,一个男人探出头,看着我们。

"你耳朵有毛病吗?"女人低声怒道,"巴米德尔不在,再不走,我就要喊'奥利'[1]了。"

奥利,贼。

这个词对我们来说是一种指令,人们只要听到它,就会全部出动抓贼。她叫我奥利,全村人不仅会冲出来抓我,还会用旧轮胎箍住我,然后点火,把我当成贼活活烧死。

---

[1] 奥利(ole):在尼日利亚当地是贼、持有武器的劫匪的意思。

我抬头看到死神在我头顶上盘旋，它露出寒光闪闪的牙齿，拍打着翅膀，正在盘算用哪种方式带走我：是化作鞭子呢，还是化作烈火。

但我想到了卡蒂嘉，想到了她的孩子们——艾拉菲亚和其他女孩，还有她家中生病的父亲。

于是我鼓足勇气，大喊："巴米德尔，出来！你杀了一个女人！出来！"

"奥利！奥利！奥利！"那个女人同时大叫，盖住了我的声音。

"奥利？"邻居家的男人从家门口走过来，他壮得像个武士，长着一双大手和宽厚结实的胸膛。男人一眼就看到我，因为我是这里唯一陌生的面孔。紧接着他大吼："奥利！奥利！大家出来，村里来了个贼！"

他们两人的声音混到一起，压过了我的喊声。

没时间了，人们马上就会聚拢过来。

我飞速看了看左右两侧，我的右手边有一条小路，直通公交车站。

我望向那个女人，她也看着我，故意放慢了声音，给我一个逃跑的机会，意思是让我再也别回来。

可是卡蒂嘉，噢，可怜的卡蒂嘉，我不能放弃她。

"巴米德尔！"我最后一次大喊，"我知道你在屋里。上帝会审判你的！你杀了一个女人！滚出来！"

"奥利！奥利！"女人喊叫起来。男人拿着根粗棍扑过来，只差一点儿就抓住了我。

我转过身,看到另外两个男人从屋门口朝我飞奔而来。

四个人,对付一个"贼":我。

我闭上嘴,拼命奔跑起来。

17

我跳上车站里的一辆摩托车,求司机送我回家。

但我不能回莫鲁弗的家,如果他问卡蒂嘉在哪儿,我要怎么回答?我又要如何面对她的孩子们?

于是我告诉司机回伊卡迪。我的脑子里一片混乱,既不知道多久才能到家,也不知道如何面对爸爸,毕竟我已经结婚三个月了。

进屋的时候,爸爸在沙发上睡得很沉,他把头靠在沙发木架子上,帽子扣到鼻子上,轰隆隆的鼾声把整个客厅震得发抖。我一进门他就醒了过来。见着我,他几乎跳起来,睁大眼睛,好像看见了妖魔鬼怪。

"阿杜尼?"他揉了揉眼睛,"你怎么来了?"

"爸爸。"我浑身抖得厉害,以至于都没办法跪下好好打招呼,"是我,下午好,爸爸。"

屋外，摩托车按下一声长长的喇叭——嘀。

"是摩托车司机要收车钱，爸爸。"不等他回答，我跑回以前和卡尤斯、"老大"共住的房间，拿出藏在席子里的钱，跑出去给了司机二十奈拉。

"你怎么想着回家来了？"等我回到客厅，爸爸站起来，双手叉在腰上，"你从丈夫家偷偷跑出来的？"

"不，爸爸，我没有从丈夫家偷偷跑出来。"我跪下来抓住他的腿，"爸爸，帮帮我。"

"发生什么了？你哭什么？"

我把一切都说了出来，说着说着，我感觉到爸爸站立的双腿松懈下来，接着他挣脱开我的手，整个人倒在沙发上。"卡蒂嘉死了？"他低声问，"排你前面的那个妻子死了？"

"是巴米德尔，"我说，"她的情人叫巴米德尔，是凯尔村的焊工。他弄得她怀孕，结果却让她自生自灭，最后也没有把那块救命的肥皂带回来。"这些话说出口连我自己都觉得像假的。"我说的是真的，爸爸。上帝可以为我做证！上帝知道这一切是真的！巴米德尔家族有一块有神力的肥皂，但他没有把它拿回来化解卡蒂嘉身上的诅咒，最后她因难产死了。一切都是真的，爸爸！"

爸爸把头埋进双手里，很长时间都没说话。当他抬起头的时候，眼睛红红的，他要哭了。"这些事情发生的时候谁看到你了？"

我摇了摇头："没人。巴米德尔的妻子说他在外地，她不会说实话的。"我记得河边有一对打水的双胞胎姐妹，但我不知道她们的名字，也不知道她们有没有看到巴米德尔和卡蒂嘉。后来村子里的每个人都看到我了,他们一定会说是我杀了卡蒂嘉。

"我说的一切都是真的。我发誓。"我说。

"噢,"爸爸揉了几下胸口,"阿杜尼,你这是要我的命啊!"

"我发誓我没有杀人,爸爸!"我哭得太厉害,几乎是边咳边说,"救救我,爸爸,救救我!"

爸爸把我的手从他膝盖上拿开,难过地叹了口气:"阿杜尼,我得去找村长。我们必须告诉他们发生了什么。"

"不,爸爸,不行!"我揪住他的裤腿,"您知道会发生什么。他们不会给我说话的机会,压根儿不会听那些关于巴米德尔的解释,他们会直接杀了我。"

"但我们不能把卡蒂嘉的尸体留在那儿,"爸爸说,"得有人把她的尸体抬回来,我不能这么做,不然他们会以为是我杀了她。我现在就去找村长,把事情的经过告诉他。"

"如果他们让您把我带过去,您会怎么说?"

爸爸看了我一眼,我从没见过他这么伤心,这么犹豫。

"那我只能带你过去,"他有些哽咽,"卡蒂嘉有她的家人,他们得知道她已经死了。村长也必须知道这件事,还有莫鲁弗。只要我——你的爸爸还活着,村长就不会杀你,我发誓绝不会让你出事。但首先你不要再哭了,回房间等我的消息。"

爸爸左顾右盼,轻轻拍着裤边好像在找什么,但又不知道在找什么。最后他把脚伸进拖鞋里,走了,留下我孤零零地跪在客厅。

站在过去住过的房间里,我的心脏在胸腔里怦怦打转。我走到窗户前,把妈妈的披肩——后来被我们用来当作窗帘——拉到一边,看看有没有人来。窗外的夕阳变成了爸爸喝酒以后眼睛充血的颜色。院子里空无一人,安静极了,只有杜果叶掉落以后在晚风中飞舞,窃窃私语着。

卡蒂嘉躺在凯尔村里,尸骨未寒,我却只想着逃,这算不算一种邪恶?但我还有其他选择吗?爸爸说不会让我出事,但是他曾经答应妈妈要让我继续上学,最后也没有遵守诺言,现在我又怎么相信他会救我呢?

我揉揉眼睛,从睡觉的席子下面翻出个黑色尼龙袋,把行李都收拾进去。

总共就四件衣服,有三件都在莫鲁弗家里。我只拿了一条连衣裙、一条裤子、妈妈送给我的黑色内衣、我的咀嚼棒[1],还有那本旧旧的约鲁巴语《圣经》。黑色的橡胶封面,里面的字很小,内页留下了许多折痕,那是妈妈在过去的日日夜夜里坐在厨房点着蜡烛读的时候折的。我把它按在胸前,祈祷上帝救救我。

我环视房间,找到了那盏煤油灯,同时看到房间角落里卡尤斯的绿色小枕头:如果我现在走了,以后去哪儿才能再见到我的卡尤斯呢?

我举起那盏煤油灯,试图用它挡住内心的黑暗,然后把结婚以前藏在灯下的一千奈拉拿出来,叠好放在卡尤斯的枕头下。虽然没

---

[1] 咀嚼棒:用折下的灌木枝,削成铅笔状,代替牙刷使用。非洲人认为,这种植物牙刷不仅有助于口腔清洁,还有治愈疾病的效果。

有多少，但也够买两三份巧克力糖果，让他开心一会儿。我把脸依偎在他的小枕头上，努力不让自己哭出来，我告诉它未来要替我好好地守护卡尤斯。

远远地，我听到"老大"的脚步声。他走进院子，我便站起来跑出去迎接他，装着衣物的尼龙袋在我手中飞舞着。

"老大"头顶两个大轮胎，看起来刚刚从修理厂下班。见到我他也很吃惊，眨眨眼问："阿杜尼？"

"是我，哥哥。"我一边回答一边整理好表情，将卡蒂嘉的事情推进脑海的深处。

"站那儿干什么？""老大"说，"还不过来帮我拿东西。"

我走过去接过他头上的轮胎，放到地上。

"你回来干什么？"他问，"你丈夫呢？你手里拿着的是什么？"

"他让我来给爸爸送点钱，"我紧握住尼龙袋，"也让我来谢谢你，感谢你们把我嫁给他。"

"你丈夫是个好人。""老大"抹去额头上的汗水，甩到我的脚上，"多亏有他，我们现在才有足够的食物吃。看到厨房里的番薯和芭蕉了吗？爸爸两个月前付的房租钱也是莫鲁弗给的，他告诉你了吗？对了，爸爸呢？在屋里吗？"

"爸爸，"我哽住了，努力把话接下去，"他和巴达先生一块出去了。"

"你该回家了吧？"

"是的，"我说，"天黑了。"

"代我向你丈夫问好，他是个好人。"他上下打量着我，"要我送你吗?外头天黑了。"

"不用,"我说,"谢谢,我这就走了。"

"老大"伸出手像狗一样打了个哈欠。"快走吧,"他眯起眼睛说,"等等,阿杜尼,你真的没事?为什么你看上去像惹了大麻烦似的?莫鲁弗还好吧?"

我舔舔嘴唇:"他很好。"

"家里其他两个老婆呢?拉贝卡和另一个,她们怎么样?"

卡蒂嘉对我很好,但是她死了。"她们都挺好,"我听到自己的声音哽咽起来,"我得赶紧走了,再见了。"

"走吧,"他说,"替我向你丈夫问好,他是个好人。"

"老大"走回屋子,微弱的油灯随即照亮了整个房间。我挪了几步,抬头看到乌云在天空聚拢。风像汽笛一样,吹起一首凄冷的歌。空气中弥漫着灰尘包裹水汽的气息,我知道马上就要下雨了。

就是现在。逃。

我深深吸了口气,望了一眼四周:向左是莫鲁弗的家,向右是尘土飞扬的道路。我把尼龙袋紧贴在胸前,转身向右狂奔起来。

18

  我一路低头往前跑,眼睛盯着脚下向村外延伸的泥泞小路。

  路两侧是玉米种植园,感谢这些宽阔的绿叶,它们将我和村子四周那一双双眼睛隔离开来。天空电闪雷鸣,我一刻也不敢停留,耳边传来远方的狗吠声,不知谁家院子里的山羊"咩咩"叫唤,还一边跺脚,好像在与脚下的土地搏斗。闪电一来,小鸡就吓得扑扇着翅膀到处乱跑。我仍在不停奔跑,只要路上出现石头、杂草或是孩子们故意扔在路中央让人绊倒的破轮胎,我便跳起来跨过去。

  就在这时,不知从哪儿蹿出一只脖子上系着绿线的公鸡,害得我一脚踢到石头上,钻心的剧痛让我几乎窒息,不得不停下来揉着脚踝,憋回眼泪。我眼角的余光瞥到两个头顶水桶的女孩朝我走来,其中一个是露卡,两人有说有笑,直到见到我。

  "咦?这不是我们的新娘子阿杜尼吗?"露卡走过来,"你要去哪儿?"

"到伊卡迪河边打水。"虽然疼得连气都喘不上,我还是撒谎了,说完便挣扎着站起来,手往后指了指家的方向,"家里的井干了,我出来打些水明天用。"我干笑一声,那笑声听上去却像是哭一样。

"我不信,"和露卡一起的女孩说,"这是哪门子新婚妻子啊?下雨天出门打水,连水桶都不拿?"我注意到她长得像刚刚那只忽然蹦到路中间的公鸡,有着细长的脖子和鸟喙一样长长的嘴。我和她明明素不相识,为什么她要怀疑我?

"露卡,别和她说话了,"女孩眼中闪动着嫉妒的火苗,"她这是在炫耀,结婚了就觉得比我们都过得好。"

"阿杜尼,"露卡说,"我不是早就告诉你结婚是一件很棒的事情?听说凯克今早也结婚了,真的吗?"

"是的,"我说,忽然一声惊雷响彻天空,"谢谢你,趁着还没下雨,我得赶紧走了。"

"等你有了宝宝,我们来为你跳舞庆祝!"露卡眨眨眼睛便和她的朋友离开了,"再见!"

"再见。"话说出口,我却没动,直到她们已经走出很远,雨点落下来,大地也跟着震动,像狂人拿着锅碗瓢盆在屋顶上演奏音乐。瓢泼大雨打在我的头发上、脸上,流进我的嘴里,我尝到香香的椰油发膏、苦咸的眼泪和雨水混合到一起的味道。雨水浸透了衣服,我站在路中间瑟瑟发抖。我想着露卡刚刚说的话,她说等我以后有了孩子就来找我跳舞,爸爸和莫鲁弗得知我失踪会不会愤怒和震惊?他们会认为我是畏罪潜逃吗?爸爸会难过吗?他们会把爸爸关进监狱里逼我回家吗？或者，爸爸本来就知道我打算逃跑？如果把我抓回去，他们会相信那些关于巴米德尔的解释吗？

我用手背擦擦脸，擤了擤鼻子，告诉自己不能再想这些了。离开很难，也许这个决定是错的，也许我可以听爸爸的话去找村长，但结果是他们会杀了我，就像杀掉农民拉米迪、阿莎碧的恋人塔法以及其他许许多多我忘记了名字的人。

我必须先离开，至少等到巴米德尔现身，我再回来试试。想到这里，我掀起裙边，试图挤干雨水，裙子仍旧湿答答沾在我的皮肤上，凉意让我打了个喷嚏。

我继续奔跑起来，一直跑到集市。金色的灯光将湿漉漉的水泥地面映射得像玻璃一样闪闪发光。广场中央矗立着村长的雕像，他坐在王位上，双目圆睁，手中拿着根大棒时刻监视着四周的坏人，比如我。

后来雨停了，天空黑得像煤炭，市场货摊上空无一人：卖牛奶、沙丁鱼、加里[1]和玉米的人，卖电子产品如电视机和DVD播放器的人，卖苏亚烤串[2]的穆斯林……撤摊的撤摊，躲雨的躲雨去了。空气中仍然弥漫着肉干、炸洋葱和胡椒的香味，一阵阵翻搅着我饥饿的胃。

我穿过市场广场，抄上一条近路来到村庄边界。这里也立着一尊村长的雕像，手中举着一块牌子，上面写着：再见伊卡迪——幸福之村。如果你走到背面，从列车驶入我们村的方向看，会看到另

---

1 加里（garri）：木薯粉制成的一种食物，是非洲尼日利亚人的传统主食。
2 苏亚（suya）：以牛肉、羊肉、鸡肉为主的烧烤串。

一面上写着：欢迎来到伊卡迪——幸福之村。眼下，我即将对它说声再见，却没有感受到任何幸福。

不远处，一个女人站在红伞下正用热油炸着一锅阿卡拉[1]。她用约鲁巴语嘀嘀咕咕着什么，仿佛在夸奖她那些炸豆饼有多香多甜以此招揽更多客人，可是在这大雨滂沱的夜晚只是徒劳。

看到我走过来，她额上一滴汗珠正好掉进油里，"啪"的一声，一缕黑烟升入空中。"你要买个阿卡拉尝尝吗？"她问。

虽然饥肠辘辘，但我没有资格吃东西。"不，"我说，"谢谢你，我没钱买吃的。"

她板起脸从头到脚扫视我一番。"没钱买就走开，别挡了其他人的道。"

就在这时，我听到有人叫我的名字，那声音粗得像是一杆大烟枪在说话。

顿时血液一股脑儿全涌上来——离家这么远的地方，谁认出我了？我转过身，原来是巴达先生。他穿着件蓝色长袍，衣服紧紧贴在身上。他那圆圆胖胖的、没有头发的脑袋在黑暗中闪闪发光，好像被油擦过似的。

"晚上好，先生。"我跪下来向他问好。

"你想买阿卡拉？"他说完把手伸进口袋，掏出一捆钱，从里面抽出两张20的奈拉币递给那个女人。"夫人，给我的阿杜尼小姐来六块阿卡拉。她是我朋友的女儿，也是出租车司机莫鲁弗的老

---

[1] 阿卡拉（akara）：炸豆丸子或黑眼豌豆制作的一种炸馅儿饼。

婆,刚结婚,是位年轻的妻子。"

那个女的压根儿没听巴达先生在说什么,只是把钱接过去,来回折叠三次便塞进内衣里。

"谢谢您,先生。"我说。

"起来吧,我的孩子。"他说,"下雨天你在这儿干吗呢?"

"我要去,"我磕磕巴巴地说,"去隔壁村。"我可真傻,我想:你干吗告诉他要去哪儿啊?

"去做什么?"巴达先生问,"你丈夫呢?"

"是我丈夫送我来的,他让我去一个汽车厂取零部件。"

"他应该派别人冒雨干活。"巴达先生说。那个女人从锅里舀起六个阿卡拉,将热油抖回锅里,然后用一张旧报纸包起来递给我。

"是的,先生。"拿起热乎乎的食物,我的手不停在抖,"他一会儿来接我。谢谢您,先生。"

"很好,"他说,"忙你的吧。务必替我向你的丈夫问好,听到了吗?"

离开伊卡迪,我便头也不回地跑起来,直到一口气跑到隔壁村里伊娅住的地方。她曾经告诉我,如果需要帮助就去找她。

19

伊娅住在阿甘村的密集公寓[1]里,一层公寓密密麻麻排布着十间房,彼此毗邻,又彼此相对——五间在左,五间在右,中间是一条又细又长的走廊。

当我抵达阿甘村的时候,夜色已深,月亮像一道金色的光弧挂在天空,雨也落到阿甘村,冷风刮得我一个劲儿打喷嚏。但是这里的集市广场比伊卡迪明亮热闹,到处都是卖花茶饮料、手机充值卡、面包和苏亚烤串的小贩。

男人和女人们交谈、欢笑、做着买卖,好像他们的一天就没有打烊结束的时候,甚至还有一些小贩的孩子仍然在雨中玩耍。集市

---

[1] 密集公寓:尼日利亚的一种公寓建筑,由多间门对门的一居室构成,众多公寓形成一个群落,主要入口通向中间一个广场。这种公寓在尼日利亚的大城市较为常见,租金低廉。

对面的番石榴树下停着一辆摩托车,司机穿着一件T恤和牛仔裤坐在地上背靠大树睡觉。或许是为了防止有人偷车,他用一根链子把摩托车和自己的左脚踝绑在一起,链条上挂着把小锁,如雷的鼾声一阵阵穿过嘈杂的空气传进我的耳朵里。

"晚上好,我要去嘉苏木路。"我提高嗓门儿,"先生,我和您说话呢,您听见没?"

喊了三次,男人也没回答。于是我踢了他一脚,他惊醒着跳起要冲过来,结果被那根链子狠狠拉了回去。

"你疯了,"他说,"看我睡觉还那么用力踢我?家里没人教你要礼貌吗?"

"抱歉,先生。"我说,"我之前叫您您没应声。我想去嘉苏木路。"

他把手伸进口袋,掏出一把小钥匙打开挂锁。"晚上跑一趟五十奈拉。"说着他把摩托车从树上搬过来,跳上车,发动引擎,"走不走?"

"先生,"我说,"五十奈拉太贵了,二十奈拉行吗?求求您了。"

"按理说,你踢了我一脚我得收你三百奈拉,"他说着,"先上来吧,看在上帝的分儿上,这一回就算了。"

"谢谢您先生。"我爬上摩托车坐在他身后,将尼龙袋搁在膝盖上,同时屏住呼吸,因为他浑身闻起来简直像牛粪一样。

摩托行驶着穿越村庄,一路上,我们经过一排排铁板搭成屋顶的啤酒吧,屋檐下垂挂着绿红色的小灯泡,肚子圆滚滚的男人们挤在院子里的小木凳上,喝酒大笑,唱歌打鼓。

车子开到嘉苏木路的转弯处,我看到了伊娅家窗户上的光影,满心的期待涌了上来。伊娅会帮我的,她会想起很久前我为她送食物时,她曾经对我说过的话。她那么善良,一定会收留我一段时间的。

付了钱,我从摩托车后座上爬下来,深深吸了口气,走进院子。经过那条长长的走廊,天花板上吊着的灯泡忽明忽暗,好像这里的电路出了什么问题。

走到2号房间门口,我敲了敲门。"伊娅,"我说,"我是阿杜尼。艾杜乌唯一的女儿,那个在伊卡迪村卖油炸泡芙的艾杜乌。"

没有人回答。

我捏紧拳头更加用力地敲门。"是我,阿杜尼,从伊卡迪村来的。"

依旧没人应答。糟糕的是这时我忽然想要上厕所,只能把手夹在两腿之间忍耐着。

如果伊娅不开门,我今晚去哪儿呢?难道要睡到集市广场上?我想到那个摩托车司机,他身上的臭味一瞬间冲进我的嘴里,眼泪直接冒了出来。我不停地敲门,可是没有人回答。我绝望地哭了,哭到胸腔发紧,喉咙止不住地咳嗽。我觉得自己犯了一个非常严重的错误,我为什么要逃跑?为什么要干这么傻的事情?我哭得实在太厉害,以至于当门打开,我都没有发现。

我擦了擦眼睛。门开着,却没有人。我再低头一看,伊娅坐在地板上。

"阿杜尼……"她的声音气若游丝,像闷在一个盖得很紧的容器里。她的两条腿像电缆盘在身体前,一根拐杖立在旁边地上。我不禁想到自从上次送食物以后,也许她至今都没吃过东西,因为她的脖子、腿、脸和胸腔瘦成一根根细棍，头几乎秃了，中间剩下一小撮白发。她全身上下就只剩一块布系在胸前，呼吸的时候，胸部上下起伏，声音听起来就像有人用吸管咕噜咕噜从杯里吸热茶。明眼人一下就能看出来，伊娅病了，病得比我妈妈当时还严重。

我跪下向她问好。"晚上好，伊娅，"我说，"我敲门吵醒你了吗？"

"噢，阿杜尼，"她说，"听见你敲门，我就从床上起来，但花了很长时间才挪到门口，我这两条坏腿实在不行了。"因为太瘦，说话时她脸上的皮肤几乎全部绷到后脑勺；她的眼睛毫无神采，与其说在对着我说话，不如说像在寻找着我身后的什么东西。

"这个时候你怎么来我这儿了？家里的房子被大雨冲毁了？"

"我需要你的帮助，伊娅阿姨，"我说，"我有大麻烦了。"

"进来，"她拖着身子，为我费力打开门，"我们这只供一半电，所以电灯不亮，你往左边看，地上有盏煤油灯。"

进屋后，首先映入我眼帘的是窗户，空气中弥漫着浓厚的煤油味，我穿过房间从地板上拿起煤油灯放在灯架上。当我举灯环顾整个地方的时候，心里猛地一沉。我记得屋子里以前有电视机、衣柜、椅子和电风扇，可现在只剩床垫和一盏做饭的煤油炉。床垫后面的木架子上挂着两三件衣服，这就是屋子里所有东西了。

我点好灯，走到门后的地板上坐下。伊娅的眼睛始终没有跟随我，她目光呆滞，只是对着窗户说话。

"对不起，"伊娅说，"请别生气，我上周把椅子卖了。你遇到什么麻烦了？"

我一边控制住不让自己哭出来，一边向她讲述莫鲁弗和卡蒂嘉的故事。"我需要一个暂时藏身的地方,"我说,"等到巴米德尔愿意站出来向所有人承认是他犯下的错,这一切就可以结束了。"

伊娅摇摇头:"巴米德尔不会露面的,他有自己的妻子和即将出生的孩子。如果他们抓住他,一定会把他拖到伊卡迪村长那里,因为卡蒂嘉是那里的人。你和我都知道伊卡迪村最恐怖的就是不顾法律杀人,所以巴米德尔永远不会说出真相,毕竟没人想死得早。唉,你妈妈会为发生在你身上的这些事难过的,我能帮你做什么呢,阿杜尼?"

"帮帮我,"我说,"让我在您这儿躲一躲。过阵子等我在其他村里找到工作,赚到钱没准就能想到办法了。"

"你不能待这儿,"她说,"在我眼里,你就像一缕青烟似的。有时候我什么也看不见,我的眼睛坏了,腿也坏了,我整个人都不行了,这里的一切都腐烂了。"

"我能照顾你,"我说,"我可以做饭、洗衣、打水、去市场买东西,你只要说一声我都可以做。"这番话说出口,我满脑子都在想要怎么做才能不让当地人把我认出来,然后交到爸爸手里。

伊娅摇头,用约鲁巴语说:"我的日子快到头了,阿杜尼。祖先们正在召唤我回家和他们相聚。"她把头歪到一边又抬起来,仿佛有人从窗户那边喊她的名字。"听到了吗?他们正敲着鼓唱着歌召唤我呢。"她张开嘴笑,露出所有牙齿,昏暗的灯光下仿佛只有半张脸。

我不知道该如何回应她的胡话,于是索性不再说话。

"你母亲是个善良的女人,"她说,"愿上帝让她的灵魂安息。"

她思索了一会儿继续说,"阿杜尼,不要哭了,我可以帮你。"说完她把头往后一仰,躺倒在床垫上。"我有个同父异母的哥哥,叫科拉。他的工作就是帮助像你这样的女孩。"

她仰望着天花板,眼睛睁得大大的,一眨也不眨。有那么一会儿,她什么也没说,过了一会儿才张口:"今晚先睡吧,明天再说。把煤油灯吹灭,免得咱们俩在夜里被烧死。"

"好的。"我吹灭油灯躺在地板上,双手枕在头下,脚边是我的尼龙袋。整个房间很安静,蟋蟀在窗外叽叽喳喳一直叫到夜深。夜里有时伊娅会咳嗽,肺都要咳出来似的,其余的时候,她像是一座发电机似的发出重重的鼾声。

我满脑子都是妈妈、卡尤斯,还有我的卡蒂嘉,我禁不住回忆着自己还没有惹上这一身麻烦的日子。直到第一只公鸡在晨曦中喔喔鸣叫,清晨的阳光从窗户流泻进房间里。

这时候,我听见一种由远及近的声音。一开始,我以为这是我脑子里的杂音,可是它越来越近,越来越响。后来我明白那不是什么噪声,而是一个男人的声音,一种我熟悉的声音。那是男人的两只脚在"砰砰"行走,像疯狂的士兵向着前线进发。直到他站到伊娅家门前,我的心狂跳不止,是爸爸,是他暴怒时发出的声音。

只听见他怒吼:"我女儿在哪儿?这个该死的村子里,谁叫伊娅?"

20

我整个人都崩溃了。

理智告诉我要振作起来,阿杜尼,起来,站起来,赶紧跑!可我的胳膊和腿却不听使唤,我吓得直想上厕所,紧接着滚热的尿液就从裙子里流出来洒到了地板上。我的心脏仿佛直接蹦进耳朵里,发出一声声"怦——怦"的巨响。

爸爸竟然找到了阿甘村。我该怎么办?我还能跑哪儿去?

"阿杜尼?"伊娅从床垫上叫我。我试图回应她,但声音卡在喉咙里,怎么都发不出来。

"阿杜尼?"她的声音里充满了深深的困意,"我听到一些声音,是你爸爸吗?"

"是的,伊娅。"我回答,但她仿佛没听见我说什么,连我都没听清自己的声音。门响了:咔!咔!咔!接着剧烈摇晃起来,我听到爸爸大吼:"马上开门!"

一阵寒意袭过我的全身。完了,这下死定了。我该怎么办?我能跑哪儿去?

"阿杜尼,"伊娅气喘吁吁地说,"床垫后面有一扇门,"我努力思考着她的话,"门后面是公共厕所,躲进去,快。"

见我一动不动,伊娅抬起手一阵胡乱拍打。"去啊,快!"

我像电击似的弹起来,那扇门正好在挂着的衣服后面,奇怪的是昨天晚上我竟然没有发现那里有一扇门。

大门被拍得砰砰响。"开门。"爸爸大喊。伊娅回答着:"这就从床上起来了,如果你要破门闯入一个生病的老太太家,我敢保证上帝会用一个大雷劈死你。"

与此同时,我推开门跌跌撞撞走进一条狭窄的走廊,瞬间尿臊味熏得我直咳嗽,眼泪都呛了出来。

接着只听见一声巨响。"开个门要这么久?"

伊娅含含糊糊说着什么。

长廊的尽头是另一扇门,我打开门走进去,费了好大劲才没让自己吐出来——地上到处是粪便,有些屎干了像煮熟的鸡蛋,有些则像稀粥一样黏糊糊的,苍蝇从一泡屎飞到另一泡屎上,恶臭无比。我左手边上一个没有冲水按钮的破便池,旁边搁着一只洗澡用的水瓢,就连那上面也沾满了粪渍。我把双脚挤在地上唯一一小块没有屎尿的地方,拼命吞咽着口水,一边听着屋外爸爸的争吵声:

"我女儿在哪儿?"

伊娅咕哝着什么。

"你的嘴是被封住了吗？我女儿在哪儿？有人看到昨天晚上她来找你了。"

伊娅依旧咕哝着什么。

只听见爸爸说："卡尤斯，这老太婆的耳朵和嘴巴都有问题。你给我搜，每个地方都搜干净，一定要找到阿杜尼！"

"砰"的一声，我知道，卡尤斯和爸爸开始在伊娅的房间里翻箱倒柜了。

"这个尼龙袋子里装的是什么？是不是阿杜尼的衣服？卡尤斯你去检查一下然后告诉我。"

卡尤斯回答什么我没听清，我只是紧紧闭上眼睛，恨不得将自己折叠折叠再折叠，直到彻底消失在空气中。

"那儿有扇门？"爸爸说，"打开。"

我听到走廊里什么东西翻倒在地，接着是脚踩在地板上的声音。"卡尤斯，你去里头那个臭烘烘的地方看看阿杜尼在不在。听到我的命令了吗？"

"是，爸爸。"卡尤斯说。

门打开的时候，我屏住呼吸用力往后退，背几乎蹭到墙壁上的屎尿。我祈祷着身后那堵墙裂开，大嘴一张就把我和那些屎尿脏污一起吞没下去。

此刻卡尤斯就站在我前面，看着我，眼睛都没眨，仿佛他看到的不是我，而是妈妈，还有妈妈的妈妈她们的灵魂。我拼命摇头，将一根手指放在嘴唇上，用目光乞求他，用我的灵魂乞求他：请不要告诉爸爸。

"她在里面吗?"爸爸在外面问,"卡尤斯?"

"没有,爸爸。"他说,"这里什么都没有……但窗户是开着的,我猜她从这里逃到集市上去了。"

"那咱们赶紧走!"爸爸说,"快,莫鲁弗和他的人还在等着咱们,村长也在等着咱们!"

卡尤斯站在那里,嘴唇颤动着,憋住不让自己哭出来。我看到他的眼眶湿润了,嘴角挂着一抹悲伤的笑意。他把手按在胸前点点头,我知道他要让我逃跑,最重要的是,我知道他不会允许他们抓住我。

谢谢,我无言地说。谢谢你,我的兄弟。

"卡尤斯!"爸爸大喊,"快点!"

卡尤斯慢慢点头,这就是我们最后的道别。

"再见,卡尤斯。"我用目光道别,注视着他转身向外跑去。再见,我最亲爱的卡尤斯。

我站在那里许久,一只手还放在胸口,泪水浸满我的眼睛。

21

当我走回房间的时候，伊娅坐在地板上，用一把长木勺翻动着煤油炉上锅里的东西。

火苗跳跃地舔着锅底，我一进房间，她便把火关小，嘴巴和鼻子全挤到一块。

"屋子都被你弄臭啦，"她说，"快去洗个澡，换掉身上臭烘烘的衣服，你还带了其他裙子吗？"

我看了一眼角落里被翻动的行李，妈妈的那本《圣经》放在我的连衣裙上。"他们还会回来的，"我看着衣服说，"我的行李被发现了。另外，我没法在那个厕所里洗澡，里面全是屎。"

伊娅大笑着咳嗽起来，哼哧哼哧的喘气声听上去像冲水马桶。"没有正常人会在那里面洗澡的，"她说，"那个地方就是用来拉屎的。拉完屎，走人。每个月我们轮流搞卫生，下周轮到八号房间的人打扫了。屋子后头有个水井,你去那儿洗澡。"

"我在煮木薯呢。"她笑着继续说,仿佛刚才什么都没有发生过,我们仅仅是在愉快地聊着木薯。

"我不饿,"我说,"爸爸和卡尤斯他们真的走了?"

"放心吧,"她说,"他们这会儿估计已经到伊卡迪村了。院里有个小男孩帮我把风,他跑得很快,如果看到你爸爸或者兄弟回来,他会在第一时间跑来告诉咱们。"

伊娅揭开锅盖,把勺子伸进去翻动着,闻起来是加了辣椒和小龙虾的棕榈油木薯粥,但看上去像橙色的大便。恶心又一次涌上来,我努力把它憋了回去。

"我派了另一个小男孩去喊我哥哥科拉过来,"她说,"阿杜尼,赶紧把你身上那些脏兮兮的东西洗干净。"

"万一我洗澡的时候爸爸回来了呢?"

"别尽问些傻问题,"她说着把一勺木薯粥叩在手掌上,然后舔了舔,"如果你自愿乖乖站在这儿等你爸爸回来抓你,放心,我一定不会管你的闲事。井旁边有一个屋子和水桶,要洗澡就赶紧去。"

我从地上拿起我的连衣裙和内衣裤,从伊娅跟前走了。

屋子后头,一圈圆形灰墙下面果然是深深的井水。我把水桶扔下去,打上水,提进专门洗澡的房间:一间铺着冰冷水泥的正方形屋子,地上滑溜溜的,像有人在上面倒了生鸡蛋。四壁像莫鲁弗家的洗澡间一样长满黑色的野草,顺着墙壁一直爬到铁屋顶。

我脱下衣服,把水倒在头上,冷水瞬间像电流一样击中我,我用手掌搓着全身。水和眼泪混合到一起,我搓啊,哭啊,搓啊,哭啊,直到浑身皮肤几乎要被我搓破皮并淌出血来。

洗完澡，因为没有毛巾，我只能湿漉漉地穿上胸罩和衣服，身体火烧火燎地疼。回到伊娅身边时，她正吃着碗里的木薯，手指上沾满了木薯糊糊，仿佛橙色的颜料。

"想吃点东西吗？"她说着一边舔着手指，"新鲜的木薯，刚收下来的。"

"不吃了，伊娅。"我说，"我的胃这会儿还不舒服。"

"淡定下来，科拉马上就要到了，"她说，"他就住在离这儿不远的伊丹拉镇，专程开汽车来，他随身带着那种可以打电话的东西。你们管它叫什么？"

"移动电话，"我说，"莫鲁弗也有一个。就是可以随身携带的电话机。"

"就是那个。"伊娅眼中冒着光，看得出她很为她的兄弟和那个移动电话而感到自豪。

门再次叩响时，我的眼皮已经困得直打架。幸好那敲门声里并没有愤怒。

"去开门，"伊娅说，"一定是科拉。我的兄弟。"

我打开门，一个男人站在外面。他的身材瘦长，脸像是被烧坏过似的：直线形的伤疤从他两只眼睛一路延伸到下巴，好像有人生气地用黑色颜料在他的两颊上画下数字"11"。

"早上好，先生。"我说着跪了下来。

他歪着头上下打量着我，然后清了清喉咙，好像准备大声唱起一首歌。

"我妹妹在里面吗？"他问。

"进来吧先生，"我站到一边示意他进来，"欢迎你先生。"

他快速点头向伊娅问好。伊娅为他祷告，并感谢他上个月送来的粮食和茶。他问她是否有在吃药，她说有，一天三次，但是我昨晚和今早都没有看到她吃药。

寒暄完，他再一次挠起喉咙，我这才想起也许他需要喝点水。

"你派人喊我来干吗？"他的声音听上去似乎有些生气，好像伊娅总在给他找麻烦似的，"我最近没钱给你。"

"我对你的钱不感兴趣，"她说，"但这个忙你必须帮我。刚刚给你开门的这个女孩叫阿杜尼。你还记得艾杜乌吧？那个在伊卡迪村里卖油炸泡芙的女人，阿杜尼是她的女儿。"

"噢，"科拉先生转过身来，点了点头，"我记得她经常给你拿吃的。我很抱歉你的妈妈去世了。"

"谢谢你，先生。"我说。

"她需要我们的帮助，"接着伊娅把一切都告诉了他，包括卡蒂嘉身上发生的事，还有爸爸正在找我以及他们随时都可能回来，"你能帮她找份工作吗？就像你帮助那些女孩一样？阿杜尼是个好女孩，她识字念书，能说一口流利的英语。"

科拉先生吸吸鼻子："伊娅，我可以帮她，但今天太急。我知道她有麻烦，但是如果她能等上一个星期，到时候我就可以——"

"一个星期太久了，"伊娅说，"她这会儿就得走。早上天一亮，她爸爸就会带人回来找她，我不能让任何坏事发生在阿杜尼身上。

我曾经向她的母亲承诺过要照顾她的女儿,我到死都会信守诺言。"

听到伊娅的话,我的眼泪一下涌了出来,我双手合十放到唇边,为她祈祷着表示感谢。

"我知道,"科拉先生说,"但现在我上哪儿去给她找份工作……"话没说完,他停下来琢磨起来。"倒是有个女孩,本来要和我一起去拉各斯干活的,"他说,"也许我可以用阿杜尼替换她。她看着是我老板正在找的女孩,年纪也合适。她愿意离开这里去外地吗?比如去拉各斯。"

拉各斯?那个能看到许多飞机、汽车和钞票的繁华大都市拉各斯?伊尼坦口中一直提到的拉各斯?那个我们梦想着存够钱一定要去一次的拉各斯?

我心里既兴奋又难过。虽然拉各斯是我梦寐以求的地方,但自己却从没想过会因为逃亡而去到那里。眼下这个男人正在等待我的回答,而爸爸和莫鲁弗随时可能回来。

"多远的地方我都可以去。"我说,"先生,我是个靠谱的女孩。"

"那你等我去打一个电话。"他说。

说完他伸进口袋拿出移动电话,按下几个数字,贴到耳朵旁,摇头晃脑地对着电话说起来。

"您好,大夫人?早上好夫人。我是科拉——您的代理人。真对不起这么早吵醒您。我这里有个重要的小事情给您汇报一下。我今天准备带过去的女孩得了伤寒,身体不行,所以我又给您找到了另一个不错的女孩,名字叫阿杜尼。是的,一样的价格。小姑娘,是的。我让您失望过吗,夫人?当然所有的体检她都做过了,一切

OK。谢谢您。"说完他按下按钮,将移动电话放进了口袋。

"解决。"他说,"打包东西吧,现在就去拉各斯。"

他的话音一落,我不知自己是该笑还是哭。喉咙哽咽了,我跪下来感谢伊娅,然后把所有东西收进了她给我的袋子里。

"科拉,谢谢你。"伊娅拍着手掌说,"阿杜尼妈妈的灵魂会感谢你的。"

科拉先生点点头,把手伸进口袋掏出两张肮脏的钞票和一把车钥匙。他把钱塞到伊娅手里。"世道艰难,这个国家很糟糕,拿着这些钱努努力撑到下个月吧。"说完,他转身挥起手里的钥匙向我招招手,"我们走吧。"

我紧紧抓住我的包,原地不动看着这个男人:万一他是个坏人呢?万一到了拉各斯他要对我做出糟糕的事情,我该怎么办?

"伊娅?"我想问问她是否了解这个男人,就算他是她的兄弟。但我却怎么也问不出口,只好站在那里,眨巴着眼看着他。

"阿杜尼,"伊娅叫我的名字,那口气听上去像是如果我还不动,她就拿棍子打我的头了,"你最好在你家人回来之前赶紧跟他走。"

那个男人又吸吸鼻子,朝我转过身来:"我去车里等你。五分钟你还不来,我就走了。"

"请为我祈祷。"我弯下腰对坐在地上的伊娅说,想让她摸摸我的头。

"你会在拉各斯遇到好运的,"她伸出一只手抚摸着我的头发,"你妈妈的灵魂会一直跟随保佑你。快走吧。"

科拉先生发动了引擎,汽车在路上行驶了一段距离以后,一切一切的细节才重新聚集起来,给了我沉重的一击,让我清醒过来。

我要离开伊卡迪了。

这是我一生渴望的:离开这儿去外面的世界看看,但绝对不是以这样的方式离开。我不想一辈子背负着杀人犯的名声流浪在外,更不想带着一颗破碎遗憾的心离开。我的卡尤斯,我的卡蒂嘉。

我的头垂了下来,仿佛被一块又厚又重的幕帘笼罩着,那里面充满了耻辱、悲伤和心痛。

大夫人：孤独的暴君

22

拉各斯远得像尼日利亚的尽头。离开阿甘村已经三个多小时了,我们仍旧行驶在高速公路上。

虽然困得眼睛睁不开,但路上每隔五分钟就有一段坑坑洼洼的路,科拉的蓝色马自达像遭受电击一样颠簸着,持续不断地把困意从我眼前赶走。有几次我甚至担心车都要震裂,我和科拉先生将一人卡进一半车里。

于是我干脆打起精神一路盯着窗外。高速公路上有些大人、孩子在卖面包、可乐、芬达、丛林肉串、水果、报纸和装在塑料袋里的饮用水。虽然我的胃饿得火烧火燎,却不好意思让科拉先生停车买吃的。他一路皱着脸,双手紧握方向盘,好像那方向盘随时会飞走似的。他的前额因为烦躁而挤出一条皱纹。

从早上出发起,我们就一路沉默,后来我实在忍不住,便问了他一个问题。

"咱们什么时候能到达拉各斯呀？"说着我抬手遮住阳光。还没到中午，太阳已经在天上喷火，把一切炙烤得燃烧起来。我时不时把手掌挪到屁股下面来凉快一下，因为橡胶座椅实在太烫。科拉先生没有回答我，我只好又问了一遍。

"很快。"他从汽车的后视镜里看了看，把车切进另一条车道上。

"到了拉各斯然后呢？"

"然后你就得工作。"他说，"对了，这倒提醒了我。阿杜尼，我身上带了份体检单，是一个医生朋友帮我办的。大夫人得确定你没有得病。"他扭头看我，"你没有什么病吧？"

"没有，先生。"

"好，我会在体检单上签上你的名然后给夫人。她要是问起来，你就说我们在伊丹拉诊所检查的，知道吗？你不听话，我就没法帮你了。"

"我会这么说的。"说完，我在椅子上又挪了一下，我不明白科拉先生为什么要撒谎。如果体检都撒谎，没准也会在其他事情上撒谎。我就这么跟他走了，谁知道会发生什么呢？我看着科拉先生咀嚼空气似的上下嗫着嘴巴，叹了口气，就算他骗我，我也一点办法都没有——现在我既不能回伊卡迪，也不可能逃去任何其他地方了。

"您会和我一起工作吗？"我问。

"不，但我会每隔三个月去看你一次。"

"工作以后，我还能去学校读书吗？"我问。

他换了一种眼神看我,清了清喉咙:"你要是表现好,大夫人很喜欢你,没准会送你去上学。"

"如果爸爸找到伊娅,她会告诉他们我去了哪儿吗?"

"伊娅死也不会背弃对你妈妈的承诺的。"他说,"她固执得很,连死都不怕。听着,你爸爸再也找不到你了,不管是通过伊娅还是我,除非你自己回伊卡迪。你想回去吗?"

我摇摇头,但心很痛,因为我再也回不去伊卡迪了。"您说的'大夫人'是谁?"我揉着发疼的胸口问,"为什么叫她'大夫人'?"

"阿杜尼。"他减慢车速,因为前面的车辆也慢了下来。

"是,先生。"

"我们就要到拉各斯了。"他说,"安静一会儿,让我好好开车。"

于是我耸耸肩,眼睛盯着路面。我们开车经过一个女人,她正坐在矮凳上面对着一锅热油,用长长的铁勺在黑油里推着一颗颗炸得鼓鼓的泡芙,就像农民拿棍子驱赶自己的羊。我想起小时候站在妈妈身边,手里拿着旧报纸做的盘子。妈妈会把炸成棕色的泡芙从油里捞出来,晃动几下把油沥干,然后把泡芙放进报纸"盘"里让我尝尝。我兴奋地大喊:"烫,烫,烫!"妈妈说:"烫可是甜得很呢,是不是?阿杜尼,是不是?"

我想起病魔将她折磨到躺在席上动都动不了的时候,妈妈让我为她唱歌。

"阿杜尼,"妈妈说,"我亲爱的宝贝,用你的歌声赶走我的痛苦吧。"

回忆一幕幕地出现,直到卡尤斯跑进我的脑海,我把他赶走了。

我不愿意记起卡尤斯，不愿意记起今天早上他用手按住胸口无言和我道别时眼中流露的悲伤。

于是我唱起六岁时妈妈教我的歌，那是一首关于希望和上帝之爱的歌。

我把鼻子贴到窗户上，歌声从我的身体里慢慢浮了起来：

有一个人，他比世上任何人都善良。
噢，他那么博爱，
他的爱，超越兄弟与手足；
噢，他那么博爱。
世间人可能让我们失望，
可能离我们而去，
先是让我们快慰，
第二天就带来伤悲；
可是这位朋友，
永远不会欺骗我们。
噢，他那么博爱。

唱完歌我偷偷瞥了一眼科拉先生。他前额的眉头松弛开来，嘴唇翘着，好像在微笑。

"先生？"我问，"我唱歌打搅到你了吗？"

"你唱得很好，"他说，"有人教过你吗？"

"这首歌我妈妈唱过许多遍。"我说。

他什么也没说，只是动了动喉咙。过了一会儿，他说："希望大夫人会好好待你。"

"我也是，先生。"我想着：我也希望如此。

"欢迎来到拉各斯。"科拉先生说，"醒醒，阿杜尼。"我惊醒后，揉了揉眼睛，口水从嘴角流到衣服上。"对不起，先生，"我说，"我们到了？"

我不知道自己睡了多久，街上汽车像密密麻麻聚集在方糖周围的蚂蚁，彼此之间用"嘀——嘀"的喇叭声交流。当我们身后的车发出嘀嘀的鸣笛，科拉先生皱起脸骂出几句，一手拍到方向盘上："嘀——"

新鲜出炉的烤面包，清香的菠萝、橙子和木瓜，汽车尾部的灰烟汽油，还有人类很久没有洗澡的汗味、狐臭味全部混合到一起，充满了整条大街。

我吸了一口气，浓郁的味道瞬间堵在喉咙里，让我忍不住咳嗽起来。

车流的间隙里全都是人，兜售着手中各种各样的东西，甚至是手机和DVD播放器。一个男人拿着牛奶一样的食物，鼻子贴到我这边的车窗玻璃上。

"卖冰激凌喽！"他冲我说，"你好，小宝贝，不来点冰激凌吗？"

见我们不搭理，男人从汽车前面走了。

很快另一个男人跳到我们面前。他穿着绿背心、黑裤子，手里举着装满肥皂水的圆瓶子。我还没来得及问他要做什么，男人就按下瓶盖把泡沫水倒在汽车前玻璃上,掏出棕色抹布飞快地擦起来。

"离我的风挡玻璃远点,"科拉先生说着按下喇叭,"不走就开车撞死你,我发誓,别挡我的路。"

这人似乎没听见科拉先生的话,他快速地上下左右擦着玻璃。我拼命忍住才没笑出来,擦完以后车子更邋遢了,我猜那瓶子里的肥皂水可真够脏的。擦完他抖抖手中的抹布,折起来,放进口袋,微笑着把手放在头上朝我们行了个礼。"上帝保佑你,先生,"他说,"擦车是为了让您看清楚前面的路。"

"这个傻子,"科拉先生说,"把我的风挡玻璃弄脏成这样还想收钱,上帝会收拾你的。"

我怀疑那人压根儿没听科拉先生说话,他只是站在那儿龇着牙傻笑,一个劲儿摸头敬礼:"上帝保佑你,先生。"直到科拉先生强行发动汽车,男人才跑去找我们身后的车。

"烦人。"科拉先生说,"傻子,真烦人。"

随着汽车缓缓移动,一个男孩出现在我们眼前,他大约六岁,身上的红色 T 恤像挂在一截树枝上,脚上趿着双红色拖鞋。男孩看着我,眼神却似乎迷失在另一个城市、另一段的时间里。他把手搁到嘴巴上,向我挥手再见,然后又摸着自己的嘴。我看到他脖上挂着一块牌子:太饿了,请帮帮我。

"那个男孩想要什么?"我问科拉先生。

"他是个乞丐。"科拉先生说。

在伊卡迪村没有乞讨的孩子,就算父母没钱,也不会让孩子出去乞讨。他们会让孩子洗漱、打扫、翻垃圾桶或者让女孩们早早嫁人,靠收聘礼养活一家人,但不会让孩子们乞讨。

"我有点饿了。"车往前移动了一段以后,我终于开口。胃一阵阵绞痛,但我尽量小声说话,毕竟伊娅和科拉先生帮了这么多忙,自己却还在要吃的,这让我感到羞耻。

"你想吃香肠卷吗?"他摇下车窗,向外面的小贩打了个手势。对方头上顶着一盘小得不得了的面包。

"酱汁[1]?"我问。

"不是,香肠卷,就是面包里面夹肉。"他说,"我们叫香肠卷。"

"好的,先生。"我说。

"多少钱?"科拉先生问那人。

"一百奈拉,"说着小贩从头顶盘子上掰下一小截面包,"很烫,刚从烤箱里拿出来的。"

"给我来三个。"科拉先生一手握方向盘,另一只手从口袋里掏出一捆钱,从中抽出几张崭新的钞票。看着这捆崭新的钞票,我心里一阵难过,他今早给伊娅的几张皱巴巴的钞票连两个香肠卷都买不起。

"你吃俩,剩下那个给我。"他说着把那包食物递给我。

面包里的肉又小又硬,像嚼咸味口香糖,但我实在太饿,几乎没怎么咬就直接吞了下去。

拉各斯路上到处都是摩托车,像涓涓细流灵巧地在车流之间穿梭移动。摩托车上的人都戴着一种塑料帽子,相对他们的头来说,那帽子太大了。我问科拉先生那是什么,他说:"那叫头盔,拉各

---

[1] 阿杜尼把小贩说的"香肠卷"(sausage roll)听成了"酱汁"(sause)。

斯每个骑摩托车的人都必须戴,否则就得进监狱。"

"不戴帽子都要进监狱?"我问,一边用手背擦了擦嘴。

"是的。"他说。

他的回答听上去没道理,为什么不戴帽子就要进监狱呢?我刚想问,可是紧接着更多东西吸引了我的眼球:公交大巴,许多辆公交大巴——黄色的车身上漆着黑色线条,它们有些上面捆绑着货物,有些载满乘客。我们经过一辆大巴,里面挤满了人,车门大敞,一个男人抓着门,身子却挂在外面,大嚷着:"直达法洛莫!上车提前准备好零钱!"

"为什么那个人不坐在车里?"我问。

"有些公交车售票员会抓着车门卖票,"科拉先生说,"这样就可以多卖一个座位了。谢天谢地,终于不堵了。"

说完,科拉先生踩下油门,嘈杂声被甩在身后,车上坡一路往前开,直到一条大河从我们脚下延伸出去流向远方,就算我伸直脖子张望,也望不到它的尽头。

远处的河面上有一个渔夫,看起来像是水上的一截小棍。旁边还有些白色小船,船上载着许多人。

我把目光从河面移开,抬头看到马路上的绿色指示牌:"第三大陆桥。维多利亚岛。伊科伊。"我大声读出这些字,希望科拉先生知道我懂英语。

"维多利亚岛。"科拉先生说,"是高地,不是岛。"[1]

---

[1] 阿杜尼认为是"岛"(island),科拉先生纠正说是"高地"(high-land)。

我不明白。明明指示牌上写的不是"高地",但我没有争辩。"那个维多利亚岛就是我们要去的地方?"

"我们要去伊科伊。"科拉先生意味深长地看了我一眼,好像期待看到我手舞足蹈的样子,"不过我可以带你去维多利亚高地转转,让你见识见识,然后转个弯,我们就去大夫人在伊科伊的家。大夫人有一座豪宅,你到了就知道,她很有钱。阿杜尼,非常有钱。"

"很棒吗?"我问。

"钱永远是最棒的。"说完,科拉先生便闭上嘴,仿佛不想被问任何问题。

就这样,我们在寂静中行驶着,直到车从另一条路上驶下来又回到了城里。阳光灿烂,到处都在闪闪发光。玻璃砌成的高楼大厦,形状像船、像帽子、像巧克力块、像圆圈、像三角形,所有不同形状、不同颜色和不同大小的楼宇环绕在我们四周。

"啊!"我的眼睛睁得大大的,不停地左顾右盼。

"是的。"科拉先生说,"这座城市美丽而且繁华。那边的玻璃大厦是银行,远处河边的那座蓝色大楼是市民中心。上面有上百个窗户的建筑是尼日利亚法学院。那边很高的看上去亮晶晶的地方是洲际酒店的楼顶,那是五星级酒店,很贵的。看,那就是丽笙酒店了,咱们从这里开回伊科伊。"

车驶上一条街道,四周坐落着更多房子和店铺,直到科拉先生点头指着一处地方对我说:"看,阿杜尼,GT 银行旁边,那个摆了很多人体模型的橱窗就是大夫人的店。整栋大楼都是她的。"

我看着那座高大的玻璃建筑,屋顶矗立着闪闪发光的商标:凯拉纺织。窗户后面站着两个没有手臂的模特娃娃，看上去和电视里演的外国人一样。我从没见过和我本人一样高的娃娃，其中一个佩戴着昂贵的蓝色蕾丝别针，另一个则赤身裸体，胸部两个小乳房像未成熟的番石榴。

"嗯！"我回答，此时此刻我所有的感受只凝聚成一个"嗯"字。

"大夫人的女儿叫凯拉，"科拉先生目不转睛地看着路面，"所以她的店就叫'凯拉纺织'。太好了，这里不堵车。"一路上，科拉先生指着向我介绍这个商店、那个银行，周边的商务中心之类的。一切的一切太华丽太喧嚣，光怪陆离的高楼大厦挤满了我整个大脑，让我几乎跟不上节奏。直到车子驶上一条两侧都是绿植的静谧道路，噪声消失了，高楼和金融银行统统不见了，我的头才没有要炸开的感觉。

"什么感觉，"科拉先生问，"对拉各斯？"

"太多了，先生，"我说，"简直是个噪声工厂，到处都是灯光、玻璃和钢筋水泥。"

科拉先生头往后一仰，挪了挪帽子大笑起来。"噪声工厂倒是个有意思的描述。"他说，"大夫人的家就在这条路的尽头。"

"好的，先生。"

"阿杜尼，"他把车停在路边，转过身体看着我，"到了大夫人家里，你得规矩点。不要偷东西，不要说谎，不要胡乱跟男孩厮混。"

我也瞬间严肃起来。"我？偷东西？不可能，先生。"我说，"我也不撒谎，不喜欢男孩子。我是个好女孩，先生。"

"我得警告你，一旦大夫人不想用你，我就没法再帮你了，明白吗？"

"明白，先生，"我说，"我也不知道自己还能去哪儿。如果我跑回伊卡迪的话，村长会把我处死的。"

"现在，"科拉先生清了三次喉咙，表示接下来的话很重要，"大夫人希望你干活要勤快。"

"我干活很努力，先生。"我说。

"她会给你定规矩，每一条你都必须好好遵守。"

我点头答应。

"他们给你什么你就吃什么，他们让你睡哪儿你就睡哪儿，他们给你什么你就穿什么，听清楚我的话了吗？不要过了段时间就觉得自己翅膀长硬了。如果你不踏实，很快就会被开除。你也知道自己再也回不去伊卡迪了对吧？所以听话些，明白吗？"

我又不是鸟，怎么会"翅膀硬"呢？"好的，先生，"我还是答应道，"还有什么必须注意的吗？"

"每个月她会付给你一万奈拉。"他说。

"一万奈拉？给我？"这要存起来的话可是一大笔钱。

"我会替你把这部分工资先存进银行。"他说，"三个月以后等我来看你的时候，顺便把工资带给你。你听到了吗？"

"好的先生。"我心想：也许科拉先生是个好人，虽然他不怎么笑，而且在医院体检单上撒了谎，但也许他确实是在帮我。"谢谢您，先生。"

"走吧。"说完，他发动引擎，汽车缓缓行驶上眼前的路，道路尽头是一扇黑色大门。科拉先生把车停在大门前，按响了喇叭：

嘀——嘀。

就在这时，一辆高大的灰色吉普车亮着猫眼一般的车灯从我们后面开过来，这辆车比我见过的任何一辆车都高。车子停在我们身后，车里的人"嘀"地按下喇叭，大门开了。

"吉普车里坐着的就是夫人，"他说，"进院子以后，先和她打招呼，然后你站一边，由我来跟她说话。明白吗？"

"好，先生。"我正说着，车子发动起来。

我注视着整个院子，白色的豪宅，红色的屋顶，房前两根金色大柱仿佛是木匠将名贵的树木精雕细刻以后，又用砂纸细细打磨然后喷上一层金漆。道路的两侧各种着三棵低矮的棕榈树，树干像又厚又粗的菠萝皮，长长的绿叶向外伸展着仿佛在说：欢迎来到这个美丽的庄园。黄色、蓝色、红色的花朵簇拥在院里的黑色玻璃花盆里，发光的圆形灯泡悬挂在金色灯柱的顶端，仿佛一轮轮明月。房子顶部足足有十扇窗户，它们像蓝色的镜子镶嵌在金色画框之中。一条红色的石阶顺着宽阔的黑色大门一路往下延伸，好像是一头金光巨怪吐出的舌头。

我试图用自己的双眼"吞"下目之所及的一切，眼前的奢华让我的心脏狂跳：这个所谓的"大夫人"一定是个女王，而这里就是她的王宫。

23

大夫人的车停在了院子里另外一辆吉普车旁边。

科拉先生关掉引擎走下车,随即大夫人的司机也从车里下来小跑到车门另一边。他皮肤光滑,身穿棕色长袍,头顶白帽,额头的一侧有三块黑印。只见他拉开车门,然后低头垂手站到一边,手上捏着一串白色念珠。

"他是谁?"我问科拉先生。

"阿布,"科拉先生小声说,"大夫人的司机,为她工作很多年了。现在开始别问任何问题。"

车门打开,一股浓烈的香水味包裹着车里的冷空气迎面扑来。我最先看到的是脚。黄皮肤,黑脚趾,每个指甲上都是不同的颜色——红、绿、紫、橙、金,小脚趾上还戴着一枚金戒指。大夫人从车里出来的时候,身体几乎把整个院子都占满——我现在终于明白他们为什么叫她"大夫人"了。她深吸一口气，门板般的胸部便随之剧烈起伏，仿佛这个女人一呼一吸之间便将外界热量统统吸入体内，而她身边的我们一个个都冻得要得感冒一样。科拉先生和我一样，正在浑身打战。就连院里的所有树、花盆里那些五颜六色的花朵，全在颤抖。

大夫人穿着遮没到脚跟的精致蕾丝长袍，衣服上长满眼睛，不停地一眨一眨。她没有脖子，仿佛一个圆圆的、肥胖的脑袋直接从胸部长出来，硕大的胸部几乎挨到膝盖。她头上包着金色的头巾[1]，像一柄吊扇粘在头顶。

她朝我们走来几步，我才看清那张脸，浓墨重彩的妆容像是被一个乱发脾气的小恶魔用脚给乱蹬上去的——橙色的粉底上描着两根红色眉毛，一路画到耳朵。眼皮上堆砌着绿色眼影，嘴上则抹着金色口红，两颊间扑满了厚厚的腮红。

"夫人，"科拉先生跪到地上，"欢迎您回家。"

当她张嘴的时候，一颗金牙露了出来。

"我的中介科拉，你好吗？"她说，声音低沉，"这就是那个女孩？"

"最好的女孩，夫人。"他说。

她大笑起来，笑声像巨石一样从山上轰隆隆滚落。

科拉先生站起来，我跪了下去。"下午好，夫人，"我说，"我叫阿杜尼。"

---

1 一种扇形的头巾。

"阿杜尼。"她低头严肃地看着我,接着问题如连珠炮般滚过来,"你干活勤快吗?我可不喜欢磨磨叽叽的人。科拉先生说了我的要求吧?健康体检做了没?能说英文吗?用英文写字呢?基本的沟通没什么问题吧?"

我不明白她口中的"要求"或者"沟通"是什么意思[1],于是没有说话。

"她很努力,"科拉先生说,"而且健康得很,我这儿有她的体检结果——您知道我从不带糟糕的女孩来。她懂英语,能读简单的句子,人也聪明,满足您的一切需求,夫人。她不会让您失望的。阿杜尼,起来。"

夫人拉开胸前的长袍,朝里面呼呼吹气。"科拉先生,你推荐姑娘的时候哪次不是这么说?上次被你带来干活的女孩叫什么?丽贝卡?到现在人还下落不明。"

科拉先生之前带过哪个女孩来?为什么下落不明?我知道他不会回答,于是我转向大夫人想问她那个女孩是谁,但她的脸就像可怕的雷暴,上面滚动着怒火,让我发怵。这个丽贝卡……遭遇了不测?那我会不会出事?

"进屋等我,"夫人说,"让我和你的中介谈谈。"

科拉先生点头附和。"去吧,"他说,"我和夫人谈谈。一会儿就来。"

我站起来,环顾着道路两旁的棕榈树、院子里停放的豪车和别墅大门,门上安装着奢华的金色木质把手,仿佛是通往天堂的大门。

---

[1] 阿杜尼的英文还是初级,因此没有听懂大夫人口中的"要求"(expectations)和"沟通"(communication)这两个较长的单词。

朝屋里走的时候，我的脊背感受到来自科拉先生和大夫人的目光。

进门之前我回过头，他们两个人正低头说着什么。

门把手上雕刻着一个面带微笑的金色狮头。

明知是雕像，但我仍害怕伸手过去的时候，那活灵活现的金狮会忽然苏醒咬我一口。门打开了，一个皮肤光滑、肤色像冷炭一样的矮个子男人站在我面前。他的脸圆乎乎的，好像嘴里憋了很多空气，四周是一圈卷曲的胡须。他身穿白裤白衬衫，头戴白色长帽，脖子上挂着条蓝布，衣服前面写着两个字：厨师。

"下午好，先生。大夫人让我进来，"我说着指了指身后，"我叫阿杜尼。"

"终于，新女佣到了。"他说。

"女佣？"这就是我的工作？科拉先生并没有告诉我。

"我叫科菲，"他伸出短小的手指指指身上的衣服，"厨师，受过高等教育的厨师。既然你是来干活的，那就跟我来。"

为什么他的舌头好像有问题？连"干活"这个词都说不准，听上去怪怪的。

"为什么您说话的口音怪怪的？"我走近他细细观察着，"您是尼日利亚人？"

"我从加纳来，"他说，"在尼日利亚待了二十年口音还那么重，没办法。"

"你发生了严重事故[1]？"我一边跟着他走，一边难过地说，"什

---

[1] 此处科菲说的是"口音"（accent），阿杜尼听成了"事故"（accident）。

么时候的事？你的嘴就是这样弄坏的吗？希望没有人死去。"

他停下脚步，像看着疯子似的看着我："大夫人为什么会找个像你一样没文化的人来干活？我说的是我有'口音'，不是出了'事故'。好吗？"

"我明白了。"嘴上这么说，但我并没有明白，他的发音让我更迷糊，也许那场事故把他的脑子也撞坏了。

跟着他进屋以后，我环视起整座宅子的内部，不禁打了个寒噤。所有地板铺着黑金相间的冰冷瓷砖，墙壁是淡红色的，上头挂着大夫人和两个孩子的合影：男孩的鼻子像个大写的"M"，女孩则稍稍有些龅牙，两人身穿黑色长袍，头上戴着三角形的帽子。大夫人站在中间双手环绕在他们肩膀上。屋子尽头有两把木柄椅子，地上放着一金一红的圆形靠垫，像两个气球。

宅子里充满一股鞋油、炖鱼和崭新的钞票味道。屋里很冷，我注意到墙上挂着个白色盒子，冷气就是从那儿跑出来的。在我两侧的墙上各挂着一排镜子，此外，还有一个表盘和刻度很大的钟表盘。我的右边是盛满绿色液体的玻璃缸，缸底铺着许多蓝色的石头，五颜六色的小鱼在绿水中绕着一根灯杆游泳：红的、绿的、黑的、白的、橙的，形状也各不一样，其中一只看起来像青蛙。发光的灯杆不断往外吐泡泡，发出沸腾的声音。

科菲指着那个玻璃缸说："去水族箱旁边待着吧，我得去厨房准备晚餐了。你的工作是打扫屋子，我的活儿是做饭，咱俩井水不犯河水。"

正当我想要问他最后一句"井水""河水"是什么意思时，他已经走了,玻璃门"砰"地在我跟前关上。

"原来这个叫'水族箱'。"我看着大玻璃缸自言自语,然后坐在旁边的椅子上,行李顺势被我放到地上。椅子很软,棕色皮革闻上去像是新鞋的味道,坐上去,我的屁股感到一股凉意。我看了一眼墙上的钟,下午两点十五分。

不知道卡蒂嘉被人发现没有,他们会把她埋起来吗?孩子们呢?会不会正在为着自己的母亲哭泣?而我……我为什么会在这个吵闹的拉各斯,替一个脸上涂满红红绿绿的女人干家务活?为什么我不在伊卡迪,在莫鲁弗的家里躺在卡蒂嘉身边和她说着悄悄话?或者和妈妈待在一起,如果她还没有死的话,我会依偎在她身边,吸着她身上混合着面粉、糖和牛奶的香甜味。

我唯一的梦想是上学,却沦落为女佣。想到这一切,我的眼窝又湿润了,但我很快擦干眼泪,告诉自己必须坚强,因为大夫人和科拉先生马上就要进屋了。

24

但是科拉先生没有进来。

大夫人独自走进来站到客厅中间,两手放在屁股上,厉声喊道:"科菲!科菲!"

我坐立不安地看着她,张了张嘴,又赶紧闭上。

"科菲?"她叫道,"科——那个男人死哪儿去了?科菲!你是聋了吗?"

科菲忽然不知从哪儿跳了过来,手里拿着一把木勺:"对不起,大夫人。厨房搅拌机的声音太大,没听到您叫我,对不起……您需要什么吗?"

"晚饭吃什么?"她问,"你从巴洛贡市场上买着橙子没?木薯呢?大先生要吃的鲜鱼做了吗?"

科菲先是点头,然后又摇头:"鱼在烤炉上做着呢。橙子不太新鲜，但还是买着了。晚餐准备的米饭配炖鱼，您想在旁边配点花椰菜吗？蒸还是炒花椰菜？"

"蒸。去给阿杜尼拿套工作服，"她说，"然后带她去房间。"

大夫人说话的时候，我赶紧站起来。"我在这儿，夫人，"我说，"科拉先生去哪儿了？"

"换好工作服，然后带她参观一下房子。"大夫人只是和科菲说话，好像完全没看到我。

"五个橙子榨成汁，端上楼来。"她说，"洗衣房还有一堆衣服要熨，我怀疑她不会用熨斗，你教她怎么弄，要是她把我的衣服烧坏，就拿你下个月的薪水赔，明白吗？"

"完全明白，夫人。"科菲说。

"很好，"她说，"让阿布去我车的后备厢里搬出三捆法国勃艮第蕾丝，放在会客室。晚些时候，卡洛琳会派她的司机来取这批货，我不想被客人打扰。"说完，她转身走进另一个房间，玻璃门"砰"地关上了。

"她没事吧？"我问科菲，眼睛仍旧盯着玻璃门，"她为什么不跟我说话？"

"你不会希望她跟你说话的。"科菲低声说，"在这儿等着，我去关了煤气灶就带你四处看看。等大夫人下楼的时候，她必须看到你已经在干活了。"

说完，科菲从我跟前走了，从墙上的镜子里，我看到了自己的脸：头发像荒废的农场，新长出来的头发杂草一样从辫子外纷纷冒了出来。结婚的时候，伊尼坦为我编进辫子里的红珠子早就全部掉光了。我的眼睛看上去又空洞又吓人，原本光滑发亮的皮肤如今成了变质的茶水色，整个人一副憔悴不堪的模样。

25

豪宅里四处都是房间。

专门上厕所的房间，专门洗澡的房间，专门睡觉的房间，专门换衣服的房间，专门收纳鞋子的房间，楼上有专门化妆的房间，楼下还有专门停车的地方……每个房间都很大，地板上铺着金色瓷砖。科菲带我参观了每一个地方，除了大夫人的卧室。科菲说她的卧室里有张圆形的床和独立的盥洗室。楼下是两个客厅，一个用来招待访客，另一个是大夫人自己独处的时候待着用的。"除非大夫人邀请，否则谁都不能进这间屋里。"科菲一边说着一边关上大夫人专属客厅的门。这么多的房间，每个房间的墙上都安着一面镜子。"大夫人很爱美，"科菲说，"她走到哪儿都要照镜子。"

甚至还有一个房间专门用来吃饭，屋里有整整十五把椅子和一张餐桌——长方形的金石板搭在四条玻璃桌腿上，就连十五把椅子也是金色的。天花板的挂灯足足垂着一百多只晶莹剔透的小灯泡。屋子里到处都是玻璃花盆，里面盛开着粉色和大红色的花朵，香气四溢。

科菲把这个房间称为"餐厅"。"以前大先生和大夫人关系好的时候在这一块吃饭，但现在很少了。跟我来，接下来带你看的小房间是图书馆。"说着他走到一扇门前，打开。我们走了进去，深棕色的书柜上摞满了书，一直堆到天花板。房间角落里放着一张带靠垫的沙发，旁边是桌子和椅子，再旁边立着一台金色三叶立扇。屋子里弥漫着灰尘的味道，但我一点儿也不介意。恰恰相反，站在这个房间，就像置身于书和知识的天堂，让我心潮澎湃。

"你喜欢看书？"科菲问。

"我恨不得每天读书。"我想起凯克对我说的那些用读书来充实思想的话，心底不禁浮起一丝快乐。我弯下腰歪着脖子试图从书架上念出上面的一些书名：

《瓦解》
《柯林斯英语大词典》
《非洲圣经评论》
《尼日利亚历史》
《守护婚姻的1000个方法》
《尼日利亚的事实：从过去到现在》，第五版，2014年

"这些书是谁的？"我扫视着这个奇迹般的空间。

"大先生的,"科菲说,"很多年前,在还没失业和染上酗酒以前,他很喜欢读书。现在这间房很少有人进来了,打开门让你看看,是因为平时还经常掸掸灰,打扫打扫。"

"这个大先生是谁?"我问,"大夫人的丈夫?"

"是的,"科菲小声说,"冥顽不化的酒鬼、嗜赌成性的赌鬼,经常欠一屁股债让老婆还。要我说真是男人的耻辱啊,完完全全的耻辱。平时他一般忙'生意',今天估计很晚才会回来。呵呵。当我说'生意'的时候,我指的是女人的生意。"

"什么生意?"

科菲眼珠子一转,继续说:"他是个花花公子,有一大堆女朋友。"他朝下抿抿嘴,好像舔到什么苦涩的东西,忽然问:"你多大了,阿杜尼?"

"十四岁。"我心想他为什么要问我的年纪。

"我知道了,"科菲说,"跟我来这边。"

离开图书馆,科菲打开另一扇玻璃门,然后我们走了进去。中途他忽然停下,一脸严肃地看着我,用低到几乎听不清的声音说:"小心大先生,务必小心他。"

我想问他这话是什么意思,他却随即拍了两下手大声说:"没错。这是厨房,整座房子我最热爱的地方,请进吧!"

这里的厨房和我以前见过的都不一样,什么都交给机器来做——负责搅拌的机器、负责洗抹布的机器、抽水机、热水器。厨房里的冰箱比我之前在伊卡迪商店里看到的冰箱大十倍。每台机器的颜色也都搭配得很用心,不是这种红色就是那种红色,甚至连厨房灶台上也装了一面镜子。"大夫人为什么要把镜子放在灶台上?"

听到我的话,科菲扑哧笑了。"这是煤气灶,"他说,"灶门是用反光玻璃做的,看上去像镜子。"他轻轻敲了两下眼前的炊具,露出得意的神色。"最高级的厨具品牌'斯迈格',灶台上六个点火器。我叫它萨曼莎,小名萨米,非常棒的设备,它是我愿意留在这儿干活的原因之一。"

我闭上眼睛,仿佛看到妈妈站在这个大厨房里,一边哼着歌一边舔着手指,尝尝面粉够不够甜;我看到她按下灶台上的一个按钮,机器就自动炸起泡芙。我睁开眼睛,透过厨房水槽后明净的玻璃窗看到一片开阔的绿地,情不自禁又想起了卡尤斯。噢!卡尤斯会多喜欢在这儿踢足球啊!真正的足球,不是以前踢的破牛奶盒子。我甚至可以听到他的声音:"进球啦!"每当他踢进球的时候总会那样喊。卡尤斯从小就梦想成为梅西,那个阿根廷的足球明星。

至于爸爸,他一定很喜欢窝在大夫人客厅的沙发上看晚间新闻,和巴达先生聊尼日利亚选举。我的家人们会多爱这个地方啊,这个富饶、宽敞且安全的家。

"我们一般去哪儿打水呢?"我被自己颤抖的声音惊醒。我平静下来,清了清嗓子,不去奢望那些不属于自己的生活。"这附近有井或者河什么的吗?"

"阿杜尼,我们有水龙头。"科菲说,"那个就是,"他指了指水槽边,"手柄左转是热水,右转是冷水,看到了吗?"他转动把手,水像愤怒的溪流直往外冒。在伊卡迪整个村子共用一个水龙头,夸张地说,几乎个把小时才有一滴水从里面流出来。他又拧了一下水龙头,水停了。"就这么简单。现在去你房间看看,跟我来。"

出了厨房,我们穿过屋外的后院。院里种了很多花草,棕榈树沿着小路一路铺开。经过一个拐角,我们便来到另外一座小屋——红色的屋顶,两扇窗户,一扇木门,门口两个花盆里种着含苞的黄色花朵。

"这个地方叫男生宿舍。"科菲说,"大夫人家的所有员工都住在这儿。你也住其中的一个房间。"

"为什么我不住在大夫人家里?"我问。

"因为你不够格,"他噘着嘴说,"我给那个该死的女人做饭五年都没资格在她的豪宅里睡觉呢。到了,来吧。"说完他推开木门,前方出现一条长长的走廊,走廊旁边有三扇门。科菲指着第一扇门,扭开把手,门开了。"这是你的房间。以前丽贝卡就睡在这儿,直到——"他把话咽了下去。"进去看看。"

"直到什么?"我问,"丽贝卡怎么了?"

"谁知道呢?也许跟男朋友跑了。"他耸耸肩,"你的工作服在床上,以前是丽贝卡的,希望你穿着合身。鞋在床下面,希望合你的脚,不然就得硬往里头挤挤了。把工作服换上,我一会儿过来告诉你要干什么活。"

我走进房间。房间和莫鲁弗家的客厅一样大,天花板上白色塑料绳吊着一只灯泡。墙上有扇窗户,用铁栏杆围起来,红色窗帘盖住了大部分窗户,只留出一条缝,足以让一丝微风和光线透进来,像微张开的红唇露出两颗白牙。床上有一张黄色泡沫床垫,屋子的角落里还有一张桌子、一把椅子和一个棕色橱柜。

"这是给我的？"我从床上拎起衣服。一条长到脚边的裙子，上面布满红白相间的方块图案。"难道是校服？"我忍不住兴奋起来，也许从伊卡迪逃出来不是什么坏事。

"这衣服和学校没半毛钱关系，"科菲木然地说，"大夫人要求用人必须穿工作服，我穿厨师的制服，你穿女佣的制服，仅此而已。"

裙子悄然从我的手中滑落到地上。"制服不是去学校才穿的吗？为什么非得让女佣穿制服？"

"大夫人希望我们看上去专业点。你得明白，我们是在一个体面的地方工作。这一点我是同意的，我不知道你是怎么回事，但我的工作确实很重要，而且大夫人的朋友都是社会上有头有脸的人。好了，我问你，科拉先生是不是跟你说将来大夫人会把你送进学校读书？"

"他说如果我表现好的话，"我说，"大夫人会送我去念书。看到这件衣服的时候，我还以为是大夫人准备——"

"准备送你去读书？"科菲打断我的话，直摇脑袋。

"我在这儿待这么多年，从没见过她送哪个女佣去读书过。你来这儿是干活的，面对现实吧。这就是现实，给你十分钟时间换上工作服，然后出来找我。"

"你用过熨斗吗？"科菲问。

我们来到的这个小房间里有个长长的三角形桌子，门边上的篮子里堆满了洗干净的衣服，桌子上放着个白色熨斗，上面写着"飞利浦"的商标字样。

"我在伊卡迪看到有卖熨斗的,"我说着将脖颈旁边的工作制服提了提,好让它更合身些,"我只知道熨斗很贵,但从来没有用过。"

这件工作服几乎拖到我的脚踝,手臂的地方也很大,就跟穿着一身斗篷似的随时像要起飞。丽贝卡的鞋也很大,我只能把卫生纸卡在前头,顶得我脚指头难受死了。我猜丽贝卡不仅年纪比我大,个子也比我高不少。

"使用熨斗很简单,"科菲拧开上面的一个按钮,"你只需要把它插到下面的插座上,拨盘这里调对了,得和衣服标签上的一样。"说完他拿着熨斗在衣服上熨起来,表情很严肃,仿佛干这活让他心烦。"熨完一定记得把熨斗拔下来。"他说,"不然容易着火。如果你还有什么不懂的,来问我。"

科菲的口音太重,我只能费力摘出几个词勉强猜测着他的意思。"我会记住每次都拔插头,我也不想家里着火。"

"好,"他说,"大夫人会给你制定工作时间,据我所知,她希望你从早上5点开始干活。你得把房子里所有地板拖一遍,包括五间浴室墙上的瓷砖也要擦干净,还有所有窗户。院子要打扫,车道地板砖要擦。晚上大夫人得看到所有的花都得浇好水,所有镜子干干净净,所有房间的床都要铺好。"

"好的。"我嘴上答应着,心里却难过极了。"工作量确实不小,但我会努力干的。科拉先生说三个月以后会给我薪水。"也许在这里干几个月还能存下一些钱,到时候就能买车票回伊卡迪附近的村子生活了,至少离卡尤斯和爸爸近一点,生活还有些奔头。

听到我的话,科菲先生的眉毛都竖了起来。"科拉说三个月以后把钱给你,你还真信了?"

我点点头:"我没有银行账号,所以他先替我把钱存着。你为什么会是这么一副表情?"

"因为,"科菲说着按下熨斗的按钮,水溅到熨衣板的衣服上,"他也是这么跟丽贝卡说的。她相信了,结果呢?他卷走她所有的工钱后跑了,今天下午把你带过来是他第一次现身。"

"你是说他也会卷走我的血汗钱?"我的心脏都要从胸口蹦出来,"他敢这么做,我发誓一定会找到他,然后拿脚上的这只大鞋猛砸他的头。科菲,你刚刚说的是真的?"

"我说的都是亲眼看到的。"科菲耸耸肩膀,"天啊,你这么年轻,脾气倒是不小。我不介意你的脾气大,但是在大夫人身边一定要低调谦虚,一定要尊敬她,明白吗?"

"不用担心我的脾气。"我说,"如果人们尊重我,我一定会尊重他们。现在告诉我,在拉各斯我能找得着科拉先生,对吧?"

他叹口气,嘴角却挂着微笑:"到时候看吧,眼下你先把这件衬衫拿去熨好。"

26

我们站在厨房里，科菲正在用机器磨胡椒粉。以前我经常在家磨胡椒，简单得很——只要把石头在胡椒上碾来碾去就行了，眼下这台机器虽然磨得挺快，但噪声实在太大。

我很想研究一下为什么机器上的按钮一按，里面的胡椒、番茄和洋葱就能瞬间变成一堆液体，但我的大脑却被科拉先生、工资还有丽贝卡失踪的事情占据着，我必须先把事情弄明白。

"那个丽贝卡，"我说，"她到底是谁？为什么失踪了？是不是发生了什么事情？"

科菲的手指僵硬地搁在搅拌机按钮上，人却没有转过来。"她是大夫人以前的女佣。"他说，"我说过她没准和男朋友私奔了，这就是我知道的全部。还有，以后不要在大夫人面前提到丽贝卡，听到我的话了吗？"

"我听到了。"我挪动着双脚,更多的问题却冒了出来,"如果丽贝卡发生了什么不测,下一个会不会就是我?"

"别说这些傻话。"科菲按下按钮,噪声再一次充斥着整个厨房。

"那我可以和大夫人聊聊另一件事吗?"我对着噪声大喊,"她人在哪儿?"

他按下按钮,扭头瞪着我:"聊什么?大夫人可不知道科拉住在哪儿。"

"我得让她别把工资打到科拉先生的账户里,"我说,"也许她可以把工资直接给我,我藏在枕头底下。这个主意怎么样?"

科菲用纸巾擦去额头上的汗水:"唉。别费劲了,你是不可能和大夫人讲道理的。她只在想跟你说话的时候才跟你说话,你更不可能去找她商量什么,除非她来找你。眼下关于薪水或者任何其他事情你都无能为力,除非你出去再找份工作。但你了解拉各斯吗?出了前门要左转还是右转你知道吗?"

"我不知道,"我伸出双手交叉在胸前,"但为什么我不能和大夫人说话?难道她不是人吗——"话没说完,厨房门开了,一个人像海浪撞击石岸一般冲进屋里。我眨眨眼,定睛一看:正是大夫人。她脸上的妆都卸了,皮肤像烂泥巴路,坑坑洼洼到处都是冒油的痘痘。她换了一身蓝色镶金边的长袍,头巾也取了下来,满头又灰又短的头发费力地编成一团。她两只手托在屁股上,眼神在我俩身上轮番扫视。"这里怎么回事?"

"我想和您谈谈,夫人。我有很重要的事情。"

科菲使了个眼色让我赶紧闭嘴,但我只当没看见。

"科拉先生说会把我的工资存在银行，"我说，"但是科菲告诉我——"

"我们刚刚只是，"科菲跳出来打断我的话，"我的意思是，我刚才在向阿杜尼展示怎么使用搅拌机，夫人。"他连声音都变了，好像大夫人下一秒就会把他扔进搅拌机里一块给搅碎了。

"我让你带她参观整座屋子，"大夫人说，"你带她看了吗？换上工作服后，她开始干活了没？这个女孩机灵吗？还是说我要让科拉明天一早过来把她送回乡下？"

"噢，不用，夫人，"科菲说，"她学东西很快。虽然话多了点，性格也有点急，但人很聪明，她甚至熨好了几件衬衣。我教会她的。"

"阿杜尼。"大夫人从上到下看着我，那眼神让我想起父亲看我的样子，好像我浑身沾满了恶臭的污秽。

"是，夫人。"

"跟我来。"

她转身走出厨房，我跟上去，我们经过餐厅走进她的休息客厅。这里和房子里的其他地方一样，地上铺着金色瓷砖，中间有一张圆形沙发，墙上挂着长长的镜子和电视机，屏幕上一个男人张口说着什么，但没有声音。大夫人坐进沙发里，垫子瞬间挤出一声痛苦的"扑哧"。

她拿起遥控器，对准电视关掉，嘴巴里喷出一股怒气。旁边的玻璃茶几上放着一杯带冰块的橙汁。

"阿杜尼？"她拿起橙汁咕噜咕噜喝起来。

"是，夫人。"

咽下果汁,她用力将杯子放回桌上,撞得里面的冰块砰砰响。"阿杜尼?"她又喊。

"是,夫人?"我忍不住想她的耳朵是不是不好使,为什么要叫我两次?

"别站着回答,"她说,"和我说话的时候,你必须跪下。"

于是我跪下来,双手放到身后:"好的,夫人。"

"多大了?"

"你指的是我吗?"我戳了戳胸口。

"说的就是你,"她说,"要不然我和谁说话?难道我问我自己多大?"

"十四,快十五岁了,夫人。"

"科拉先生说你母亲死了,所以才从家里跑出来的?"

"是的,夫人。"谢天谢地,科拉先生没有告诉她卡蒂嘉的事情。

"什么时候辍学的?"

"小学没读完,"我说,"差不多到四年级我就辍学了。但我很喜欢看书,喜欢上学。"

"能读和写吗?"她问。

我点点头。

她弯腰拿来一个黄色的羽毛手提包,那包简直像一只死鸡被人拎着戳进颜料罐再拿出来的似的。她从包里拿出一支圆珠笔,咬掉盖子吐到地上,递给我。接着又掏出个笔记本,也递过来。

"好好听着,"她说,"你得把家里需要采购的所有东西列成一张单子交给司机阿布。他星期六早上会和科菲出门采购,周五你必须在这个家里好好转转把该添置的东西全写下来,每两个星期统计一次。明白了吗?"

"明白了,夫人。"我说。

"我不知道科拉有没有告诉你,我在社会上可是有头有脸的。"她说,"我有许多重要的大客户,总统、州长、议员,他们的衣服料子都是从我店里定制的,我公司生产出来的纺织面料在尼日利亚居第一。"

"是的,夫人。"她说的这些跟我有什么关系?

"你的工作就是保持屋子干净整洁,一切照我说的做。不工作的时候就待在房间里,我找你的时候要随叫随到。明白吗?"

"好的夫人,我明白了。"

"现在,"她往后躺到沙发上,伸出两条腿来,"给我做足部按摩。"

"要……怎么做呢?"我问。

她伸出手在脚上做起示范来,两手好像在捏黏土。"用手像这样捏我的脚和趾头,按摩它。"

我望着那双干燥得像水泥似的脚,上面布满白色死皮和皱纹,内心一万个不愿意。明明那么有钱,那双脚却为什么像整天在建筑工地上光着干活儿的一样呢?当我开始按压脚踝的时候,我忍不住屏住了气,拼命想躲开那股脚臭味。我很想问她关于科拉先生和工资的事,但当我抬头时,她已经闭眼打起呼噜来,鼾声就像厨房里的搅拌机一样巨大。

就这样过了十五分钟,客厅门开了,一个男人走了进来,我猜应该是大先生。那人好像刚刚经历过一场爆炸，神形涣散，确切来说只有上半身勉强是支棱起来的，下半身有气无力，走起路来晃晃悠悠。他身穿白色长袍，头戴帽子，皮肤是新鲜的土豆色，嘴巴四周长满灰色胡子，鼻子上还搁着一副眼镜，隔着眼镜我能看到一对硕大发红的眼球，无法聚焦似的四处乱瞟。他摇摇晃晃走着，敲了敲电视机，然后走到我旁边。

"现在这个又是谁？"他的声音就像我爸爸喝多了酒时的声音。

"晚上好，先生。"我说，"我叫阿杜尼，是大夫人的新女佣。"

"阿杜尼，听上去就很美味。"说完他舔舔嘴唇，舌头一直伸到胡子上。"漂亮姑娘就该叫这么漂亮的名字。"他伸手摸了摸自己的胸，手上长满浓密卷曲的汗毛。"我是阿德奥蒂长官，卓越的阿德奥蒂长官，但是你可以叫我老爹。喊出来，让我听听，喊我老爹！"

"老爹。"我说。

这个男人让我不舒服，于是我扭头望向大夫人，她睡着了。我摇摇她的腿，但呼噜更响了。

"大夫人，"我捏着她的脚，"大先生叫您。"

大夫人仍旧沉沉睡着，我想就算搬起电视机砸她的头也没用，睡着以后就跟死了似的。

"这个女人就算海啸来了也能睡得着。"大先生说完，整个人陷进沙发里，把帽子摘下放到旁边，接着取下眼镜，朝着镜片吹气，用长袍擦擦镜片重新放回鼻子上。"你叫什么名字来着？"

"阿杜尼，先生。"

"噢,阿杜尼。美好的名字。"

"谢谢你,先生。"

"你说你多大来着?"

"我没有告诉过您我的年纪,先生。"我说。

他大笑起来,下排牙齿缺了一颗。"你还挺尖牙利嘴,哈?我喜欢,我很喜欢。好了,我好好问你,你多大年纪了?"

我告诉了他我的年纪。

"快十五了?这说明你马上要满十六岁,接下来就是十七岁,差不多是个大人了。还是个纯洁的小妞吗?"

"先生,"我说,"我的名字叫阿杜尼,不叫小妞。"

大先生把头往后一仰大笑起来,大手揉搓着肚子。"还傻得挺有劲儿。过来,阿杜尼,逗我多笑会儿。让我看看你的小脑瓜里还有什么?"

"什么也没有,先生。"我说着,就在这时大夫人猛地醒过来。

她睁开眼睛环顾客厅,像迷路的人发现自己置身于黑暗的森林中。"阿杜尼?"她低头对我说,"我睡着了吗?"

"是的夫人,"我说,"大先生回来了。"

她抬起头望着大先生,眨眨眼:"欢迎回家,长官。旅途怎么样?阿杜尼,让科菲准备晚餐,再让他榨些新鲜橙汁端过来。"

可她的脚还搁在我腿上,我不知道是要动手搬开,还是等大夫人自己挪开。

"干瞪着干吗?"她嚷嚷道,"起来。"

"您的脚,夫人。"我说。

她收回两只脚,踩到地板上。

离开客厅时,我感受到大先生两道火辣辣的目光紧紧追随自己,直到我离开客厅,关门走进厨房,它们仍旧跟着我。

晚上关灯爬上床,我把双手轻轻放在怦怦跳动的胸口,干了一天的活儿,身体哪里都疼。但这却是我长这么大,第一次拥有属于自己的房间,躺在属于自己的床上,一张真正的床。

独立生活是件好事。但我分明又觉得自己不再完整,好像缺了一只眼睛,一条腿,一个耳朵。这里没有卡蒂嘉,没有莫鲁弗和他的"鞭炮",没有恶臭难闻的床垫和他那个硬邦邦的生病的大肚子;在这里,我听不见卡蒂嘉的孩子们在长廊尽头的房间里低声耳语,偷偷发笑;我也再无法像从前那样在河边遇见卡尤斯、伊尼坦还有露卡了。

我闭上眼睛,想起五岁时妈妈带我去阿甘村里看瀑布。此时此刻,瀑布轰隆隆的水声就在我耳畔响起。我记得妈妈兴奋地在水流下举起双手,大笑着好像被水花挠到了痒痒。当时的我坐在瀑布旁边的岩石上注视着她,心里却害怕极了,我多么害怕水流一怒之下把我和妈妈卷走呀!妈妈感觉到我的恐惧,于是她爬到我坐的石头上,将我牵起来,将我的脸贴在她柔软潮湿的肚子上。"阿杜尼,"她喊道,"别害怕。听听瀑布美妙的声音,听听大自然的音乐!"于是我认真地听啊听,直到耳朵在嘈杂的水声中辨认出一首歌——仿佛是一千个号角和一百只鼓一齐奏响的曲子。就这样,恐惧消失了,我和妈妈在水花下欢笑着跳起舞来。

今晚在这间房子里,相同的恐惧将我包裹起来:我害怕落入洪流，害怕雷鸣一般的巨浪砸碎岩石然后将我卷跑；我害怕大夫人、大先生还有那个失踪的丽贝卡。这间屋子里没有音乐，什么也没有。妈妈再也无法感应到我了，再也无法牵起我的手赶走我的恐惧。我闭上眼睛尝试着入睡，眼前却出现了卡蒂嘉，她虚弱地躺在凯尔村冰冷潮湿的沙滩上，哭着求我帮帮她，不要让她死去。

27

每一天，我必须得把家里所有厕所和盥洗室打扫干净。

每一天，我必须用牙刷把瓷砖中间的缝隙刷干净，用漂白剂擦地板和墙壁；我必须把大宅子的所有房间里里外外打扫干净；我还要负责把花盆里的杂草全部清理干净，尽管科菲说雇了一个叫园丁的人专门来干这些活。

科菲说园丁会在每个星期六早晨来家里修理花草，但是大夫人说我必须先把花园整理一遍，于是我只能照做。干完这个，我会坐在院子里用桶子清洗大夫人的内裤和胸罩。第一次看到大夫人的内衣裤我简直想死，那裤子宽得像窗帘，胸罩简直像一艘船。她每天要换两次内裤和胸罩，所以我一个星期要洗很多，用手洗完一遍，然后还得把它们放进洗衣机再洗一遍。

我问科菲为什么用洗衣机洗之前我还得拿手洗一遍，科菲耸耸肩,说:"照做就是了,别抱怨。"

到了晚上,我开始擦窗户和穿衣镜,给桌子椅子掸灰,擦擦这,抹抹那。夜里还得给大夫人按摩那双臭气熏天的脚,有时候她会解开头巾让我给她按摩头部。只有下午我才有空休息一会儿,吃点东西。早饭和晚饭都没得吃。

"大夫人说她只负责给你每天提供一顿饭。"科菲说。

有时候,科菲会在大夫人醒来之前喊我来吃点东西。两个星期前的一天,科菲给我拿了米饭和炖菜,外加煮鸡蛋。当时大夫人在楼上睡觉,我在厨房凳子上坐下,感激地吃起来。正要吃鸡蛋的时候,大夫人走进厨房,我整个人吓得僵在原地,手里还拿着煮鸡蛋,恨不得连人带蛋一起掉进地缝里。

她大步走到我面前,拿过盘子就把米饭扣在我头上,一把抢过煮鸡蛋,在我头顶用力敲碎。我哭了,菜里的胡椒混进我的眼睛里,我以为自己瞎了。接着她开始猛扇我巴掌,对我拳打脚踢。"我不是告诉过你,没我的允许不能吃东西吗?"她喊道,"凭你干的烂活,就想让我白白给你衣穿给你地方住?你一天只配吃一次,而且是坐在外面。吃你配得上的饭,不是吃我的饭。明白了吗?"

接着她对科菲说:"下次我再看到这个姑娘一天多吃一粒米,就拿你的工资开刀。"那是大夫人第一次打我,接下来的一个月里,我几乎每天都在挨打。

就在昨天早上,她扇了我一巴掌,因为我除草的时候唱歌。她当时坐在车里正要驶出院子,车忽然停下,她从车里下来走到棕榈树下。炎炎烈日下,我跪在地上除草,她过来反手就是一巴掌。

顿时我头晕眼花，左眼失明了一会儿。

"乱喊乱叫什么？"她说，"惠灵顿路的人的清净日子都被你那破嗓子给搅乱了。这不是你那穷村子，住着的都是体面人，我们是有钱人，有品位的人。"

当她大喊大叫的时候，我心想她那嗓门儿才是噪声吧，但是我不能还嘴。骂完我以后，她长长呼出一口气，转身回到车里然后远去。我问过科菲为什么她总喜欢打我，科菲说他也不明白是怎么回事。

"你是我见过的情况最糟糕的，"科菲说，"她几乎一见到你就要打你。你是做了什么惹她不高兴吗？"

我仔细回想："没有，我没有做过任何糟糕的事。"

"如果是这样的话，我建议你还是找机会回家吧，"他说着叹了口气，"阿杜尼，我跟你说说自己的事儿。五年前，我丢掉了加纳驻尼日利亚大使的私厨工作，那一阵我认真考虑过回加纳。那是一份非常棒的工作，阿杜尼，而且非常非常重要。我住在联邦首都直辖区阿布贾[1]的一套两居室的房子里，和这里乱七八糟的环境完全不同。我为世界级的领导服务，我的生活也很不错。直到后来一位新大使上任，那个该死的白痴说我做的饭不符合他的口味，于是我的工作就没了。"说到这里，科菲摇头，仿佛那段回忆让他头疼。"但我还是决定留在拉各斯再找一份工作。要知道我在大学里学的是会计，当年我决定追求梦想去当厨师的时候，全家人都很失望。我怎么能带着失败的耻辱回到加纳呢？尤其是我在老家的房子还没盖好

---

1 阿布贾：尼日利亚首都。

呢。我之所以忍气吞声还在这儿待着,就是为了赶紧把老家的屋子盖好,你呢?你又没有什么羁绊。离开这里,赶紧回家吧。"

"但是我该怎么回去呢?"我问,"科拉先生走了,我也不知道怎么回伊卡迪,而且就算我认识路也不可能,因为……"我及时闭上嘴,"反正回去是不可能的。"

科菲看着我,沉下脸。"那就别抱怨,"他说,"埋头干好你的活,这就是我每一天都在做的。"

"可我挨的打太多了。"说到这儿,我的眼睛又湿润起来。"妈妈从来没有那样打过我,就算爸爸也没有。"或者是拉贝卡,任何人都没有。

"要么你试试远离她的视线。"科菲说,"当她在家里的时候,你就在外面干活。当她在外面的时候,你就进屋干活。但凡她不叫你,你就不要露面。阿杜尼,你知道自己的话很多吗?难不成每件事都要问个所以然?学会闭嘴。而且看在上帝的分儿上,不要再整天唱歌了。"

那天与科菲聊完以后,连续两个夜晚,我都躺在床上思索着,直到一个绝妙的法子跑进我的脑子里。

这天早上,我在厨房外面擦窗,听到大夫人的车开进来,便迅速拿起抹布,从房子的一侧走进那间图书室,从里面把门锁上。

我长长呼出一口气,开始擦拭那个大书柜。我把每本书从书架上拿出来,打开,然后擦拭。我努力读出书上的字。大夫人在家,我没法大声读,于是我轻声默念着。

书架上许多是大部头的英文书,每本我只能读到前十个单词左右然后就合上,直到我拿起《柯林斯词典》[1]。那是一本小而厚的书,像妈妈的《圣经》一样。书页上是黄色和蓝色的宽体字。一打开,里面全部都是单词,旁边就是它们的意思。这本书里的单词是按照字母表ABC的顺序排列起来的。因为我知道字母表,于是便按照字母开头的顺序来认识单词。我翻到字母"I"来搜索"Innocent"(纯洁)的意思,因为那天大先生笑着对我说出这个词的时候,那模样似乎还暗藏有其他不好的意思。我看到《柯林斯词典》是这样描述"纯洁"这个词的:

Innocent

1. 形容词:无辜的,没有犯罪的。

2. 用作名词:纯洁、单纯、朴实的人。

为什么大先生要问我是不是纯洁?莫鲁弗喝下"鞭炮"把我的身体和灵魂都玷污以后,我又怎么能称得上纯洁呢?想到这里,我合上《柯林斯词典》,拿起另一本书来:《尼日利亚的事实》。

为什么这本书的名字这么长?而且还很厚,简直像三本书合在一起。书封上画着一个闪闪发光的圆球,圆球里面是尼日利亚地图,地图里是绿、白、绿三层相间的尼日利亚国旗。

我先把书放下,然后在《柯林斯词典》里查起"Fact"(事实)的意思:

Fact

---

[1] 《柯林斯词典》:被誉为现代英语最全面、权威的字典。

用作名词：已知或被证明是真实的事情。

所以这本书里有我心中一切问题的答案？我打开第一页读了起来。灰尘刺激得我不停咳嗽起来，可是这本书看起来充满了智慧，里面有许多图片、数据和材料解释着尼日利亚乃至整个世界发生的事情，记录着从过去到 2014 年发生在尼日利亚的所有大事件：

事实：1960 年 10 月 1 日，尼日利亚独立日。尼日利亚从英国获得解放，宣布独立。

这个"英国"在哪儿？是和我们打仗的敌人？我知道"独立"这个词的意思是一个人获得自由，所以"英国"是从哪里把我们的自由夺走的？我们又是怎么夺回自由的？我坐到地板上，目不转睛地盯着书上的内容：

事实：拉各斯是尼日利亚人口最多的城市。作为世界主要商业中心，这座城市得天独厚地拥有许多海滩，孕育起丰富的夜生活，成为非洲百万富翁最多的地方之一。

看来这就是为什么拉各斯有许多有钱人了。我咽了口唾沫，把书拿得更近。明明还有很多活要干，但这本书就像长出两只大手把我拉了过去，让我感到温暖和爱：

事实：2012 年，四名哈科特港大学的大学生在附近的阿鲁社区，因怀疑有偷窃行为而被居民活活拷打虐待致死。这一可怕行为引发全球对尼日利亚"丛林正义"[1]的强烈抗议。

丛林正义。

---

[1] 丛林正义：和"司法正义"相对的概念。

如果我没有从伊卡迪,从巴米德尔的妻子和阿甘村所有人那里逃出来,也许也会遭受野蛮的"丛林正义",他们会把我当作小偷,拿火烧死我。

这条事实让我很难过,但我还是继续往下读,一口气读着那些我已经理解和还没有理解的历史,直到我感到手中的书越来越沉,才不得不将它放下来,继续干活。

擦完图书室里的角角落落,我从口袋里拿出笔记本坐在沙发上。脑子一边回忆着家里需要采购的东西,一边把它们写下来。遇到不知道如何写的单词,我便在《柯林斯词典》里查找:

(1)卫生纸

(2)肥皂

(3)尼龙袋,用于套在垃圾桶里

(4)漂白剂,用于清洁厕所

(5)洗衣粉,用于洗衣机清洗

"阿杜尼?"我听见有人在远处叫我,是大夫人!

"阿杜尼!"

"我来了,夫人。"我迅速大声回复,将笔记本放进口袋,站起身来。

当我打开门,大夫人正站在门口,怒火从她眼中喷射出来,整个人看上去马上就要爆炸。

"你是聋了吗?"她问道,两手叉在臀部,"为什么这么久才回应我?"

我还没来得及说话,一个响亮的巴掌抽过来。

我被打得眼冒金星，跌跌撞撞。"是，"我边说边揉着脸颊，"我正要回应您，夫人，可是——"话还没说完，又是一巴掌过来，打断了我的话。

我还没反应过来，紧接着一巴掌直接拍到我背上。我跪下来，紧紧闭上眼睛，脑海中浮现起妈妈的身影，我想到伊卡迪村，想到卡尤斯。大夫人不断地抽打我，像怒气冲冲的鼓手猛抽着他的鼓。

但是我没有哭，我只是默默承受着她的抽打，然后在内心还回去。当她抽打我的时候，我狠狠地抽回去，只是我并没有碰她。不知道她打了我多少次，直到我听到大先生的声音传来："这里到底发生什么了？"

大夫人踢了我一脚。"没用的东西，"说着朝我背上吐了一口口水，"为什么你都没哭？看来是真的有魔鬼住在你身体里吧？今天我必须揍到你哭出来为止。"

"弗洛伦斯，你想杀了这个女孩吗？"大先生说，"你的暴脾气把屋子里每个女孩都赶走，现在又想对可怜的阿杜尼做同样的事？"

我睁开眼睛，抬起头。自从上次在大夫人的客厅见到大先生以后，这是我第二次见到大先生。最近他因为"生意"到处旅行，但今天的他看起来并没有喝醉，眼睛不红，口齿清楚，像个有理智的人。

"阿杜尼，起来。"他说着，然后向我伸手。

我支撑着站起来。大夫人停止动作，但我的背好像仍在挨着一次次抽打，仿佛有人拿着胡椒在我的皮肤上猛搓，再往上倒煤油，然后点火。我每一次呼吸都带来剧烈的疼痛。

"先生您好。"我说着，没有跪下来，因为我的膝盖已经无法动弹,确切地说,我浑身每个地方都不听使唤了。

"阿杜尼,你还好吗?"他问。

"我没事,先生。"虽然我们都知道我已经被打得半死。

"弗洛伦斯,"大先生转过身,对他的妻子说,"你才是被恶魔附体的人。"

大夫人呼出一口气,仿佛刚刚享用完一顿大餐,仿佛暴打完我让她重获新生。她看了我一眼,蔑视地说:"没用的东西!一个懒货,白白吃我的住我的,找半天才发现她原来待在图书室,为的就是偷懒不干活。"

"所以你就把人家往死里打?你还打算谋杀另一个女孩吗?"大先生说着,语调越来越高。

"我从车道上就听到你打她的声音了。弗洛伦斯,车道上!万一你把人家的头给敲坏了,把她弄瘫了,到时候你这番借口在法庭上站得住脚吗?"

我没有听明白大先生的话是什么意思[1],但我知道他对大夫人很生气。

"现在,弗洛伦斯,"大先生伸出一根指头,左右摆动着,"这是你最后一次在家里碰这个孩子。我重复一遍,这是你的手指头最后一次碰阿杜尼。明白了吗?"

大夫人不满地走开了,嘴里嘟囔着一些"吃软饭"和"妓女朋友"之类的话。

---

[1] 大先生和大夫人对话使用的是英文,所以阿杜尼没有完全听懂。

大先生没有理睬他，转过身问我："你还好吗？"

"我没事，先生，"我说，"谢谢您，先生。"

"过来这儿，"他张开双手仿佛要迎接我，"过来，不要害怕，来吧。"

而我像生了根的植物站在原地，看着他。他想让我做什么？拥抱他，还是有其他目的？看到我没有动，他直接走了过来，双手环绕住我的身体。

我僵在那里，用手抵住他的胸口，但他只是更加用力抱紧我。

"不要在意她，阿杜尼，"他说着把嘴伸到我脖子附近，胡子刮擦着我的皮肤，口中呼出热气，是黄油薄荷糖和酒精的味道，"听到我说的了吗？"

"是的，先生。"我紧咬着牙关说，"我还要去干活，请您让我去——"

"我希望你和我在一块儿的时候自在些，"他打断我的话，把我抱得更紧了，"弗洛伦斯不敢对你怎么样的，只要你答应让我保护你。"

我用力推开他挣脱出来，然后朝后院跑去。我跑得飞快，完全没有注意到屋外的水龙头旁的科菲。我撞到他的肩膀，几乎把他和手中的水盆一块撞翻在地。科菲用手撑住墙壁勉强站稳，然后把盆子放在地上。

"阿杜尼！"他大喊着关上水龙头，"你在干吗？有什么东西追你啊！"

我把双手撑在膝盖上，让呼吸稳定。"大先生，"我说，"他把我抱得太紧，就是刚刚，我拼命挣扎才跑出来。"

"大先生抱你？"科菲突然紧张起来，"怎么回事？他老婆呢？"

"我也不知道为什么他要那样，"我说，"大夫人打了我一顿，大先生就过来了，说希望我和他在一块儿的时候自在一些，还说他可以保护我。他想干什么啊，科菲？"

我看着科菲，眼里充满着恐惧。我知道大先生想要什么，但我不敢想，更别提说出口了。

"那个男人是被诅咒了还是怎么回事？"科菲轻声说道，"啊，切尔[1]，别怪我没警告过你要小心。"

"我一直很小心。"说着眼泪滚落下来，"我不想在拉各斯惹麻烦，我也回不了伊卡迪村，可那个大先生，他抱住我的时候我好害怕。平时他也总是用可怕的眼神盯着我。帮帮我，科菲，求求你了。"

"不要哭，"科菲说，一边叹气一边摇头，"会有办法的……我会想到办法帮你。先不要哭了，听见了吗？"

"谢谢你。"我说完用裙边擦去脸上的泪水，然后便走了，因为我晚上还要洗厕所。

一整天的活干完，已经是半夜。我挣扎着爬上床，浑身酸痛，后背火烧火燎。

因为太久抓着抹布干活，我的手指僵硬得像变形的塑料。我努力让自己入睡，但只要一闭眼就会看到大先生。他露出剃刀般的尖利牙齿，上面还淌着鲜血，朝我扑过来。

---

[1] 切尔（chale）：在加纳，朋友之间常用的见面打招呼的用语。

28

事实：尼日利亚人以酷爱派对和参加活动而闻名，仅在2012年，尼日利亚全国在香槟上就花掉超过5900万美元。

周日，大夫人在家中举行大型派对。

一大早她就为派对忙得不可开交，几乎每秒钟都在大喊大叫。"阿杜尼，把楼下厕所每个角落都洗一遍，"说着她胖胖的手指指向厕所门，"先用我昨天买的新牙刷把瓷砖之间的水泥缝刷干净，再用漂白剂擦浴室里的瓷砖。对了，你按我说的洗过后院的围栏吗？洗了的话再洗一次，必须擦到那些水泥跟我母亲的墓碑一样闪闪发亮才行。还有，别忘了餐厅里的镜子。"

昨天下午，一辆高大的白色面包车开进院子。我跑出去一看，只见一头棕色的奶牛坐在车后面，用舌头舔着栖在鼻头上的苍蝇。

科菲把奶牛拖下来,用一根长绳系在后院的椰子树上,笑嘻嘻地拍着奶牛的皮肤:"好家伙,周日把你宰了做成牛排和炖牛肉。"

"大夫人为什么要办派对?"这天早上,我坐在炎炎烈日下清洗金色的蕾丝桌布,"明天大夫人过生日?"

"不。"科菲说。他坐在我旁边的长凳上把豆子捡进盘子里。"周日派对是惠灵顿路上的'太太协会'举办的。大夫人是协会主席。"

"什么会?"

"缩写叫'WRWA',"科菲说,"一群中年妇女成立的协会,定期聚会说是给穷人募捐,全是谎言!其实就是找机会盛装打扮互相攀比,然后喝个烂醉!每个季度聚会一次,轮流主持。10月份的聚会轮到大夫人来主持了。"

"原来连生日派对都不是,"我不屑地说着,把抹布放进肥皂水里来回搓洗,"不就是见个面吗?竟然这么浪费。那本《关于尼日利亚的事实》里面写了,尼日利亚人一年要在派对上花掉好几百万,一开始我还不信,现在我信了。对了,咱们这条街就叫作惠林顿[1]街?"

"惠灵顿,是的。"科菲说,"街上住的人都有来头,一半的人以前是军人,卷走国家的钱然后跟结发妻子离婚,找个更年轻漂亮的姑娘;另一半大多是商界人士,比如大夫人,要不然就是野心勃勃的高管或是混娱乐圈的人。当然也有些浑水摸鱼的投机分子,看着派头挺足的,实际上根本撑不起这种奢华的生活。"

---

1 这里是阿杜尼的口误。

科菲摇晃起托盘,豆子们在空中弹跳起来,又纷纷落回托盘上,发出"嗒嗒嗒"的响声,接着他把豆子里的脏东西吹出去,将托盘放到地上说:"三年前,有些空虚无聊的太太兴致勃勃要成立一个协会,只因为她们都住在拉各斯最富有的街道,其实就是找个借口开派对,花钱。对她们来说,办派对,在各种各样的事情上狠命砸钱,简直就像是吃药,这些人都有病。现在银行汇率都到了一百七十奈拉兑换一美元,你知道吗?切尔!除非布哈里[1]明年能当选总统,否则这个国家一定完蛋。未来一片黑暗。"

我不明白为什么科菲一边骂尼日利亚人奢靡腐化,自己却赚着他们的钱在加纳盖房子。我看到他是如何接过客人们给的小费,攥紧放进口袋里,然后微笑着大声说谢谢。既然他说富人的钱都是偷来的,那他为什么不拒绝?没准他自己也是尼日利亚的麻烦。

科菲捂嘴咳嗽了几声,手放在白裤子上擦了擦。"大夫人每个周末都要参加聚会,她的生意覆盖大半个拉各斯,赚了好几百万美元呢。切尔,看豆子里的这些小虫,这些浑蛋把袋子都咬穿了。我说什么来着?哦,那个太太团体大概有十到十五个成员,一天到晚比来比去。上一任主办人,卡洛琳·班克尔,大夫人的闺密,也是一位石油天然气大亨的第十五位妻子,为了举办十个人的小聚会,硬是宰了三只羊,雇了一位有名的私厨、一个出场费巨高的小丑演员,就连聚会上的酒都比我曾祖父的年纪大。"

"大先生不工作吗?"我看着科菲正在剥豆子的手指,"大夫

---

[1] 穆罕默德·布哈里:他在2015年4月1日当选尼日利亚总统。

人每天要去店里忙,难道不应该是大先生赚钱吗?"

"大先生就是个笨蛋。"科菲说,"以前在银行工作,放了好几十亿奈拉的款给朋友,结果那些狐朋狗友没还钱,最后银行不得不申请破产,两年后倒闭,他自然也丢了工作。那大概是,"他皱起脸来想,"十五年前,我来这里干活之前很久了。我一直都知道他是个大麻烦,拿着大夫人的钱全花在女人、赌博和豪饮上。"

"豪饮?"

"就是喝酒,"科菲说,"小麦啤酒、烈性黑啤,什么酒都喝。"

"还有香邦?"

科菲大笑:"香什么?"

"我在那本《尼日利亚的事实》上看到的,"我说,"书上说,尼日利亚人喜欢花很多钱买这种酒,那个单词是C-H-A-M-P-A-G——"

"哦!香槟!"科菲说,"香——槟。没错,大夫人和她的朋友们一有活动就开香槟庆祝,好像不要钱似的。"

"是不是像我们村子里喝的棕榈酒[1]?或者杜松子酒?"我问。

"如果你喝太多,眼睛就会变成这样——"说着我的眼球从左边一齐溜到右边,逗得科菲乐不可支。

"你来这儿三个月了,"过了一会儿他说,"如果我记得没错的话,你是8月份来的。薪水打算怎么办?"

我从抹布里挤出肥皂水来。"还不知道,"我说,"我一直想

---

[1] 棕榈酒:一种西非酒精饮料,在尼日利亚很受欢迎,也被称作家酿。

和大夫人说话,但怕她打我。"

"那就看接下来的几个月会怎样吧。"科菲把盘子放下,手在裤子上擦了擦,回过头好像在看有没有人过来,接着从裤兜里掏出一张折叠的报纸。"拿着。"他说,"读完告诉我你的想法。"

"这是什么?"我望着科菲的手说。

"读完你就知道了。"科菲说,"切尔,我可是好不容易挤出时间到以前工作的地方才帮你搞到这一期的《国家石油报》。里面有些东西,我希望你能认真考虑一下。"

我把手上的水甩干,指尖捏住报纸然后抖开。这是从整份报纸上撕下的一块,上面全是英文单词。"我要把上面的东西都读完?"

科菲叹口气:"阿杜尼,看左边的文章标题,讣告上面那一栏。"

我大声地慢慢念出声来:

海洋石油集团公开征集申请

中学奖学金计划

专为女性家庭佣工提供

尼日利亚最重要的石油服务公司"海洋石油"将与戴蒙德特殊学校合作,为年龄在 12～15 岁的女性家政工人提供年度奖学金。今年是该教育资助计划连续实施的第七年,致力于帮助家政工作岗位上聪明、勤劳和穷困的尼日利亚女孩完成教育。海洋石油公司董事长艾赫·奥德非先生为了纪念他的母亲艾斯·奥德非女士而发起这一计划,当年她正是凭借着辛勤的家政工作,以微薄的报酬供她的孩子们完成了学业。

该项目计划将包括：提供五名学生在著名的戴蒙德特殊学校连续就读八年的全部学费，并视情况提供住宿费用以及就读期间的基本生活费。

要求：申请人必须为女性，年龄 12～15 岁，职业为家庭女佣、清洁工或者其他家政类工作。

提交材料必须包含一篇不超过一千字的自我陈述文章，说明申请人应被选入该计划的原因及其优势，以及担保推荐人的签字同意书，担保推荐人必须是优秀的尼日利亚公民。申请材料截止日期为 2014 年 12 月 19 日，录取名单将于 2015 年 4 月在我司办公室公示。为了保护申请人隐私，名单不会在任何媒体上刊登。

"这是什么意思？"念完以后，我问科菲，"英文单词太多了，我看到了一些关于学校的东西。"

"一个让你免费读书的机会，"科菲说，"他们还会免费给你地方住。海洋石油公司的老板是我以前老板的朋友，一个不错的家伙，每年会派人把这个教育资助计划发给大使馆，他觉得也许我们当中有人的孩子想申请。"

我点点头，不太明白科菲为什么要把这些事情告诉我。"可是上面写的那些东西，我怎么给他们呢？"

"昨天从市场回来的路上，我让阿布带我去海洋石油公司的办公室。"科菲说，"我替你拿了申请表，就在我的房间。阿杜尼，这是你获得自由的唯一机会。"说着,他的语气变重,几乎有些生气。"如果你继续留在这儿,那……那浑蛋会伤害你。虽然我总说丽贝卡跟男朋友跑了,但谁知道呢?有时我想丽贝卡的失踪是不是跟那家伙有关。阿杜尼,我在加纳有个和你年纪一样大的女儿,我无法想象……"他摇了摇头,"不提那个浑蛋了,想想你的未来吧,你在这里没有未来。根据你告诉我的,伊卡迪你也回不去了,眼下这是你全部的机会。"

"可是时间太紧了,"我说,"要不然等明年,我的英文好一些……"

"明年你就没机会了,"科菲几乎喊着说,"你已经14岁了,截止年龄是15岁,现在就得申请。你是害怕了吗?这可不是我认识的阿杜尼,我认识的阿杜尼一定会跳起来抓住机会。"

我没有回答。

我不想让他看出我确实很害怕——这个机会我渴望得太久太久了,但是当它真的出现在我眼前,我反而退缩了。

"听着,我知道这有点难。你要写出一份非常优秀而且有说服力的自荐文章,但是你很聪明。这的确是个充满竞争的挑战,但是我相信你可以做到。"

"你真这么想吗?"我问。

"我知道你可以。"他耸耸肩,"但我不会强迫你。这得看你自己,切尔。我已经做了我能做的一切。一旦我在库马西[1]的房子盖好了,

---

[1] 库马西:加纳中南部城市。

我就会离开这儿。"

我拼命把眼泪憋回去:"我怎么可能在12月之前写出一篇漂亮的英文文章呢?再说,什么叫作自荐文?"

"讲一个故事,介绍你自己。"科菲说,"你小学的时候写过作文吗?"

"我知道作文。"我说着将那张报纸折起来塞进内衣口袋里,"在伊卡迪上学的时候,老师教过我。"

"切尔,"科菲说,"你一定能成功,尽管去试试。我们需要做的只是找个能给你做推荐担保的人,因为我不行。第一,我不是尼日利亚公民;第二,我不确定厨师的职位是否够资格,虽然我相信这个职业对人类很重要。大夫人和大先生也不可能,不过我可以找几个尼日利亚朋友帮忙,前提是他们得先见见你。一切都不容易,但也不是不可能。我唯一担心的事情是时间不多了,截止日期只剩下一个多月了。"

科菲说的每个字我都听清楚了,我知道他多么希望我能离开这里去学校读书。我发誓,上学是我这一生最大的梦想,但我不知道自己能不能做到,不管是在12月之前写出一篇漂亮的文章还是找到推荐我的好心人。

"你为什么一直叫我'切尔',科菲?"我问,试图想把注意力从文章这件事上转移开,"你忘了阿杜尼才是我的名字吗?"

"在加纳,这是朋友之间打招呼会说的话。"

"所以我是你的朋友?"我微笑着问。科菲有时候对我很好,就像今天,但有时候就像不认识我一样。

有些早上我跟他打招呼,他压根不理我,但有些时候他不仅跟我说话,还会给我拿吃的。"我也是,我一直把你当作我的朋友,"我说,"谢谢你告诉我所有关于上学的事情。"

"我要去泡豆子了。"他站起来从地上拿起托盘,"你抹布也搓得够多了,别管它了,去干别的活吧。"

晚上回到房间,我坐到床边,从衣服里拿出那份报纸。

自从科菲告诉我这件事以后,我一直努力不去多想。可万一,万一我被选中了呢?

我把报纸在床上摊开,眯起眼睛,借着窗外的月光又一次读起那篇文章。大夫人不喜欢我们晚上开灯,但房间里实在太暗,我只好站起来走到窗前拉开窗帘,这样就有更多光线了。就在这时候,我注意到窗栏杆上有什么东西闪闪发光。

凑近仔细一看:竟然是一串珠子。一串长长的、有弹力的珠子。谁的?

我屏住呼吸把它从窗栏杆上拉下,珠子轻轻弹出一声"哧",便像条小蛇一样盘进我的掌心里。我托着它,掂量着:从大小看不是项圈。每一颗珠子的颜色也不一样,有黄的、绿的、黑的和红的,这让我想起伊卡迪河边一些女孩腰上佩戴着的腰珠,当她们舞蹈和嬉闹的时候,那些珠子便会发出拍手一样美妙的声音。

很小的时候,我也想要一串腰珠,但妈妈不喜欢,所以我从没戴过。这串腰珠是谁的呢?我在手里轻轻摇着它,摇晃一次,便看到每四颗珠子中有一颗红色的小珠闪动。我认识那个颜色——那是阿甘村的红，一种月光下会发出橙色的光，黑暗中则变成血一样的红色。

这是丽贝卡的腰珠吗？难道她是从阿甘村来的？可是她为什么要脱下这串珠子留在窗户上呢？

我心中的疑团越来越大。村里的女孩们三岁起就戴腰珠，直到长大也不会取下来。

丽贝卡，我在夜晚的空气中轻声呼唤她的名字：如果你真像科菲说的和男朋友私奔了，为什么要把贴身的腰珠摘下挂在这里呢？

空气中没有回答，除发电机在外面嗡嗡作响之外，一片寂静。我转过身把珠子放在枕头下，然后爬上床，手里还拿着那张报纸。我想睡觉，却感到浑身冰冷沉重。丽贝卡遭遇了不幸，我知道。一种不祥的感觉萦绕着我，就像枕头下的腰珠缠绕在我的骨头上。

我用力捏紧那张报纸。

12月不远了。

如果能迅速提高英语能力，找到愿意推荐我的好心人，或许我真的可以逃离这个邪恶的地方。

可是在这个绝望的大宅子里，有谁能帮帮我呢？

29

事实：尼日利亚有250多个民族，食物丰富多样。最流行的是加罗夫饭[1]、苏亚烤肉串和阿卡拉——一种美味别致的油炸豆饼。

周日下午，宅子前面停满各种各样的豪车。

我从没见过这样的景象——形状各异的汽车，有些像飞机、有些像船，还有些像水桶；有些汽车迷你到连车顶都没有，另外一些则个头大到和大夫人的吉普车差不多。无一例外，它们看上去都很名贵。大夫人命令我待在后院除草，所以我并没有看到车上走下来

---

[1] 加罗夫饭（jouof rice）：一种流行于西非的主食，主要由长粒米、西红柿、各种肉类、洋葱和香料等烹制而成。

的那些太太。

我问她为什么周日还要在后院除草,大夫人直接捡起地上一块石头用力砸到我的头上大骂:"蠢货,竟然敢问我问题!"

这一天当我在外面除完草,科菲把我喊进厨房。"我都快忙疯了,"他说,"赶紧去洗手,给我帮忙。"我洗完手接过科菲递来的托盘,上面装满了牙签穿起的烤肉,中间撒有青椒和洋葱。

"这是签子烤肉,"他说,"端进屋里分给那些太太吃。"

烤肉被科菲用心地沿着盘子边缘摆成圆圈,正中央放着一颗小番茄。

"只要把肉分给她们就行了,对吧?"我问,"一人一块?那这个番茄怎么办?"

科菲叹了口气:"那不是番茄,是个樱桃,装饰盘子的,不用管它。阿杜尼,我求你千万不要碰这些食物。你只要碰了,大夫人就会把它们全部倒进垃圾桶,然后让我重新做一盘。那样的话,切尔,我会活剥了你。所以,闭上嘴,低下头,托出盘子,行屈膝礼,就像这样。"科菲迅速地弯膝,然后迅速站起来。"我重复一遍,不要跟任何人说话。上完菜以后就回来,明白了吗?好了,我到底把那锅加罗夫饭搁哪儿了?"

我端着托盘来到客厅,走向站在我跟前的第一个女人。她的皮肤黝黑,散发出一种高贵的光泽,走近顿时有一股苦涩的橙子和柴火混合在一起的味道冲进我的鼻子,呛得我只想打喷嚏。她穿着件短到膝盖的紧身绿色连衣裙,勾勒出流线型的胸部曲线。树皮般的棕色头发从很低的地方沿头皮开出一条侧线。脸上除了血红的口红其余都是绿色的,就连她的眼球都发绿。我把托盘递给她跟前,眼睛盯着地板。

"这是谁?"她发出一口浓重的烟嗓,"弗洛伦斯,这就是你家里新来的女佣?"

"跟以前那些一样没用。"大夫人的声音从客厅一角传来,房间里一些人正被电视里演的东西逗得大笑。

"你从哪儿找来她们的?"另一个女人开口了,于是我的视线落到她身上。她身穿蓝白色花纹的安卡拉染的布裙,胸前镶满碎钻;头上一团又大又圆的假发像顶着个毛茸茸的足球似的,脸上抹成粉橘色;唇膏和她脚上的坡跟鞋一样都是棕色的。"从你那个科拉中介那儿?我告诉过你不要找本地中介,我的家政咨询中心给我找的全是国外用人,好使得很。"

"我也跟你们说过好多次,"大夫人说,"科拉先生既便宜又可靠。丽贝卡走了,他一下就找着这个姑娘。再说我不需要外国人为我打扫房子,反正我的孩子们又不在家,怕什么?你们这些人担心孩子受欺负就专门找昂贵的菲律宾保姆,告诉我,白皮肤带口音的外国保姆活一定干得比本地保姆好吗?还不一样没用?我还听说你们中有些人甚至用美元支付薪水,我为什么要在自己的国家给一个女佣美元?尤其是按照当前的汇率。我有病呀?"

"绿眼球"女士捏起一块肉。绿色的指甲和她的眼睛倒是挺搭,只是那指甲长得吓人,我完全不敢想象她是怎么给自己洗澡的。

"她叫什么?"她问,"过来,孩子。抬起头来,你叫什么名字?"

我抬起头,科菲叮嘱我不要说任何话,但是眼前的女人正用一闪一闪的绿眼睛看着我,等我回答。她的模样让我想起一只长着棕色头发、绿色眼睛和长指甲的黑猫。

"我的名字叫阿杜尼,夫人。"我说。

"你看,起码你找的这个会说英文。谁还记得弗洛伦斯用过一周的那个女孩?偷了你整整半个厨房食物的。她叫什么来着?"

"茜茜,"大夫人说,"魔鬼附体的孩子。后来我发现她往我早茶用的杯子里撒尿,我直接把她送回了地狱。"

"丽贝卡还是最好的,会说话,懂得尊重人。她多大来着?二十岁?"

听到丽贝卡,我整个人僵硬在那儿。也许她们中有人知道她的下落,也许大夫人会说出点什么。

"谁在乎这些?"大夫人说,"谁想来点鸡尾酒吗?厨子烤了很多胡椒腌过的蜗牛肉,还有现炸出来的苏亚,又鲜又辣。"

"弗洛伦斯,你后来到底搞清楚丽贝卡发生什么事没?"头上像顶着足球的夫人问,"我挺喜欢她的。是跑了还是怎么?弗洛伦斯?你去她家里问了没?"

大夫人说:"刚刚谁说想喝自制菠萝朗姆酒来着?"

"她们最后总会跑的,不是吗?"另一个女人说话了,于是我偷偷看向她。她整个身体线条都很奇怪——胸部平坦得像地板,头发直直披在背上像黑色的木炭,脸上的腮红简直是扫帚一顿乱扫上去的,眼睛上粘着夸张的假睫毛。"再说,弗洛伦斯干吗跑到又穷又偏的鬼地方去找什么丽贝卡?我们都知道这样的事儿经常发生——某个女佣被本地男人搞大肚子然后不见了。嘿,你,把那个托盘拿过来。"

"是，夫人。"我应答着一边移动我的脚，一边将托盘移到她跟前，眼睛始终看着地上的金色瓷砖。"这儿，夫人。"

她捏起两根签子肉，手指瘦得像火柴棍一样。"好了，把剩下的拿到姑娘们那儿去。"她说。

我抬起头。"什么姑娘？"我问，"您指的是那些妇人吗？"

女人纤瘦的脖子往后一甩，我甚至担心它会折断，头掉到地上，骨碌碌滚出去。

"她刚刚是在叫我们妇人吗？"她大笑着眼泪都要出来了。"我的天，这太搞笑了。琪琪，卡洛琳，萨德，听到了吗？她刚刚叫我们妇人。"

瞬间所有人哄堂大笑，像奏响一曲疯狂的大合唱。

"对不起夫人，"我说，"我没有弄明白……"

"你们这些人怎么回事？"有个人的声音穿越笑声而来，仿佛从我身后遥远的地方响起，那声音仿佛抹上了一层甜甜的蜂蜜。我想扭头看，但不敢，于是只能倾起耳朵听着她说话，让那种美好的声音流淌进我的心里。

"我们本来就是妇人，"她说，"没有必要让这个小女孩难堪，拿她逗乐子一点也不好玩。"

"蒂亚又在抱怨什么呢？"绿眼女人悄声问"足球头"。

"足球头"扭动鼻子，嘴角牵起一丝冷笑。"她啊整天在抱怨，什么臭氧层被破坏啦，人的灵魂堕落啦，尽是些没用的。"

"她需要好好被男人滋养，然后赶紧怀个孩子。"绿眼女人说着大笑起来,瘦骨头女人则正从盘子里捏起另外一根签子肉。

"阿杜尼,你知道自己应该在后院里。"当我转身的时候,大夫人的声音响起。她的红色长袍在地上拖来拖去,装饰的金色亮片在肩上一跳一跳的。她手里拿着酒杯,里面的红酒随着她的走动一圈圈在杯子里转动着。"送完菜就从这儿滚出去。再听到你的声音,我就用杯子砸烂你的头。"

"好的,夫人。"

"我听说阿卜杜勒参议员支持乔纳森的竞选,"当我准备转身离开时,绿眼女人说,"他以前可是最强的反对者。我猜是收了什么好处。"

"我老公明天去阿索石[1]开会。"瘦骨头女人说着从托盘上拿起另一块肉,放进嘴里费力嚼着。她明明在吃,可吞下去的那些东西都去了哪儿呢?我忍不住想。

"只要他被传唤进总统府讨论什么石油税收一类的事情时,最后肯定会带着一行李箱的美元回家。"她边说边用力嚼着,"现在大选快到了,这回他肯定是带着一卡车钞票回来。我最近得乖一点,这样他才会赞助我下周末去哈洛德[2]买买买,那只可爱的古驰的鳄鱼皮包在召唤我。"

"五千块,带竹子花纹手柄的那只包?"绿眼女人问。

"五千美金吗?""足球头"问。

---

[1] 阿索石位于尼日利亚首都阿布贾总统府内,被看作总统权力的象征,尼日利亚总统府也被称作阿索府。
[2] 哈洛德百货(Harrods):世界著名的奢侈品百货公司。

"英镑,亲爱的,"瘦骨头女人说,"有了那只包,我会在拉顿参议员五十岁的生日派对上赚足眼球的。加上上个月从哈维·尼克斯[1]买的那双漂亮的六英寸红底高跟鞋,简直是完美搭配。"

老实说,这些有钱人真的是脑子有问题。为什么会有人想要把红屁股[2]穿在脚上呢?谁的红屁股?也许今天晚上我要去《尼日利亚的事实》那本书里去找找答案了,或许它会告诉我为什么尼日利亚的有钱人想要把红屁股穿到脚上当鞋。

"古驰不是我的菜,"绿眼女人说,"你知道为了那只爱马仕铂金包我苦等了多久吗?整整八个月!我发誓,拉各斯没有第二个人有那只包。对了,我听说罗拉的丈夫把小三的肚子搞大了,怀的还是双胞胎。"

"咱们能聊聊为伊科伊的孤儿募捐的事情吗?"有人问,但我不知道说话的人是谁。接着又听到瘦骨头女人说:"我就知道,我就知道。我早就警告过罗拉,让她找几个混混去把那个女人处理掉,她倒好,还跟我引用圣经,说什么上帝会站在她这边。"

我端着盘子在人群中走来走去,听她们聊着购物,用美元和英镑购买各种包包和鞋子,还有某个丈夫又把哪个情人搞大肚子一类的事情。

我走到最后一个女人跟前。她独自站在角落一脸茫然,好像是来错了地方。她穿着粉红色T恤,蓝色牛仔裤,脚上穿着白色帆布鞋。

---

[1] 哈维·尼克斯(Harvey Nichols):起源于英国伦敦的高级百货品牌。
[2] 此处为阿杜尼听错了,将"red bottoms"(红底鞋,法国品牌克里斯提·鲁布托招牌标识)听为"red buttocks"(红屁股)。

她看上去比这里的其他女人都年轻,有着线条优美的鹅蛋形脸和烤腰果般色泽的皮肤。她的头发爆成许多小卷卷,起码有几百万甚至几万亿个。几缕发丝挂到额前,卷曲的发梢在她的鼻头跳跃,剩下的头发被发带绑了起来。她的脸上没有化妆——只在嘴唇上抹了些唇膏,看上去就像盘子中间的那颗樱桃。她的鼻翼左侧挂着一只金色鼻环。

我把托盘递过去,她微笑着露出雪白的牙齿,我注意到她的牙齿四周被一圈铁栅栏[1]包覆着。"我们就是妇人,"她用蜜一般的声音轻轻地说,就像近在我的耳旁,"别在意她们。"

一点也不夸张,她的声音像音乐流淌进我的耳朵,让我感到身体一阵悸动,几乎忍不住想要唱歌、大笑起来。我把目光从她脸上移开,望向她的白色帆布鞋、那双从蓝色牛仔裤管里伸出的短而细的腿。她从盘子里挑出一块肉,手指小巧,指甲短而整齐。"谢谢你。"她说。

"谢谢你。"

这是我在这所房子里从来没听到过的话。我看着她的脸,眨眨眼。为什么她要谢谢我呢?因为我举着托盘吗?还是别的什么?

"谢谢你,"她又一次说道,用那种音乐一般美妙的声音,"我希望你在这份工作上干得愉快。"

"您真好,"我说,"对我说谢谢。离开伊卡迪以后,还从来没有人对我说过这句话。"

---

[1] 其实是牙套。

"这没什么，"她说着，轻轻碰触了一下我的肩膀，"快去忙你的事情吧。"

碰触像一道电流击中我的身体，我颤抖了一下，手中的托盘掉到地上，烤肉在我脚边撒落一地。

"你没事吧？"她问。

望着掉落在地上的烤肉，整整六根，我的心中响起求救声。我希望妈妈没有死，这样她可以马上过来把我带走，或者她像变魔术一样把我藏起来，让我免除大夫人的暴打，再或者——

"别哭，"那个女人说，"过来，我帮你捡起来。你往后站，这样我就能——"

"不，不，"我说着，一边擦着眼泪，"我自己来，夫人。"

当我弯腰去捡地上的第一块烤肉时，后背一阵发冷，紧接着什么东西重重地砸到我的头上。我听到那个声音甜美的女人大喊："弗洛伦斯，你在做什么？"我想告诉她我觉得自己要死了，我的头好像在火里煎烤，烈火狠狠灼烧着它。我以为是天花板掉下来砸到我的头上，但当我抬起头，看到的是大夫人——她手里拿着一只红色高跟鞋，我还没来得及说一个字，她就举起鞋再次砸到我的头上。

蒂亚：隐秘的烦恼

30

事实：2000年，尼日利亚北部的扎姆法拉州率先实行一夫多妻合法化。

"你能听到我说话吗？"

她的声音唤醒我的知觉，但我的头还是滚烫，头骨里一片"砰砰砰"的震响。四周一片黑暗。我觉得脸上被什么湿湿的东西擦拭着，眼睛凉凉的，那东西很柔软，是毛巾吗？

"睁开眼睛试试。"

我闻见她的气息，椰子油，黄油，还有白色的百合花。

"阿杜尼，"她继续说，"睁开你的眼睛。"

我们在院子里。我靠在水龙头一侧的墙上，而她蹲在我跟前，一只膝盖跪在地上。在她的身后，阳光高悬，日光洒在远近的草坪上。

她正朝我微笑，牙齿在阳光下闪耀。我试着对她报以微笑，头却疼得要命，疼痛赶跑了我嘴边的笑容，将它碾得粉碎。

"一定很痛。"她说。

"很烫。"我说。

她点点头："我去看看能不能让厨师给你弄点扑热息痛[1]来。"

我感到有湿漉漉的东西从脸上流淌下来，我还没来得及抹开，她便用毛巾擦掉了。那是厨房的一块灰色清洁抹布，我看到它染成了红色。

"我流血了？"我问，"大夫人打得厉害吗？"

"看起来确实糟糕，"她说，"你感觉怎么样？"

"就像博科圣地在我的头脑里发动恐怖袭击。"

她笑了。"你的夫人心情很糟糕。她说她明明让你待在外面，你为什么要进屋来呢？"

"科菲让我帮忙。"我说。

她把头往后朝屋里看了一眼，那里仍然充斥着嘈杂、笑声和音乐。"我想我得在这里和你待一会儿了。"

说着她靠墙在我旁边坐下来，仿佛我们从小就是好朋友。"这是我第二次参加这些太太的聚会，"隔了一会儿她说，"我的丈夫希望我能和邻居们熟络一些，他觉得我太焦虑。你的头怎么样？好些了吗？"

---

[1] 扑热息痛：一种常用的非抗炎解热镇痛药，又名百服宁、必理通、泰诺、醋氨酚等。

"是的，夫人，"我说，"好些了。您真是个好人。"

"别叫夫人了，"她说，"叫我蒂亚就好。"

"蒂亚夫人？"

"蒂亚小姐。"她说。

"蒂亚小姐。"我笑了，"您喜欢，我就这样叫您。"

"你多大了？"

"十四岁，夫人。"

"十四岁？"她的表情严肃起来，接着陷入了沉思，"这不对……弗洛伦斯不应该雇用这么小的孩子当女佣，我应该告诉她——"

"不要。"我几乎是喊出来的。她关切地看着我，我强行挤出一丝微笑。"我的意思是，不要和大夫人说起我的事，求求您。我休息一会儿就好了。"我怎么能告诉眼前这个女人，除了这里我实在是无家可归了，起码在申请学校成功以前，我只能在这里待着。

"没问题，"她慢慢地说道，"我什么都不会说。告诉我，你从哪里来？之前你送吃的时候提到一个叫作伊卡迪的地方，那是哪儿？"

我告诉她我也不知道那在哪儿，但是我知道很远，因为我们开了很长时间的车才来到拉各斯。

"我不用问也知道你不喜欢这儿，"她说，"我能看出来你在这儿很不开心。"

我低垂着脑袋摇了摇头。"你住的地方离这里远吗？"我问。

"我们去年才搬到这条街上来，"她说，"可以这么说吧，至少我是这样。我丈夫一直生活在这里,我以前住在英格兰,你知道英格兰吗?英国?"

我想起了那个名叫艾德的人,妈妈的那位男性朋友。"我听说过英国,"我说,"而且我在电视里的CNN频道里看到过一点儿。"

她用手抓着下巴,好像在琢磨着什么。"你上过学吗?"

"上过一点,但没能完成学业,因为当时妈妈病得很严重,家里没钱了。但我在努力学英语,因为我想尽快参加一场考试。我一直在努力地读《尼日利亚的事实》和《柯林斯》。"

"柯林斯?你说的是那本词典?"她转过身来仿佛第一次见到我,并试图从我眼睛里寻找什么。"不可思议,弗洛伦斯竟然会让你去学校读书,你可以让她给你买几本书你知道吗?"她说,"一些语法书,会对你接下来要参加的考试有帮助。"

"是的,夫人,我的意思是蒂亚小姐。"大夫人怎么可能让我去学校呢?但我不能告诉她。

"您认识丽贝卡吗?"我想起那串枕头下的腰珠,也许蒂亚小姐知道些什么。

"我听她们提起过她,"蒂亚小姐说,"但我应该没见过。怎么问起她来了呢?"

"我只是想问,"我说,"她之前也在这里工作,但后来失踪了。我问科菲,他说也许她和男朋友私奔了。"

"也许她确实是,"蒂亚小姐说着,耸耸肩,"像这样的事情经常发生。"

和蒂亚小姐聊天让我头上的伤痛一点点缓解,她的声音温柔得就像良药,笑声像凉水舒缓着我滚烫的头皮。我想让她多留一会儿,于是问起更多的问题,脑子里想到什么就说什么。"您出生在尼日利亚吗?什么时候去的国外?"

"我出生在拉各斯,一直在这里读完小学,"她说,"准确地说应该是在伊科伊。后来我的父亲去了哈科特港[1]一家石油公司工作,所以我们全家都搬去了那儿。"

当她说"哈科特港"这几个字的时候像在唱一首歌曲,字母在她的舌尖翩翩起舞。

"在我去萨里念大学之前,大部分的时光都是在哈科特港度过的。"

"为什么遗憾[2]呢?"我问,"那是个不好的地方吗?"

她举起手遮挡住眼前的日光,脸上露出微笑。

"不,那儿很好。很特别。"

"你有兄弟姐妹吗?"我问,"你的妈妈在哪儿呢?"

"我是他们唯一的孩子。"她说,耸耸肩,声音平静,"我的父母还在哈科特港生活,父亲仍然在为石油公司工作,我的母亲,她在去年得病之前一直在哈科特港一所大学里担任图书管理员。"

"您的母亲生病了吗?"我感到很难过。"生病是发生在妈妈身上最可怕的事情。当妈妈生病的时候,我简直无法正常生活,每

---

1 哈科特港:尼日利亚的第二大港口,石油工业中心。
2 这里阿杜尼将"Surrey"(萨里大学)误听作"Sorry"(遗憾)。

天都在哭,一直哭到她去世。就算现在我也几乎每天都在哭。您也每天都哭吗?"

她叹了口气,说:"不,我不哭。听到你妈妈去世的消息我很难过。听上去你们很亲密。"

"我的妈妈吗?"我微笑着放松下来,"她是我的一切,我最好的朋友。我的一切。"

"真好,"她说,"我的话,怎么说呢?我直到去年才回到尼日利亚重新生活。"

听上去她对她的母亲没有太多的感情,也并不是很想聊起她。

"那你为什么回到尼日利亚来呢?"我问道,"因为你的妈妈生病了吗?"

"因为我想回来,"她说,"我得到了一份很棒的工作邀请,可以加入'拉各斯环保咨询公司',我知道自己必须抓住这次机会,还有就是,"她摘下一缕头发在手指上绕着,"因为我爱上了我的丈夫,然后我们结婚了。"聊起她的丈夫时,她换成了一种新奇的甚至有些高昂的语气,眼睛也亮起来。"他的名字叫肯,"她说,"肯尼斯·达达。他是位妇产科医生,一个好男人。"

我望向她的肚子。在她穿的T恤下面,小腹平平。她有孩子吗?

"我没有孩子。"她说着,仿佛看穿了我在想什么。

"您没有孩子?"我问。就在这时候一只蜥蜴从花盆后面跑出来,它停下来,看着我和蒂亚小姐,缓慢地眨眼,好像很困似的,点了点橘黄色的头,然后跑向院子另一边。

"没有,"她说,眼睛看着蜥蜴,"我不想要孩子。"

"一个孩子也不想要吗?一个也不要?"

讲真的,我长这么大从来没有听过一个成年女人不要生孩子。在伊卡迪,所有女人都有孩子,就算她们因为生病不能生孩子,丈夫也会娶另外一个女人来替代她,而作为补偿她们会心甘情愿照顾另外一个女人生下来的孩子,这样才不会感到羞耻。想到这里,我关切地看着她:"如果你不要生孩子,你的丈夫会和另外一个女人结婚吗?她做大老婆,你就变成小老婆了。"

她的笑声简直像铃声一样悦耳。"不可能,"她说,"人们会因为各种各样的原因而自己选择不要孩子的。"

我点点头,似乎听明白了一些她话里的意思。

"不久之前,"我说着,一边回忆起我在莫鲁弗家里喝草药避孕的事情,"我觉得怀孕很可怕,在我的村子里人人都希望女孩早点怀孕生孩子,但我只想读书。我的妈妈去世之前,为了能让我念书,她拼了命似的努力工作。她是世界上最好的妈妈。我下定决心必须等到我完成学业找到一份工作,再和一个好男人结婚。我的爸爸有时候对我不好,他不想让女孩上学,但我跟我的爸爸一点儿也不一样,而且我以后绝对不会嫁给像他一样的男人。我会努力工作,组建属于我自己的家庭,我和丈夫会送孩子们去很好的学校上学,就算她们都是女孩子。到那个时候,我会回到伊卡迪村看望爸爸,等他看到我的生活,一定会为我骄傲的。"

想起这一切的时候,我很难过,也许有一天爸爸会原谅我的逃跑。"我在村里有个老朋友叫卡蒂嘉,她告诉我孩子们能带来快乐。"我笑着说,"也许有一天,我也会拥有那种快乐,然后和我的爸爸分享，让他变成一个快乐的老头。"

她缓缓点头，注视着我，直到我感觉有些不自在。

"你呢？"我仰起脖子，问出一个连我自己都吃惊的问题，"你完成了学业，有了不错的工作，为什么还是不想要孩子呢？"

她的脸色变了。我猜自己也许惹怒她了，接下来她会像大夫人一样一脚踹到我头上，然后我整个人完蛋。但她没有这样做，她只是表情严肃，两条眉毛拧成一根线。接着她站起来，拍拍屁股上的尘土。

"我希望你头上的伤快点好起来，"她说，"很高兴和你聊天。"

看着她从我面前走远，我后悔极了：为什么我又没管住自己的大嘴，偏偏要问那些蠢话呢？

31

事实：尼日利亚的电影工业"诺莱坞"每周生产出品超过 50 部影视作品，整个产业价值约 50 亿美元，是世界第二大电影产业王国，仅次于印度的"宝莱坞"。

脑袋几乎被敲碎的第二天，大夫人又传唤我过去。

我见到她的时候，她正坐在客厅沙发上，一条腿悬在椅子把手上，另一条踩在地垫上。电视里大声播放着一部约鲁巴老电影，电影里的男人穿着红色衣服，脖子上挂着串贝壳，手里还抓着一只白色的鸟，脸上涂着黑漆白点。男人正对着手中那只鸟说话，求它让他发财。

"夫人？"我在她跟前跪下来，眼睛看着电视机。那个男人单腿跳起舞来，抓着那只鸟转了一圈又一圈。

大夫人按下遥控器的暂停键，电视机里的男人便单手单腿悬在那里，像一尊准备起飞的雕塑。

她转过身来。"你的头怎么样了？"她的眼神很奇怪，仿佛期待我告诉她自己的脑子已经坏了。

"我的头还好。"我说。

"下次再这样，我保证直接敲开你脑袋，这样你才会记事。"她威胁说，"你知道我对下等人零容忍，我说了家里来客人，你就给我待在外面，不准进客厅一步，一步都不行。你是脑子坏了听不懂话？"

"我现在懂了，夫人。"

"你很幸运，昨天蒂亚·达达在这儿。"她说。"否则我一定会把你活活打死。我都不知道谁邀请她来的，那一口讨厌的细嗓门。她竟然敢阻止我，还说什么要报警，凭什么？就因为我教训自己家的女佣？尼日利亚哪个警察敢逮捕我？她知道我是谁吗？她知不知道我的客户都有谁？谁敢抓我？谁敢抓我弗洛伦斯·阿德奥蒂？她以为自己是哪根葱？"说着大夫人又捏起金色长袍的领子，往里面呼呼吹气。

"都怪肯医生。当初我们要他和莫拉拉结婚，他不要，偏偏要和一个什么懂他的女人结婚。什么叫懂他？看看如今是个什么下场？娶了个又蠢又倔的假女人，结婚一年了都怀不了孕。"

当她说蒂亚小姐坏话的时候，我的胸口简直着了火，我要大喊着告诉她蒂亚小姐有着温柔的声音和一副好心肠，我要告诉她蒂亚小姐没怀孕是有许多原因，但恐怕大夫人会拿刀割开我的喉咙。

"你有几只耳朵？"她问道。

"两只，夫人。"

"现在，两只耳朵都给我竖起来听好。就像这样，把它们拉开认真听着。"说着她一把将我的右耳几乎扯到肩膀，"好好听着。下星期我要去瑞士和迪拜旅行，接着去英国看望我的孩子，承蒙上帝保佑，两个星期以后我就会平安回家。"

"好的，夫人。"

"我不在家的时候，给我听话点。我可不想听到科菲告诉我说你做了什么不该做的事情。听见了吗？"

"好的，夫人。"

"家里要买的东西你列了清单吗？"

"我一会儿下去就写，"我说，"然后直接给阿布。"

"大先生也不在家，"她说，"他要回伊杰布去看望那些穷亲戚，如果他比我早回家，离他远一点；如果他进后院，你就回你房间；如果他叫你，不许答应。只有我在的时候你才能和他说话。说实话，我不喜欢出去旅行的时候把女佣独自留在家。"

她摇摇头："我在伊凯贾的妹妹也要出门玩，不然就让你过去伺候她了，这样我才安心点儿。"她拿起遥控器按下开关。"我让科菲照顾你，他也会帮我看着你。不管科菲让你做什么，你就照做。我不想从他口中听到任何一句抱怨你的话，否则给我滚大街上去，到时候连科拉先生都不会来接你，我会直接像扔垃圾一样把你扔掉，听明白了？"

"是的，夫人，"我说，"我可以问个问题吗？"

"什么?"

"是关于丽贝卡的,我想知道——"

"滚出去,"她一声大喝,吓得我心脏都快蹦出来,"敢找我问丽贝卡的事?她什么玩意?你脑子坏了吗?"她弯腰脱下左脚的鞋,我赶紧跳起来从她面前跑开,鞋从她手中扔过来,重重砸在门上,几乎把玻璃击碎。

在后院,我看到阿布站在水龙头旁边,他的裤腿卷到膝盖,祈祷用的蓝色水壶[1]摆在旁边地上。

"阿布,"我的心怦怦狂跳,"下午好。"

我和他不怎么说话,但只要遇到就会微笑着打个招呼,有时候他下午要去祷告我便会帮他擦洗汽车轮胎。

"你好,阿杜尼。"阿布说着打开水龙头,拿起水壶接水,"怎么气喘吁吁的?有什么要帮忙的?"

就像科菲,阿布说话也有很多奇怪的口音。他喜欢用字母 F 来替代 P,所以当他说"帮"[2]这个字时候,听上去好像在说另一个奇怪的单词[3];再比如当他说他想喝芬达,听上去在说"喷达"。一开始我听不懂,但现在已经没什么障碍了。世界上的每个人说话方式都不一样。大夫人,蒂亚小姐,科菲,阿布甚至我,阿杜尼。我们在不同的环境长大,所以说不一样的话,但是只要愿意花时间倾听,是可以听懂彼此的。

---

[1] 穆斯林日常使用的传统盥洗用品,又叫汤瓶壶。
[2] 原文:help。
[3] 原文:helf。

"我从大夫人那儿跑出来的,"说着我忍不住大笑起来,笑到胸口有点发疼,"我只是问了一个问题,她就用拖鞋要砸我。说实话,那个女人毛病真多。对了,她让我列张单子拿给你去采购。"

"把它放车里就行了,"他说着关上水龙头,"我祈祷完和科菲一起去绍普莱特[1]。"

"好的。"我低声说,"阿布,我想问你点事情。你还记得丽贝卡吗?"

阿布朝我左边吐了口唾沫,用手背擦擦嘴:"在你之前给大夫人干活的女孩?我和她挺熟。"

我点点头:"谢谢你。你知道她为什么失踪吗?科菲总说不知道,他觉得是跟男朋友跑了。我就问了一嘴,结果大夫人就要拿鞋砸我,于是我想那就问问阿布吧,没准你会告诉我真实情况。"

"天啊,阿杜尼,你在给自己惹大麻烦。"

阿布拿起他的水壶,转身快步离开。"既然科菲说她自己跟人跑了,那就是了,这事你也别管了。"

"阿布,等等!"我喊道,但他在男生宿舍拐个弯,便消失进了祈祷室里。

---

[1] 绍普莱特(shoprite):非洲大型连锁超市。

32

　　事实：芙米拉约·兰塞姆·库蒂，尼日利亚音乐传奇人物费拉·库蒂的母亲，是一位著名的女权主义者，曾为女性在教育上的平等权利而斗争。

　　就在大夫人出国旅行的第二天，蒂亚小姐来了。
　　我正在楼下洗厕所，头埋在抽水马桶里，这时科菲告诉我有人来了。一开始我还害怕是爸爸带着整村人来找我，进了客厅我看到正弯腰系帆布鞋带的蒂亚小姐，她穿着紧身黑裤和吊带背心。抬起头看到我的时候，她笑了笑。
　　"你好。"她说。
　　"你好。"我说，"您是来找我的吗？"也许她仍然在为我那天的蠢话而生气。"请不要在意那天我说的，"我说，"有时候我废话很多而且——"

她抬起手来示意我不要说话："实际上我是来道歉的。我不应该因为你问了我一个经常被问到的问题而生气走掉,我很抱歉。"

"您,对我抱歉?"我困惑地摇摇头。

"那天和你的谈话,有些……"她抓抓头,将几缕卷发绕到耳后,"……不知道为什么我觉得很感动。太奇怪了。"

她在说些什么?

她环顾客厅:"你家夫人出门了对吗?她上次提到最近要出门。我希望我的出现……我的意思是你现在和我聊天没问题吧?"

"没问题。"我说。

有一会儿我们俩都没说话,过了一会儿她才开口:"那天你和我聊到的话题,还有问的问题,戳到了我内心深处。"

"戳到了什么?"[1]我把双手交叠在胸前,疑惑不解地看着她。

她的两只手互相揉搓着,目光似乎在找个东西固定下来,先是落到地板上,然后是我的脸上。"两天前我在莱基伊科伊桥[2]上晨跑,本来好好的,但跑到桥的正中间,就在那个瞬间,我顿悟了。"

"顿[3]什么?"

她挥舞着双手,眼睛睁得大大的,闪着光。"那是一种重新认识的时刻,对于我不要孩子这件事……总之全都是因为上次你和我

---

1 阿杜尼的英文水平有限,所以不能完全理解对方的话。
2 尼日利亚首座斜拉桥,连接维多利亚岛上的莱基区与拉各斯岛上的伊科伊区,全长 1357 米。
3 原文为"epiphany",阿杜尼不认识这个单词。

的谈话。"说着她大笑起来，然后又忽然停下，"我把你弄糊涂了吗？"

"很糊涂。"我说。还有你自己，我看您自己也很糊涂。说实话，有时候我真不懂有钱人的脑子都在想些什么，我心想。

"我只是有一点兴奋，"她说，"我现在得回家了。照顾好自己，也祝你考试顺利。"说完她转身要走。我知道如果让她这么走掉，可能我永远都见不到她了。来不及多想，我直接跳上前去，抓住她的手。

她停下来，看着我："你没事吧？"

"对不起，夫人，"我说，"请别生气。"

"怎么了？"她问道。

我等她朝我大吼，但她并没有。她的声音听上去很冷静，她的眼神依旧柔和，微笑中透出疑惑。我跪下，然后开始说话。"您刚刚问我有关考试的事情，"我将手伸进内衣口袋里拿出报纸，放到她手里，"其实我还没有报名，但是我需要您的帮助，夫人。我需要有人为我写一份推荐信。"

"推荐信？关于什么的？噢，先站起来吧。"她说着将我拉起来，"纸上写的是什么？"她打开读起来，眼睛上上下下扫着上面的内容。"我懂了。"她将报纸折叠起来递还给我。"一份提供给国内打工女孩的奖学金，多好的事啊！我猜弗洛伦斯并不知道吧？"

"她要是知道了得杀了我。"我说，"但我必须抓住机会。"

"紧急的地方在于？"她问。

泪水一下涌上眼眶，我把手指按在嘴唇上。"读书是我一辈子最大的梦想，求求您……"我停下来，将泪水咽回喉咙，"入学年限是十五岁,求求您。"

她挪动着双脚:"老实说……我并不是很了解你,不知道能不能做你的推荐人——"

"大夫人出门了,"我说,"所以我和所有尼日利亚人一样是自由的,但我的自由只有两个星期。您可以问我任何问题,差我做任何事情,您可以在接下来两周的时间里充分了解我,我保证展现出最真实的自己,然后您可以将我的表现填进表格,告诉他们我确实是个努力工作的好女孩,求求您了。"

她发出一声短促的大笑。"你是我这辈子见过的最奇妙的女孩,阿杜尼。我很愿意帮你,但弗洛伦斯和我的关系不是很好。"她说,"如果她发现我给你写推荐信,并且作为你的推荐人——"

"她永远也不会知道的,"我的眼里充满确信,"我会永永远远守住这个秘密。在这里我老是挨打,读书是我唯一获得自由的机会。求求您了。"我多么希望她答应我,帮助我啊!"您愿意帮我吗?"

她叹了口气。"我想既然你帮了我那么多,这是我能回馈给你的最小的回报了吧。"我几乎没反应过来,她便接着说,"你自己还得写一封一千多字的自荐文,对吧?"

"是的夫人。"我的心跳加速。

"让我想想,"她看着天花板,又望向我,"肯这个星期不在家,这个月公司的文书也都处理完了,也许我可以把和环保机构要开的会挪到明晚,那份卡因吉大坝[1]报告的截稿日推迟一两天,没准这

---

1 位于尼日利亚北部的尼日尔河上。

样就行了。"

我不知道她是在跟我说话还是在自言自语。不管怎样,我都在等待着,等着她的回答。

"阿杜尼,听着。我这周可以腾出一些时间,也许下周还有几天时间。既然你的夫人不在家,我可以晚上过来教你英文,帮助你写好那篇文章,提高口语,同时借此机会还能好好了解你,这样才能写出一份真诚的推荐信。不过前提是你晚上能有一些休息时间而且——"说到这儿她停下来,"你怎么了?"

我整个人蒙住了。"您愿意帮助我,教我英文?"我把手放在胸口,"我?"顾不得是否合适,我连蹦带跳地紧紧环抱住她。当我松开手的时候她不仅没有生气,而且乐不可支。我既难过又高兴,她身上有着富人的气息和薄荷叶的香味,但这个高贵的女人并没有像大夫人一样将我一把推开,然后朝我吐口水。

"对不起我太激动了,"我说,"我只是太兴奋,您愿意教我英语,还愿意为我写推荐信,对吗?"

"应该都不是问题,"她耸了耸肩,"一点儿也不麻烦。我明天晚上过来吧,几点合适?"

"7点、7点半的样子,到时候我应该就干完所有活了。"

她睁大眼睛:"你从几点干到七点?"

"早晨4点半、5点起床,"我说,"然后开始干活——清洁、擦地、洗刷,所有事情一直忙到晚上7点、7点半。如果大夫人在家里的话,我就得一直干到夜里11点或者12点。"

"从黎明到半夜?简直疯了。"她喘着气说,但我能听清她口中的每个字。

"明晚见。"她在空中晃动两根手指,转身走了。

"谢谢您,夫人,"我说,"再见。"

这天夜里我睡了个好觉,梦里我见到了卡蒂嘉和妈妈。她们俩都变成了快乐的鸟儿,挥舞着彩虹色的翅膀,在一望无际的天空中高高飞翔着。

33

事实：尼日利亚有超过 5000 万的互联网用户。照此推测，到 2018 年全国网民突破 8000 万，尼日利亚将成为全球第十五个互联网大国。

"为什么您要把牙齿锁在铁栅栏里？"

蒂亚小姐到来的第一天晚上我忍不住问。时间是傍晚 7 点 15 分，太阳仍旧高高挂在天上发出橙色的柔光。我和她站在靠近厨房水龙头旁边的棕榈树下。没有一丝微风，空气中弥漫着科菲剥洋葱的味道。

我们坐在地上，我穿着工作制服，她穿着蓝色牛仔裤和 T 恤，但今天她的 T 恤是白色的，上面印着"女孩主义"几个字，脚上还是那双白色帆布鞋。她个子那么小，坐在我的旁边时让我想起了卡蒂嘉。

"铁栅栏？"她抬头吸了吸鼻子，"我的牙齿吗？"她大笑起来，"你说的是我的牙套吧？"

"牙套？这就是它的名字吗？"

"对，牙套，"她说，"从小我的牙齿就不整齐，歪歪扭扭一张嘴简直像条小鲨鱼。不过它看上去确实像铁栅栏。"说着她用舌头一点点舔着那排"铁栅栏"。"说到学习，我觉得咱们应该从简单的东西开始，就先学时态吧。"

她从地上拿起一支铅笔和一个练习本，在封面上写下"阿杜尼"三个字。她写的字母很漂亮，每一笔的曲线都交织在一起，让我想起婚礼当天伊尼坦在我手上画的海娜图案。"我在网上找了一份适用于初学者的教学大纲，"她说，"所谓教学大纲，就是告诉我们如何学习的计划，告诉我应该如何教你。"

"教——学——大——纲。"我一个字一个字地说道。

"发音不错。我说到哪儿了？对了，我在网上查了，在我手机上。"她从口袋里掏出手机，手指在屏幕上划几下，手机亮了起来。然后我在屏幕上看到了许多字，就像从报纸上看到的一样。

"我建议我们从中级难度开始。"她将手机转向自己，开始读上面的内容。"这个网站上的课程可以帮助我们，是 BBC 的。"

我一脸茫然地看着她。

"我还找到了一些免费学习的网上课程。"她说。

"有些时候由我来教你。其他一些时候，我还会把手机给你，你自己来听和学。"

"网上？什么网？"我问道。

"互联网,"她说,"这就是我说的网。"

"互联……网",我在《尼日利亚的事实》里见过这个词,它让我想起一张满是小洞的布,或者是拉贝卡头上的发网。

"这儿,"她拿起手机,"手机把我和互联网联到了一起,你把它想象成一个地方,在那里你可以和世界各地的人联络,你可以接触到几乎任何信息。当你把手机和电脑连上网,你就可以在网上购物,交朋友,发邮件,做许多事情。"

"就好像你可以到网上逛市集?"

她点点头:"我从网上买东西。食物,衣服,一切我需要的。真的。"

"那一定很贵,"我说,"你为什么不去真的市场呢?"

她大笑起来:"我没有时间去拉各斯的本地市场,而且每次去逛的时候,我那蹩脚的约鲁巴话总是把事情弄得更麻烦。再加上我不会还价,还价[1]的意思是你要让卖家把东西低价卖给你。不管怎样,我在这方面很差劲,逛到最后又累又沮丧,什么都没买着。"

"有机会我可以陪你去,"我说,"在伊卡迪,我总是能帮妈妈买到物美价廉的东西,几乎是市场最低价,因为我们没什么钱。我可以教你怎么……还价,那个词你刚刚是这么念的吗?"我笑着说,"让我也帮你做点什么吧。"

"太好了,"她也朝我笑了笑,"谢谢你。"

"你和你的丈夫怎么遇见的呢?"我问她,"在尼日利亚吗,

---

[1] 这里蒂亚小姐使用的是英文单词"haggling",她担心阿杜尼听不懂,因此解释。

还是在国外？"

"其实我和他就是在网上遇见的，"她说，"我们在'脸书'上认识，然后异地恋一年，挺不容易的。一年半前，我们在巴巴多斯[1]结婚。"

"那个'脸书'也是在网上吗？"

"让我展示给你看。"她在手机上按下几个键然后拿过来。我看到蓝色和白色的"脸书"网页，看到蒂亚小姐的头像，还有许多人的照片，但是这些人的照片里没有一个有书[2]。"这是个社交网站，"她说，"按下一个按钮，你就能找到全世界的人。比如说我想找——或者这样吧，凯蒂刚刚给我发了封信息。"说着她点开一个女孩的头像。"这是凯蒂，我的朋友。我们曾经是室友。"

照片中的凯蒂笑着露出全部的牙齿，皮肤苍白得就像剥了毛的鸡皮，鼻子笔挺得像个问号，鼻头尖尖的，头发红得像血，瀑布一般垂落到肩膀。"她不是尼日利亚人？"

"她是英国人。"蒂亚小姐说。

我想了想她说的话，然后说："你的朋友夺走了我们的自由，但我们在1960年10月1日把自由夺回来了。"

"是英国政府，"蒂亚小姐略带微笑地说，"既不是凯蒂，也不是任何个人。"

"总有一天，我也会从大夫人那里拿回属于我的自由。"我说。

---

[1] 北美洲岛国，独立于1966年，曾为英联邦成员，位于东加勒比海小安的列斯群岛最东端。

[2] 脸书的英文单词为"facebook"，所以阿杜尼以为和书（book）有关。

"你会的，"蒂亚小姐说，"会有那一天的。"

我再次看了看凯蒂的照片："我不知道像你这样的人可以在国外生活，每次大夫人看电视新闻的时候，我只能从上面看到像凯蒂这样的人。"

"你只在电视上看到白人？"她勉强笑了笑。"这——我的意思是英国的电视上有很多黑人，而且——"她叹了口气，声音听上去有些难过，"你说到点上了，确实没有足够多的黑皮肤的主持人在播报新闻……不仅是电视台，还有公司议会室里……或者各行各业的高层职位上，黑皮肤的人都很少。"

我不太确定蒂亚小姐在说什么，或者她为什么要说"白人""黑人"，明明颜色是用来形容蜡笔、铅笔一类东西的。我知道在尼日利亚也不是所有人的皮肤颜色都一样，就算我和卡尤斯，还有"老大"的肤色都不一样，但没人叫任何人"白人"或者"黑人"，每个人都有名字：阿杜尼，卡尤斯。

我望着蒂亚，很想问她在英国一个人的皮肤颜色很重要吗？但她紧咬着嘴唇，看上去仍然有些忧郁，于是我告诉她另一个自己知道的事实："尼日尔河是一个叫作蒙戈·帕克[1]的人发现的。"

"什么？"她问。

"这是另一件事，"我说，"我在《尼日利亚的事实》这本书里读到的，蒙戈·帕克先生，一个从英国来尼日利亚旅行的英国人，历史记录尼日尔河是他发现的。奇怪的是他不是尼日利亚人，那他

1　蒙戈·帕克：英国探险家，被认为是第一个考察尼日尔河的西方人。

是怎么发现一条尼日利亚的古老河流的呢？一定是有个本地人告诉了他那条河流，给他指出通往河流的路。那个本地人是谁？为什么不把他的名字写进《尼日利亚的事实》这本书里呢？"

"也许是因为……"蒂亚小姐咬牙思索着，"我也不知道，但这确实是值得好好思考的事情。"

"比如科菲，"我说，"他在这里干了五年，可是人人对他视而不见。每次有客人来家里，吃着科菲做的饭，却总是夸大夫人的手艺好，说米饭做得真香，大夫人微笑着回答谢谢。为什么她不能告诉他们那是科菲做的？她把别人应该得到的夸奖据为己有。"

"因为她完全没有想到这事儿，"蒂亚小姐说，"也许是因为她支付了科菲的薪水，但这并不意味着她这样做就是对的。现在我从'脸书'上退出了。"

"这个'脸书'，"我说，"通过它，我可以找到任何想找的人吗？"

她点点头表示肯定："大部分时候是这样的。"

我想起巴米德尔，不知道自己是否能在上面找到他。

"你可以找到一个叫作'巴米德尔'的人吗？"

"巴米德尔？"她在手机上输入，然后摇摇头。"阿杜尼，有太多叫作巴米德尔的男人了。他姓什么？"

"我没确定过。"[1] 我说。

"我不确定。"她说。

1　此处阿杜尼的英文时态用错了。

"你说什么？"

"我在纠正你刚说的话，应该是'我不确定'，而不是'我没确定过'。"

"噢。"我说。

"好吧。所以我们第一堂课的任务就是让你理解时态。很棒的是，你有一些基础，甚至可以使用一些复杂的单词，但是时态需要注意。你做好上课的准备了吗？"

"是的，"我说，"准备好啦。"

"现在，"她说着，眼睛里闪着光，"拿上铅笔和笔记本，咱们开始。"

34

事实：1984年以前，尼日利亚人去英国旅行都不需要办理签证。

真的，我真的觉得，英语是一门让人困惑的语言。

有时候我压根儿分不清蒂亚小姐教的东西和我自己知道的之间有什么区别。有时候我觉得自己说得没错，蒂亚小姐却说我的表达方式不对。虽然一开始是我请求的，但现在她似乎爱上了每天来给我上课，一到晚上七点半，她就像快乐的孩子蹦蹦跳跳地来，手里拿着练习本和铅笔。不得不说有时候上课很辛苦，尤其要记住那些知识，再加上她一次次更正我的错误。但我知道自己必须努力，学得越好，我才越有可能离开这里。

但有些时候，我们只是聊天，聊天。

昨天我说了更多关于自己的事情。比如我离家出走是因为爸爸为了钱要把我卖给莫鲁弗；比如我是怎么遇到科拉先生的，他又是怎么把我带到大夫人家里来的；我还说了很多关于妈妈的事情，我告诉她自己多么想念妈妈。当我说着说着哭起来的时候，蒂亚小姐轻拍我的背："没事，阿杜尼，你会没事的。"但是她怎么知道我会没事呢？她只要坐一趟飞机就能抵达哈科特港见到妈妈。而我，有哪一趟飞机能把我带到天堂啊？

　　妈妈永远化作了痛苦或甜蜜的回忆，有时候是一朵花，有时候是天空中的一道闪电。我没有告诉她后来我确实嫁给了莫鲁弗，也没有告诉她当他喝下"鞭炮"以后对我做的可怕之事，更没有告诉她卡蒂嘉身上发生的一切。我决定把它们统统锁进一个盒里，将钥匙扔到记忆的长河中。也许未来的一天，我会有勇气重新进入河流，找到那把钥匙。

　　她也告诉了我更多关于自己的事情。比如她和爸爸很亲密，和妈妈之间却总爆发战争，因为妈妈总是过于苛刻。小时候，妈妈不让蒂亚小姐交朋友，以至于到现在她仍然不知道如何维持友谊。她还说，父母不让她学习约鲁巴语，因为他们一个是伊贾人[1]，一个是埃多人[2]。到现在她经常为自己不会说约鲁巴语而羞愧，因为她的丈夫一家都是约鲁巴族，她是多么想和他们交流啊！当我告诉她我可以教她约鲁巴语的时候，蒂亚小姐终于笑了起来："那真是太棒了！"

1　大多生活在尼日利亚境内尼日尔河三角洲地区的民族。
2　尼日利亚南部诸民族的统称。

她告诉我她现在想要孩子了,她的丈夫却不太想,不过他们现在终于在尝试了。说到这里,她的眼中闪动起泪水,仿佛背负很久的重担终于卸下。当我问她为什么改变主意时,她只是拿出手机,点开一个网页,递给我。

"到学习时间了,"她说,"英语口语课,练习听力和发音。"

我不喜欢那些口语课。手机里的人说话时我根本没有在听,他们的声音太快,像有人拿着藤条追着让他们不停地说啊说,连气都不许喘。但蒂亚小姐一直看着我,我只能强迫自己跟上手机里的声音一起念。就像昨天,它教会我一个词:餐具[1]。

我读:"掺——具"。

手机:"餐——具"。

蒂亚小姐:"餐——具"。

我问:"我读的和你读的现在有什么区别吗?"

蒂亚小姐说:"是'我读的和你读的有什么区别',不是'现在有什么区别'[2]。"

接下来,她向我解释这两者之间到底有什么不同。

这就是我们上课的过程。我们的教学总是始于聊天,聊着聊着当我说到什么的时候,蒂亚小姐会皱起鼻子,纠正我,向我解释正确的读法,然后我们便忘了一开始在说什么。

但是今晚上课之前,我坐在她旁边问:"蒂亚小姐,我可以先

---

1 原文:cutlery。
2 阿杜尼用错了时态。阿杜尼用的是"differenting from",蒂亚小姐纠正为"different from"。

问您一个问题吗?"

"当然,"蒂亚小姐说,"任何事情。"

"我能再问一次,为什么您又想要孩子了呢?"我说。

她叹口气,紧紧地咬住下嘴唇,不停眨着眼睛,接着捡起脚边一颗石头扔进了旁边的草丛里。"我说过我妈妈有多强势吧?"她说,"现在还是如此,不过生病让她稍微柔软了一些。我的妈妈在每一件事情上都极具完美主义,小时候我每时每刻都在学习,没有任何朋友。她希望我成为一名会计,而我痛恨数字;她希望我二十二岁就结婚生子,因为她想在计划好的年纪当祖母;她坚持让我一毕业就回哈科特港,但是我遇到了肯,然后搬到拉各斯。关于我的人生,妈妈有一套详尽的计划,而我一直在每件事上尽力抗争。因为她,我生活得非常不开心,我无法想象如果将来有了孩子,我也会用她对待我的方式来对待我的孩子。或许我不会是个好妈妈,我完全不想将生命带到这个世界上来。我的意思是,看看现在的环境污染吧!我还挺乐意自动放弃生育的。遇见肯之前,我曾经有一年的时间四处旅行参加反对人口过度增长的宣传运动。"

说到这里她停了下来,让声音平复一下。"可是去年我母亲病了,医生诊断是癌症晚期,这意味着她再也不会好起来了。我开始探望她,努力重新去理解我和她的关系。而每次我去看她,妈妈都会哭着握住我的手,好像在为她以前做过的事情而抱歉。就在一次次去哈科特港探望她的过程中,特别是最近几个月,我希望有一个孩子和我一起,给予我母亲力量用来抵抗病魔继续活下去。诚实地说,这只是一瞬间的念头,并不足以完全改变我,更不足以让我和肯严肃地讨论要孩子的事情。但是那天晚上我遇到了你,"她偷偷看我一眼,笑了,"你说了一些关于你爸爸不好的地方,但这些并不会改变你对他的爱。你说你会在对的时间找到一个适合你的人,让你的孩子拥有你没有的生活。你让我觉得也许自己可以成为一个好母亲,我可以选择不成为像我母亲那样的人。你不知道,那天你的话触碰到了我的心弦,激发出了我内心埋藏已久的渴望。"

她看着我,泪水在眼中闪着光。"现在我知道自己要的是什么,我想要一个小男孩或者小女孩,但我仍然坚信我的环保事业。"她温柔地笑了。"我会让我的孩子在一个充满爱的家庭中长大,我希望这个孩子能成为一个聪明的,有智慧的,和你一样乐观可爱的人。"

"你一定会是个好妈妈的,"我忍住眼泪,"就像我的妈妈一样。蒂亚小姐,你一点也不像你的妈妈那样苛刻。你是个好人。"

她拿起我的手,紧紧握住,一句话也没有说。

"医生怎么想的呢?"我问,"关于你改变主意的事情?"自从上次她聊到肯以后我就直呼她的丈夫为医生了,蒂亚小姐不介意我这么叫他。

"一开始他不怎么感兴趣,"她说,"甚至有些沮丧,说我不应该中途放弃计划,但我们其实也没做过什么承诺。当初认识的时候他说不想要孩子,我觉得无所谓,于是我们结婚了。"她有些害羞地笑了笑,"但最后他还是同意了,我们正在努力。我知道会成功的。"

"很快就会成功的。"我说。

她点点头,递过来了练习本和铅笔。"咱们开始今天的学习吧?"

就这样,六个晚上过去了,此时此刻我正在房间里,读着蒂亚小姐给我出的题。

她在纸上写出十个句子,让我选出哪句话是正确的,哪句是不正确的。我正仔细思考,忽然听到柜橱后面有响声,就像老鼠在挠门。

我从床上下来,捡起一只鞋拿在手里,只要一看到老鼠探出头来,就朝准它的脑袋扔过去。我屏住呼吸,静静等待着,直到那嘈杂声再次响起,然后门嘎吱一响。那声音就在外面,我的房门外。我走过去开门。

大先生站在那儿,一脸惊愕。他穿着长裤,上面套着一件白衬衫,脚上趿着拖鞋,浑身散发出一股酒味儿。

他来男生宿舍干吗?

"阿杜尼。"他的眼睛盯着我睡衣胸口的位置,"你好吗?"

"先生?"我跪下来问好,拉紧睡衣遮住我的胸口,"我很好,先生。晚上好。"我想起大夫人说过的话,她警告过我不要搭理大先生,于是我站起来转身要回房间。

"回来。"大先生舔着上嘴唇说。我感到一丝不祥的气息。

"过来。"他说,"别害怕。"

我朝左右两边迅速瞟了一眼,这个时候科菲已经睡熟。"你很漂亮,"大先生说着将眼镜从鼻子上拿下来,"还很聪明。"

"谢谢您,先生。"

"我老婆不在家。"他说。

"是的,先生。"

"她觉得自己受到威胁,我老婆会被我身边的每个女人威胁到。

真痛苦啊,我告诉你,和她过日子真的太痛苦了。"

"是的,先生。"

"但是没有什么可担心的,"他晕乎乎地摇了摇头,"我的意思是,我老婆,她大可不必担心。"

我没有再回答。我只是站在那儿,背靠墙壁,双手交叉在胸前,同时紧紧拉住睡衣领口。

"我有个提议,阿杜尼。"他说,"提议。你知道这个单词的意思吧?它可不是某个人的名字。"

"您有什么事情吗?"我赶走手臂上的一只蚊子,打了个哈欠,"我困了。"

"你没必要怕我,阿杜尼。我是个好人,你能看出来。"

我什么也看不出来,于是我没有回答。

"我的提议是,"他清了清喉咙,"我想帮助你,给你钱花。"他摇来晃去,肩膀撞击着墙壁。"你明白吗?"

"不用,谢谢您先生。"我退回一步,打开房门。

他忽然凑近来,直接堵在门中间。

"先生请您让开,不然我要叫了。"我用低沉的声音说,心脏突突直跳。如果他要对我动粗,我能找谁来帮忙?如果我大喊,科菲会听到吗?

他把眼镜往鼻子上推了推,举起两只手:"嘿,没必要惊慌。你这样做没有——"

"晚上好,先生。"就在这时科菲出现在走廊。他没有戴厨师帽,光秃秃的脑袋像个没有长毛的圆球,腰间系着一条白色的布,厚实的上半身什么都没有穿。我这辈子从没这么高兴见到一个近乎全裸的男人。

"我听到一些声音，"科菲说，"把我弄醒了。先生，您需要什么吗？一份夜宵？"

大先生摇摇头："不，是阿杜尼在叫人来帮忙。我觉得她可能，我不知道，被什么声音惊扰到了吧。我正准备走，对，我要走了。谢谢你。"

我和科菲还没说话，大先生转身走入夜色中。过了一会儿，一扇门砰地关上了。

"你应该庆幸我还没睡。"科菲说。

我浑身一阵颤栗："谢谢你，科菲。"

"大夫人下星期就回来了，"科菲说，"你的文章开始动笔没？你和那个女人，医生的妻子，最近一个星期都在忙着完成那个，对吗？"

"她正在教我英语，这样我就能写出一篇漂亮的自荐文章了。"一想到这件事，光明和温暖又重新回到我的身体，驱走了恐惧带来的战栗。

35

事实：2013 年，未成年女性成婚被尼日利亚政府宣布为非法行为。但是据统计全国仍有约 17% 的女孩在 15 岁之前结婚，这一现象尤其集中在尼日利亚北部地区。

那晚之后，我开始经常失眠。

失眠的时候，我会坐在床上，读着妈妈的《圣经》或者用蒂亚小姐给我的英文书学习，手中握着丽贝卡的腰珠。有时候我只是躺在床上睁眼望着天花板上的灯泡，听着屋外的发电机嗡嗡地响，试图确定大先生是不是在外面。不过大先生似乎收敛了一些。他昨天晚上没有来，前天晚上也没有，但我知道他会趁着科菲不在的时候来找我。在那之前我必须想出办法。可是我想了很久也没有想到法子，最后我决定告诉蒂亚小姐。

这天晚上，我坐在厨房后面的短木椅上，她站在小黑板跟前（蒂亚小姐昨天带来一块方方正正的小黑板，和我们家里的电视机差不多大）。她把黑板放在高凳上，用粉红色粉笔在上面写字。

"大先生三天前的晚上来找我，"当她用抹布擦黑板的时候，我说，"他闯进了我的房间。"

她转过身来，拿出裤口袋里的纸巾擦手："怎么回事？为什么他要去你的房间？"

"我不知道，"我说，"但我知道他绝对不是来找我道晚安的，他好像是另有所图。"

"他和你说了什么吗？"她回头看了看。"这会儿他在家？"

"他出门了，"我说，"不到半夜他不会回家。"

"是'他出门了'[1]，"她说，"他和你说了什么？"

"一些毫无意义的话，"我说，"但是我好怕他要强迫我。"

她抬起头，好像我说的话飘到了空中，接着她猛摇头："强迫？你的意思是对你做不好的事？"

"是的，"我把声音压到最低，"幸亏后来科菲过来阻止了他。"想到这一切我浑身打了个冷战。"我好害怕，蒂亚小姐，我只希望赶紧从这里逃走，去上学。"

"听着，阿杜尼，"她走近两步，蹲下来，盯着我的眼睛，"你必须留个心眼。你的房间门上有锁吗？"

---

1 这里阿杜尼将"he has gone out"说成"he have gone out"，蒂亚小姐纠正了她。

我摇摇头:"它没有锁。"

"应该是'它没有锁'[1],"她看着我困惑的眼睛笑了,"这会儿听不懂没关系,我们会学到那个知识点的。所以你的大夫人是两天以后回来,对吗?"

"星期六,"我说,"明天以后的明天。"

"应该叫后天[2]。"她说。

"那以后咱俩就不能再见面了,"她的声音充满了难过,"弗洛伦斯不会允许的。"

"是的。"我也很难过。

"除非能想到法子让她同意我俩一块出去。"

"比如什么?"

"也许我能找到一个办法……我不知道……也许可以让肯去和她聊聊,她尊敬肯。比如我需要你带我去集市采购,帮我还还价?就你目前的英文水平,确实还得多上几次课。"

"你觉得她会答应吗?"

"只能问问看了,"蒂亚小姐说,"你觉得,我应该告诉她她丈夫的那些事吗?"

我睁大眼睛,拼命摇头:"她会把我往死里揍,然后把我送走。我不希望她把我送走,至少现在不想。"

---

[1] 这里阿杜尼将"It doesn't have a lock"说成了"It don't have a lock",蒂亚小姐纠正了她。

[2] 这里阿杜尼将"后天"(The day after tomorrow)说成了"明天以后的明天"(Tomorrow after tomorrow),蒂亚小姐纠正了她。

"好吧，那就先不说这件事，但是你必须找她要一把锁。告诉她你需要一把锁锁住房门保护自己，你可以做到的对吗，阿杜尼？这个要求她不会揍你吧？她会吗？"

"我不知道，"我说，"但也许可以试试。"

"你必须试试，"她说完站起身来，抖了抖麻掉的双腿，"不管怎样一定要小心大夫人的丈夫。如果他再去你的房间找你，一定要告诉我，好吗？"

我感到她的目光久久停留在我身上。"我们今天学习什么？"我问。

"现在进行时。"她说。这些单词从她口中蹦出来的时候，听上去很奇怪。只见她走到黑板前写下：be 动词（正在进行时态），然后转身看着我。"我知道你看不明白，但我一会儿会解释。"

我咬着铅笔的屁股，眼睛盯着黑板。

"基本上，我们使用现在进行时来谈论此时此刻正在进行的事情。比如说：我现在正站在你面前。'正站在'就是一个现在进行的时态。怎么表现呢？通常就是在动词后面加上 ing 的后缀。你知道什么叫作动词吗？"

"表示动作的词语。"我说。伊卡迪的一位老师曾经教过我，我没有忘记。

"非常好。那么你能举一个现在进行时的例句吗？"

"我现在正坐在椅子的上面。"我说。

"太棒了！"她拍着手说，"'我现在正坐在'这里的时态用对了，但是直接说'我正坐在椅子上'就好了，不用特别强调'椅子的上面'[1]。"她转过身面对黑板,开始写"Sitting……"正要写到最后一个字母 g 的时候忽然停下来。

她的手在发抖,接着她转过身:"不行,我得歇会儿。"她晃晃悠悠坐到我旁边的地上,拉起两只膝盖,把头埋在中间。

"你还好吗?"我看着她满头卷发耷拉在膝盖上,"要不要喝些冰水?"

她抬起头露出一个虚弱的微笑:"我有点累,希望你知道,希望是因为怀孕了……"

"你确定?"我睁大眼睛,捂住嘴,"这是怎么知道的?"

她大笑着拨开鼻子边的一缕卷发:"开玩笑啦,有点太快了。"

"你最近的一次月经是什么时候?"我问。

"就这几天了。"她说。

"它不会来,"我说着点点头,"它不会来的。"

"你真好。"她说,"不过肯的妈妈,她会帮我的。"

"医生的妈妈?为什么?"

她叹出的气息轻轻拂到我的脸上,闻上去是牙膏的清香。"她今天早上就在我们家,"她说,"差不多每隔一个月来一次。"

"为什么?"我问,"这就是你看着有些难过的原因?她来你们家做什么?"

"她来看我有没有怀孕,"她说,"你能想象吗?最近半年她

---

[1] 阿杜尼说的是"I am sitting on top the chair",蒂亚小姐纠正说"I am sitting on the chair"。

每个月都来我家,然后问:'我的外孙们在哪儿呢?我什么时候才能抱着我的外孙们跳舞呀?'好像我把他们故意藏进阁楼似的。想跳舞,就应该直接去那些该死的夜店跳。"她一直在说着,以至于我完全没机会插嘴问到底是谁流血了。[1]

"和他家里人打交道有点压力,尤其是我们一直没说不要孩子的事儿。"

我慢慢开口,一边琢磨着怎么用英文说得正确。"所以她不……直到现在才知道医生不想要孩子?"

蒂亚小姐摇了摇头。

我把鼻子附近的苍蝇赶走:"那就告诉她你需要时间,毕竟你和医生才刚刚开始尝试。如果她不能等,也许可以让她去催催自己的儿子。"

蒂亚小姐耸耸肩:"噢,她才不会相信我呢。她说已经太久了,她早就等得不耐烦了。"

"快了,"我说,"孩子很快就会有了,到时候她就不会找你的麻烦了。"

蒂亚小姐看了我一眼,叹口气,站起来拿起粉笔。"继续上课吧,"她说,"今晚我会和肯聊一聊咱们一块去市场的事。"

---

[1] 蒂亚的原话是"a bloody night club","bloody"在俚语中有"该死、讨厌"的含义,显然阿杜尼并不知道。

36

事实：尼日利亚参议员是世界上收入最高的议员之一。据统计，一名尼日利亚参议员的平均年薪和津贴高达2.4亿奈拉（约合170万美元）。

大夫人满面春风地回来了。

她从车里下来，进屋打开一扇扇门检查卫生。看上去她似乎对一切都很满意，当她看到锃亮如新的厕所时有两次甚至拍了拍我的头。我打起精神附和她，问她的孩子们怎么样，伦敦天气冷不冷。她告诉我她的儿子在一家公司的"IT"部门工作，而她的女儿凯拉则马上就要订婚了。

"一位银行家，"她笑着打开厕所第二扇门往里面探头，"他们打算明年结婚，对方是参议员库迪的儿子，名叫昆勒，非常帅气的小伙子,伦敦政治经济学院的优等生。真是没有白疼我的宝贝女儿,她一瞅一个准儿,直接给我带回来个金龟婿。"说完她又大笑起来。"厕所擦得很干净,"她说,"阿杜尼,你把家里打扫得非常不错,很棒。"

我跟在她的身后,一边感谢她一边拖着她从国外买回来的一大堆东西。

"把行李放这儿,"当我们走到二楼客厅,她说完径直倒在沙发上,用手扇着风,"回来我都忘了这个国家有多热了,这屋子的温度是有多高?阿杜尼,去把空调打开,风扇搬来,调到最大挡。"

我打开墙上的空调开关,又按下风扇按钮,然后跪在她跟前等待吩咐。冷风一阵一阵吹过来。

就在这时,铃声响了,她拿起手机说:"是的,我刚从机场回来。你听说了?好消息总是传得太快,谢谢!感谢上帝,是库迪议员的儿子。"她把头往后一仰,大笑起来,"感谢上帝为我的凯拉和昆勒牵了红线。婚礼?明年12月。是的,只有一年多的时间准备婚礼,夏天会办一个盛大的订婚仪式。当然,婚礼所需要的一切布料都由我亲自操办,明天来我的店里聊吧,到时告诉你更多细节。我得休息休息了,晚些打给你。"

她挂掉电话:"这该死的电话,从我下飞机就没停过。长官呢?"

"他出去了。"我说。

她不高兴地哼了一声:"和平时一样,没用的家伙。我不在家的时候,他没骚扰你吧?"

我忽然想起蒂亚小姐说要在房门上安一把锁的事情。

"没有,夫人。"我说。

"先下去吧。"她说,"过一会儿来给我按按头,我的脚也很想念你的按摩。"

"好的夫人。"我站起来,又跪下。"我还想求您一点事儿,夫人。"

她把行李拿过来,拉回拉链:"什么事?"

"我想,"我抓着脑袋试图组织语言。"我想在门上装一把锁。"

她转过头来,瞪着我:"你要干吗?"

"不干吗,夫人。只是有时候……因为我也是个大女孩了,我想……"我紧咬嘴唇,大脑一片空白,之前蒂亚小姐教我说的话都像小鸟一样挥着翅膀从脑海里飞走了。

"是不是他骚扰你了?"她靠近过来,盯住我的眼睛,"阿杜尼,告诉我实话,是不是我丈夫去了你的房间?"

我摇着头竭力表示否认:"没有,夫人。不是他,是老鼠。老鼠总是跑来跑去的很吵,所以我想把门锁上,挡住老鼠。"

"挡老鼠?"她眯起眼睛,"我知道了,起身走吧。我回头让木工去给你安一把锁。"

"谢谢您,夫人。"我说着站起来,"我晚上过来给您按摩头。"

当我从她跟前离开的时候,她没有应声。

晚上,我上楼去给大夫人按摩。

刚准备敲门,我听到屋内一阵响动。虽然明知道偷听不对,但我还是停下动作,低头侧耳听了起来。屋里好像是两个人在吵架。

有人在用力拍打着什么,接着是大夫人的喊叫:"长官先生,您什么时候才能不继续丢人啊?求求您[1],人家阿杜尼15岁都不到,长官,你去人家房间里做什么啊?"

大先生说话的声音模模糊糊充满了酒气:"阿杜尼告诉你我去她房间了?"

"那女孩找我要一把锁,长官。人家为什么找我要一把锁?还不是你去骚扰人家了?你还有什么可说的?没用的男人。"

"嘴巴放干净点,臭女人,"大先生说,"别让我揍你。"

"你还能干吗?"大夫人喊道,"是我把钱塞你口袋让你抬得起头,看起来像个男人。你以为我不知道拉各斯大学里面那个叫艾玛卡的姑娘?上周你拿了我的二十万奈拉存进她的账户里,以为我不知道?还有什么塔约,伊费大学那个瘦腿伶仃的姑娘,上个月才把人家带到桑给巴尔[2]度假吧?这些破事儿我都知道。你再把她们带到我家里试试?不用我动手,上帝自会惩罚你的。这些就罢了,连家里的女佣也不放过?一个下等人,你还有没有底线了,长官?"大夫人开始又哭又号:"为什么你就是不爱我?我要付出多少你才能看到我,我才是值得被你爱的女人!为你牺牲了那么多!你的孩子之所以圣诞节不愿回家,就是不想看到你对我的这副样子!我之所以还苦苦撑着,就是因为我爱你!"

"这就是为什么凯拉整整两个月都没给我打电话!"大先生吼

---

1 此处为约鲁巴语"haba"。
2 属于坦桑尼亚共和国,由多个岛屿组成,是非洲著名的旅游胜地。

着回应,"你到底对孩子们说了我什么?"

"我什么也不用和他们说,长官。"大夫人的声音平静下来,"他们不瞎。他们从小在这个房子里长大,都知道你是怎么对待我的!你为什么要糟蹋这个家?"

接着,大夫人反问大先生知不知道追求一个像我这样的下等用人有多低级,就在这时我听到了一个声音,好像有人在捶打枕头。房间里响起一个巴掌声,两个巴掌声,三个巴掌声。我的手紧紧放在胸口,心脏剧烈地跳动。大夫人和大先生的恶战全是因为我吗?噢!为什么我就不能闭嘴呢!

大夫人会把我送走吗?我能去哪儿?听着大夫人对大先生和他一家人的诅咒,我一步步地后退,转身跑下楼梯,跑过厨房,一口气朝宿舍门口跑去。

37

当我来到房间门口时,科菲正站在那里,恼怒地看着我。

"我简直累得恨不得自杀,从早到晚就一直在干活。"他说着用围裙擦了擦额头上的汗珠,"门铃响了,有人来了。我刚刚在大厅里狂喊你的名字,我记得你是女佣吧,难道不应该在家里干活?怎么这么早就溜回宿舍了?"

"谁在对付[1]谁?"我问,"大夫人需要医生吗?她死了?"

"我说的是你。赶紧跟我走,家里来客人了。"

"什么客人?"我边问边跟他走。"大夫人在哪儿?她还好吧?"

"大夫人没事。"科菲走得很快,我不得不小跑才跟得上他。

---

1 这里是阿杜尼的误听,将科菲的"溜回"(retreat)听成了"对付"(treat)。

"他们打了一架,切尔,总有一天你会死于那张大嘴巴的。为什么你问大夫人要把锁?我告诉过你小心点,但没有必要上把锁。至少还有其他办法,比如你可以向我求助,比如你可以把橱柜拖到门口抵住,或者在门口放一个捕鼠器,眼睁睁看着那个男人的脚被狠狠夹住,多好玩!想象一下大先生单脚跳来跳去痛苦地号叫着,又不能告诉自己的老婆这伤口怎么来的,哈!"

"我不知道这件事会让他们打起来,"我说着说着眼泪流出来,"等一下,你走得太快了。"

"油锅里还炸着鸡腿呢,"他说,"我可没时间和你散步聊天。"

"蒂亚小姐说我应该要一把锁,"我说,"于是我就要了,没想到会惹出麻烦。大夫人会把我送走吗?"

"我不知道。"科菲说,"蒂亚小姐幸运地嫁了一个肮脏有钱的医生,生活没有后顾之忧,但她不应该给一个智商和炸鱼差不多的半文盲女佣什么建议。"

"智商鱼[1]是什么?"我问,"你把它们和鸡一起煎吗?"

科菲停下来恼怒地瞪了我一眼,接着又开始大步流星走着。"你最好祈祷在奖学金那边有消息以前,大夫人会在女儿的婚礼上忙得不可开交,没时间考虑换掉你的事,"他说,"这次殴打得恢复一段时间呢。"

"为什么大先生总是打大夫人?"我问。

---

[1] 阿杜尼将科菲的话又听错了,"智商和炸鱼差不多"(IQ of a fried fish)听成了"智商鱼"(IQ fish)。

我们从后门进到厨房,科菲走到油锅跟前,从热油里捞出一篮子炸鸡。鸡块炸得金黄,香味让我口水直流,胃饿得都抽筋了。大夫人回家了,所以我的早餐也没了。

"客人们在会客厅。"科菲说着从篮子里挑出一根鸡腿放进嘴里咬了一大口,"太入味了,盐和香料的比例完美平衡。看什么?快去迎客,然后上楼告诉大夫人有人拜访了。我希望你能活着回来。"

蒂亚小姐和她的医生丈夫坐在会客厅里。当我向她问好时,她微微一笑,但不是平时我们聊天时的那种笑,而是一种拘谨的笑意。她的嘴巴拧出一条僵硬的线条,仿佛我只是某个她很久之前见过的陌生人。

"阿杜尼,对吧?你怎么样?很久没见你了。"她说着将手放到医生的大腿上,"这是我的丈夫,肯医生。我们来这儿是为了祝贺弗洛伦斯夫人一家女儿的订婚。科菲说他们在楼上,你可以上去捎个信吗?说我们到了。"

接着她朝向医生说:"我告诉过你,我是在 WRWA 协会上认识阿杜尼的,她可能是最适合陪我一块儿去集市买东西的人,帮我还还价之类的。当然,前提是得征得她的夫人同意。"

医生个子很高,他的眼睛让我想起陈年的、褐色的水。他有着浓密的眉毛,胡子从鼻孔一直蔓延到下巴中间。白衬衫的纽扣系到胸前,长而光滑的脖子上挂着金链,上面吊着个十字架。长及膝盖的棕色短裤下,双腿长满卷曲的汗毛。他脚上穿着棕色拖鞋,鞋底散发出一股高品质橡胶的味道。

他点点头，从上到下打量着我。"我听到一些关于你的有意思的事情。"他的声音优雅流畅，好像在油里浸泡过一番。他和蒂亚小姐很般配，一个说话声音像蜜，一个像油。遗憾的是他们也会因为孩子的事情而起争执。

"是的先生。"我说，"晚上好，先生。我去叫大夫人和大先生下楼。您想喝什么带冰的饮料吗？冰箱里有冰芬达以及鲜榨果汁。"

他摆摆手："水就行了，谢谢。"

当我站在那里的时候，医生悄悄扭过头对他的妻子说："你知道惠灵顿路上还有其他口才不错，举止优雅的女人，她们也很乐意陪你一起去集市的，对吧？"

蒂亚小姐笑了，铃铛般动听的声音响起来。她说："宝贝，相信我，我知道自己要的是什么。她是干这活的最佳人选。"

38

事实：很多尼日利亚人对怀孕怀有迷信的观念。比如人们相信，在孕妇的衣服上系上某种护身符就可以抵挡恶灵。

"蒂亚的每周专栏写得不错，"当我端着许多玻璃杯走进客厅的时候，医生正在说话，"最近她的博客订阅者达到了5000，你读了吗？"

"谁有空放着钱不赚，跑去读那些环保的东西？"大夫人大笑着说。

餐桌上，大夫人挨着大先生，旁边是蒂亚小姐和医生。她涂着厚厚的妆，看上去像是彩虹融化成了一团抹到整张脸上，一口白牙在亮红色口红的映衬下简直吓人，嘴角的一侧肿了起来。她和大先生面带微笑，完全看不出两人刚刚经历过一场厮杀。

"把杯子搁那儿。"大夫人对我说,"餐桌的正中间,对,就那儿。"

"但她还是整天抱怨无聊,"当我将杯子摆到桌上时,医生说,"我让她多和您这样的人相处,弗洛伦斯太太,多和这条街上漂亮高雅的太太聚聚。但她宁愿宅在家里,然后抱怨无聊。"

"她需要的是孩子。"大夫人拿起一只杯子细细把玩,擦拭一番,放到桌上。"达达小姐,当你追着满屋子的孩子到处乱跑的时候,根本想不起抱怨什么。有了孩子,还会有什么无聊的呢?阿杜尼,拿一只杯子放到长官前面。你俩到底为什么一直不要孩子?都结婚一年多了。我家这位新婚之夜就让我怀上了。"大夫人有些害羞地笑起来。"人还是在该干什么的时候干什么,什么体验生活啊环游世界啊,生了孩子再说,否则稍不注意你的子宫可能就过期了。"说完她又大笑起来,但没有人和她一起笑。"一旦怀上,最好别抛头露面,如果必须出门,记得在裙子上别一个护身别针,这样就没有恶魔能夺走你的孩子。"

听到这番话,蒂亚小姐全身僵在那里,像有什么东西把她整个身子都粘住了似的。

"所以我们什么时候能听到好消息?"大夫人嘴巴一刻不肯停,像有人给她施了什么咒语,"我们什么时候能上你们家去吃喜宴?"

"我们才刚刚开始——"蒂亚小姐开口,医生把手扣在她的手上,说:"我们准备试试,一切只能看上帝的意思。我只是希望蒂亚能够幸福。我最不想做的事情就是逼迫她。"医生充满爱意地注视着妻子,肯定地点点头。

"是的,"蒂亚小姐的声音听上去就像嘴里含着的一根针,"努力尝试，但不抱有什么压力。"

我咳嗽了一声，把杯子放在大先生面前，他滚烫的目光落在我的手上。

"需要让科菲上菜了吗？"我问，"还有橙汁？"

"上帝会为你们挑选最好的时机，"大先生说，"孩子们是礼物，是奇迹。"

"确实如此。"医生说。

"需要橙汁吗？"我又一次问，没有人回答我，于是我退下将盘子托到胸口。蒂亚小姐头低着，仿佛正从玻璃桌上注视自己难过的脸，她在为自己感到难过。医生在桌子下面紧紧握着她的手。

"如果说有什么能够减轻一点她怀孕的压力，"医生说，"恐怕就是多出门。蒂亚喜欢探索文化一类的事情，她最近在考虑重新装修屋子，还问能不能找你们借个女佣，"医生朝我点点头，笑了笑，"能陪她一块儿去集市，教她怎么和当地人讨价还价之类的。"

"哪个女佣？"大夫人说，"阿杜尼吗？她知道什么？她又不是拉各斯本地人。一个文盲，完完全全没用，她帮不上你们的忙。再说达达小姐为什么不自己亲自去还价？难道她不是尼日利亚人？她要阿杜尼陪着干吗？"

"我可以自己还价，"蒂亚小姐抬起头来，"可以试试，但是如果能有人在旁边帮着我就更好了。阿杜尼说得一口流利的约鲁巴语，人很机灵，我和她待着也舒服，至少和大部分人相比是这样。我觉得我们可以结个伴去探索探索。"

"结伴探索？哈？"大夫人笑着摇头，"我家的女佣难道是个搜索引擎？不行不行，拜托，我可不想放阿杜尼……"

这时大先生举起手来。"弗洛伦斯，这是个不错的主意，"他说，"达达小姐，一星期里你可以挑一个晚上让阿杜尼陪你出去。"

话音刚落，大夫人的两颗眼珠简直像子弹一样要射穿大先生。

"你确定？"蒂亚小姐说，"我的意思是说，如果不会给你们添麻烦的话，那可真是太好啦。"

"没问题，"大先生说，"我很确定。肯大夫是我们特别好的朋友，他美丽的妻子开口让帮这么一个小忙，我们怎么能拒绝呢？"

蒂亚小姐微笑着转向医生："亲爱的，你听到了吗？"

医生看上去有些困惑："我觉得弗洛伦斯夫人似乎不愿意——"

"我没问题，"大夫人的话让所有人都震惊了，"最近一段时间她可以每个星期陪你去一次市集，不过只能是短时期。毕竟她还得干家务活呢，请你理解。如果你需要一个长期帮手，我可以把我的中介科拉介绍给你，他能为你找到物美价廉的女佣。"

"您真是太好了，"蒂亚小姐说，"真的很感激，谢谢你。"

大夫人嘴里咕噜了几句什么，但其他人没有听见。

我的心脏骤停了一下。我和蒂亚小姐每个星期都能见一次？动手写那篇文章之前我就有更多时间学习了？这简直是我来拉各斯以后听到的最好的消息！

这时候大夫人扭过头来看着我："还在这儿干吗？把橙汁端出来，再看到你站那儿傻笑，我就反手一巴掌。"

39

这天夜里，我祈祷感谢上帝让大夫人答应我每个星期和蒂亚小姐出去一次。

我还要感谢他，虽然科拉先生没有回来给我钱，但至少我也没有躺进棺材被埋到地底。我为即将到来的2015年祈祷，那将是充满幸福的一年，因为我可能会回到学校。我想起卡蒂嘉，我拜托上帝让她在天国中过得幸福，让她能够躺在宽敞的床上，有吃不完的食物。我也拜托上帝好好照顾我的妈妈。

我还想到蒂亚小姐，我为她祈祷，希望她明年能顺利怀孕，拥有一个可爱的宝宝。她要的不过是一个或者几个孩子，这完全不过分。还有就是爸爸，我祈祷上帝能给他换上一副好心肠并且获得宁静。

我并没有为卡尤斯祈祷，因为只要想起卡尤斯，我就很难过。今天是个好日子，我不想难过。结束这番祷告以后，一阵许久未曾有过的轻松充满我的身体，我微笑着，惬意从胃传递上来，一直萦绕在我的每一颗牙齿上。

我开始解开头上的辫子。我的头发又黑又厚像海绵一样，小时候它们直接把妈妈的一把木梳都折断了。现在我的头发散发着一股消毒水和油污混合的味道，我花了整整一个小时才把所有的辫子解开，我看着镜子里的头发像一团云围绕在脖子四周，温暖又油腻腻的。我摇摇头，看到发丝在肩上弹跳，接着我大笑着脱下衣服，拿起一块布巾裹住身体便离开了房间。

屋外很黑，月亮像是发光的鸡蛋被上帝放置在黑石板上，四周散落着许多星星，有一些熄灭了，有一些闪烁着，还有一些静止不动，在天空中构成一片有些奇怪的区域。我走得很快，穿过草丛的时候，蟋蟀嘎吱嘎吱从里面蹦出来，逗得我哈哈大笑。走到房子附近晾衣服的地方时，我看到一个黑影过来了，走路的样子仿佛只有一条腿似的：是大先生。我停下来，手紧紧按住胸口，然后看着他。他正在打电话，声音很低：

"亲爱的，我说了对不起，"他说，"我会补偿你的，我保证。我们明天晚上在联邦皇宫酒店见吧？或者去一个特别的——阿杜尼！"

见到我的时候，他整个人像雕像一样僵在那儿。他把手机紧紧压住耳朵，眼睛瞪得大大的。电话那头的女人还在嗡嗡地说着什么，我终于从中听到一句："亲爱的，你还在那儿吗？"

"晚上好，先生。"我说。大先生缓过来，把电话从耳朵旁拿开。那是我从未见他用过的黑色手机，小巧精致得如同火柴盒一样。他按下按钮，屏幕亮起，把他的脸照成奇怪的绿色，接着手机被放进裤口袋里——他早上穿的正是这条裤子。

"你在这儿干什么?"他问,"等等,你刚才在偷听我打电话?"

"我正要去晾衣绳那儿,"我才不在乎大先生背着老婆在和哪个女人打电话呢,"我什么也没听见,先生。"

大先生点点头:"很好。我刚刚在和我的牧师的妻子打电话,我们计划明晚在酒店举办一个特别的祈祷仪式。今晚可真美啊!"

"是一个美好的夜晚,先生。"我说。

"过来。你不觉得为了今天的事情应该感谢感谢我吗?"

"感谢……什么?"我再次拉紧胸前的衣服。

"如果你听不懂话——"

"我听得懂英文,"我说,"但我为什么要感谢您?"

"因为我今天晚上帮你说话,"他的声音压得很低,"和医生一家人。得了吧,别装傻了。"他回过头看了一眼身后,宅子最上面一层的灯熄灭了,有人拉上了窗帘。"我知道蒂亚小姐最近在给你上什么课,弗洛伦斯不在的时候我见过她一两次。她和你一起坐在那儿,就在厨房后面。我喜欢她教你学习,"他舔了舔嘴唇。"我百分之百支持你们。这就是为什么吃饭的时候我会答应她的要求,我的妻子可不像我这么大方。"

"谢谢您先生。"我说。

"她只想把你踢到街上去,"他捏起两根手指抬到眼前,"就差这么一丁点儿,幸亏我出手相救。我可以让你每个星期都有一天和蒂亚小姐一起出去学习,你想学多久就学多久,但是只有一个条件。"

"什么条件?"我朝肩膀上的蚊子拍过去,然后瞅了瞅,上面有一个血点,"麻烦您快些说吧,先生,我想走了,这里有很多蚊子。"

"你在老家难道不是和蚊虫一起吃喝拉撒?看看你,现在竟然嫌弃起蚊子了。没用的下等人,见着有钱人的日子就觉得自己有资格嫌弃蚊虫了?听着,我要的不过是你接受我的帮助,让我对你好。明白吗?"

我看着这个男人,看着他的上衣口袋,看着他灰色的胡子像棉絮一样包裹在下巴四周,看着他近乎无声的蔑视。"如果您想帮我,"我灵机一动说,"那就去找科拉先生吧,先生。让他把我 8 月份以来的工资都给我,现在已经是 12 月的第一周了,我白白干了四个月的活。"

"科拉?那家伙是谁?那个中介?"大先生大笑起来,"我干吗费力气去找那个叫科拉的家伙?为了弄到些花生填饱肚子?告诉我你的工资多少?我付给你双倍甚至三倍的工资。听着,只要你愿意接受我,你会有花不完的钱。"

"我只想要我应得的钱,先生,"说着我便要走,"晚安。"

"阿杜尼。"他喊了出来,但声音不大,我知道那是因为他怕大夫人听到。

"阿杜尼,回这儿来,"他小声说,"回来。"

我径直走到晾衣绳的地方——绑在男生宿舍后面两棵树之间的细电线——一把从绳子上抓起我的衣服,搭到肩膀上。

莫鲁弗和大先生之间似乎没有什么不同,只不过一个说得一口流利的英文,另一个不会说英文,但是这两个男人心里都生了病。

一种没救的病。

40

事实：据统计，自从独立以来，尼日利亚因腐败而导致的石油方面的收入亏损高达4000亿美元。

电视里的男人已经说了一个多小时的总统选举了。

我站在地板上，一边为大夫人按脚，一边看着电视机。那个男人对着话筒，长长的脖子从英式夹克里伸出来，不停地说话。"随着2014年接近尾声，我相信很多人心里都会有这样一个问题：'这位非洲的巨人未来命运如何？是会在那个戴着软呢帽，从小连鞋都没得穿的男人[1]的带领下进一步卷入动荡和流血之中，或者是尼日利

---

[1] 古德勒克·乔纳森，尼日利亚联邦共和国前总统，在2015年的大选中败选于穆罕默杜·布哈里。

亚的人们会站起来投票支持前任元首穆罕默杜·布哈里和他所主张的变革？我们有四个月的时间等待全国人民做出决定。这段时间里，请密切关注你最爱的频道。"

"布哈里不可能卷土重来。"大夫人的脚在我手中扭动。"帮我抓那个地方，阿杜尼，对，脚跟旁边那个地方。就是这样，完美。上帝不会让布哈里当总统的。"

明明不是对我说话，她的眼睛却看着我，看着我的手上上下下捏着她的脚。"布哈里一上台就会对付那些曾经在乔纳森统治下受到关照的人。噢，我亲爱的上帝不会让他赢的。布哈里是进步的敌人，他竟然承诺要打击腐败？全是谎言！尼日利亚人就是被这种毫无意义的所谓变革的承诺蒙住了双眼，他们还以为这个人是下一个奥巴马，我同情他们。那个男人完全没有灵魂，他只会用军人的统治方式让这个国家完蛋。"

就在这时候，门响了，蒂亚小姐走进来，还是穿着那身T恤和牛仔裤，只不过这件T恤前胸上闪亮的字母拼出的是"耐克女孩"。她朝我微笑，然后眨了眨眼，接着向大夫人点头。

"早上好，弗洛伦斯夫人。"她说，"希望您周六愉快。"

大夫人抬起鼻子，仿佛闻着空气中的什么味道。"达达小姐。"

蒂亚小姐维持微笑："我在想今天是周六了，呃，我们上个星期说好阿杜尼可以和我一块儿去市集……我是来确认一下是否可以带她出去。你知道，今天也许是个不错的日子。下午两点可以吗？"

"阿杜尼很忙。"大夫人说，"继续按，好好按按我的脚趾。"她朝我说。

259

蒂亚小姐干笑一声，但那声音像受伤了似的："对，可是我以为我们说好了——"

"我们没有说好任何事情，"大夫人收回她的脚，从沙发上坐起来，"我只是答应帮你个忙把女佣借给你，但是我不欠你任何东西。今天她很忙，下周一我去店里了你再来吧。"

蒂亚小姐叹了口气："那我下周再来。"

蒂亚小姐转身的时候，我的心很沉重。这时大夫人抬起手说："等等，达达小姐。我上个星期提到过我的中介科拉，他人靠谱，价格也合适。我可以把他的电话给你，如果你不想要科拉——我知道像你这样的人喜欢赶时髦——可以问问琪琪上次聚会上提到的那个介绍外国女佣的机构。叫什么来着？什么中心？"

"家政咨询中心。"蒂亚小姐说，"我周一再来吧。"她往门口走去，一只手伸到门把手上。"周一什么时间方便？"

"中午之前。"大夫人说。

"好的。"蒂亚小姐说。

"给你自己找个女佣吧，"大夫人说，"我这儿可不是什么慈善机构。祝你下午愉快，达达小姐。"

蒂亚小姐点点头，嘴角僵成一条直线："周末愉快。"

周一到来之前，我一直在疯狂学习英语。我努力啃《柯林斯词典》，尽可能认识更多的单词。我打开词典挑出三个我能找到的最难的词语，迫不及待地想要用这些词来和蒂亚小姐交流。它们是：

消化吸收[1]

沟通交流[2]

消灭殆尽[3]

同时,我尽可能地使用蒂亚小姐教给我的时态。星期一终于来了,我站在门口等她,烈日炙烤得我浑身火烧火燎,仿佛腋下塞了一百颗别针似的。她一路小跑过来,我举起手并给了她一个大大的微笑。她没有开车来,一是汽车排放的尾气会加剧臭氧层的破坏,二是她家就在不远处的拐角。

"你周末过得怎么样?"我们走在惠灵顿路上。路上很安静,没有车,路边宅子红色、绿色、棕色的屋顶从弯弯曲曲的栅栏边探出头来。

"我'消化吸收'了所有功课。"我说。她停下来,投来一个看上去我很傻气的目光。

"你一直在啃字典?"

"我在和《柯林斯词典》'沟通交流'。"我说。她把头别过去大笑起来,笑声将前面棕榈树上的小鸟都惊跑了。她一直笑到路都走不稳,只能停下来把手撑在膝盖上。

"阿杜尼,你可真行。听着,光凭词典是不能提高你的英语读写能力的,"她擦干笑出来的眼泪,"跟我一步一步地学,你一定会达到目标。接下来你还有两个星期的时间,所以稍微放轻松一些,好吗?"

我想回答她"但是我想让我的坏英语'消灭殆尽'",但是我

---

1 原文为:assimilate。

2 原文为:communicate。

3 原文为:extermination。

改变主意了,因为我不确定"消灭殆尽"这个词用在这里是否合适,于是我说"好的"。

当我们走到惠灵顿路尽头,她说:"你家夫人对我上周六去找你似乎很不满,我当时想如果今天我们的计划可以成行,那就真是奇迹。我感觉她不会继续让我俩一块出去了,除非她的丈夫继续说服她,确实是挺不好意思的,所以我们必须抓紧时间。到了。"说着她停了下来,我们经过灯柱来到一扇灰色的大门前,门口种着许多花草。"这就是我家了,就是你从米尔弗顿路过来时遇到的第一所房子。准备好进屋了吗?"

我点点头,感到心里有些东西在颤动。

蒂亚小姐不像大夫人,她家没有看门的人。她自己打开大门,我们走进院里。房子像一位美丽的皇后坐落在一片草坪后面。这里的草坪散发出一种生机勃勃的绿色,不像大夫人家里看上去那么呆板。房子是白色的,有着蓝色窗户和红色屋顶,屋顶上还镶嵌着大概三十块方形的蓝色玻璃,用白色的线条和点拼接在一起,在清晨阳光下闪着光。灰色石阶上的花盆一字排开,一路延伸到房前门,门上挂着一圈草饰,上面点缀着红色的蝴蝶结和金铃铛。

"我这儿不如你夫人家大。"蒂亚小姐说,"肯一直想换所大房子,比如有五张床,五个洗手间,大游泳池,该有的应有尽有。可是那么大的房子要保养,要运转,需要多少能源啊!太浪费了,简直无法想象。"

"屋顶上的那些玻璃是干吗的?"我问。

"太阳能,"她说,"通过太阳来发电。我忍受不了发电机的噪声,也无法接受烧燃料污染环境的做法。"

"总有一天，我会把这种叫太阳能的东西搬到伊卡迪，"我抬头看着屋顶说，"我们那儿很多人家里没有电灯。但是蒂亚小姐，如果可以从太阳那儿收集能量用到每家每户，村子一定会变得更好。我们不再需要任何人施舍给我们光明，也不需要花很多钱，我们只需要从太阳那里获得。"

"多好的主意啊！阿杜尼。"蒂亚小姐惊奇地看着我说，"我必须在明天的会上提出这个建议，一定会有机构愿意和我们合作，找到一种低成本的安装方式将它们应用到村庄里。也许伊卡迪会是我们选择的第一站。往这儿来，小心这些天竺葵。请把你的鞋脱在那边。"

我脱下鞋，心里充满了温暖和自豪，如果每家每户每条街道都有光明，我简直难以想象伊卡迪会变得有多美。

她也脱下鞋，将它们放在厨房门外一个矮矮的木台上。接着我们走进厨房，蒂亚小姐家的厨房简直就像从来没有人使用过一样。

"你在这儿烧饭煮菜？"我望着厨房的餐桌，上面煮咖啡的机器和水壶新得就像从包装里刚拆出来一般。这里什么都是雪白的，太干净了，闻上去还有一股淡淡的漂白粉的味道。我想蒂亚小姐是真的害怕脏乱，害怕拥有太多东西。墙上的瓷砖、橱柜、炊具旁边一角的烤面包机、饮水过滤机，全都是亮眼的白色。

"怎么啦？"她说，"你干吗用那种眼神看着我？大部分时候是肯在家做饭，我负责打扫收拾。你想吃点什么吗？"

我摇摇头，一点儿也不饿。再说在这个空荡荡的厨房里她能找到什么吃的呢？

她从抽屉里拿出一条白毛巾，甩了甩，把本来就很干净的桌子又擦了擦。"我真的很想今天出门，这能帮我转移注意力。"

"转移什么注意力？"我问。

"我的月经又来了，"她耸耸肩，"我也不知道为什么最近觉得挺有希望，结果整个星期都毁了。更疯狂的是，我的婆婆还要让我和她一块去见什么先知，她想让我去洗那个讨厌的澡。"

"血澡[1]？为什么？"

"对不起，不是，不是用血洗澡。她是想带我去溪边洗澡。她说她认识一个什么'先知'的可以把不育的厄运洗掉，她老早就提过好几次，我拒绝了，现在她坚持要带我去。"

"我们在伊卡迪经常那样做，"我想到了卡蒂嘉的死，就是因为她没有接受那个仪式，"也许会有帮助，没准一年的时间，你就能怀上一个孩子。"

蒂亚小姐抬起她的眉毛："那种鬼扯的事情没用，阿杜尼，不是吗？"

我耸耸肩："至少这些鬼扯的东西在伊卡迪有用，也许对你也有帮助，让这个孩子来得快点儿。"

"只是……"她紧紧抓住毛巾，直到它被拧成球，"一想到某个老头以洗礼的名义用手在我的身体上摸来摸去。呃……恶心。"

"试试也无妨。"我说，"一举两得，还能让医生的母亲开心，

---

[1] 蒂亚小姐说的是"bloody bath"，"bloody"在俚语中有"该死、讨厌"的意思，而阿杜尼只听出了"blood"一词。

让你的婚姻摆脱她的骚扰。洗礼开始以后,你就像这样闭上眼睛不去看。"我眯起眼睛说,"当他为你洗的时候,你就去想那些美好的事情,比如宝宝的名字呀或者是宝宝的小衣服,或者是你的朋友卡蒂。"

"是凯蒂。"蒂亚大笑起来,随即我睁开了眼。"我想为宝宝取名叫阿杜尼,"她说,"如果是个女孩的话。阿杜尼的意思是甜蜜,对吗?"

"是的,"说着我的心澎湃起来,"我还可以帮助你照顾你的宝宝。"

"就像一个小阿姨。"她说,"我会考虑那个洗澡仪式的。"

看着她难过的神色,我脱口而出:"也许我可以陪你去。"接着我想起卡蒂嘉在河边发生的一切。

"实际上,"似乎是想趁着我还没改口,她接着说,"如果你能陪我那就太好了。我们再向你家夫人多争取一天,然后你陪我一块去。"

"你觉得可以吗?"我问。

"我觉得应该行,"她说着眨眨眼,"那个仪式估计得到明年,我们可以告诉弗洛伦斯那是我们最后一次一块出去,希望奖学金的结果也会在那个时候出来。我和婆婆约好时间,然后你陪我一起去。"

"医生呢?"我问,"他知道这件事情吗?"

"他知道,"她说着把毛巾折叠起来,打开洗衣机扔了进去,"他说倒没什么坏处,尤其是如果能让他的母亲开心的话,我应该考虑考虑。他上班的时候送了我一束玫瑰花,仿佛是为了他母亲最近带给我的压力而道歉。不说这个了,跟我来,"她说,"我有个惊喜给你。"

41

事实:人类早期的雕塑艺术作品中有一部分源自尼日利亚,譬如世界上最著名的青铜头像之一就出土于尼日利亚的伊费[1],挖掘出土一年以后于1938年被送往大英博物馆保存。

我们沿着走廊往前走,雪白的墙壁上挂着蒂亚小姐和医生的合影。照片上两人微笑着亲吻彼此,这才是充满爱的婚姻。我不禁难过地想起莫鲁弗和我、卡蒂嘉、拉贝卡,我们的婚姻只有冷漠、艰难和痛苦。有一天我也会拥有真正的爱情吗?就像蒂亚小姐和医生一样。

---

1 伊费古城,西非古代城市。

"这边,"蒂亚小姐打开走廊尽头的一扇门,"这是客厅。"

客厅里没有电视机,甚至连任何插电的电器都没有,空气中弥漫着香皂和柠檬草的气息。客厅正中央有个白色圆形沙发,上面摆放着许多白色的圆形靠垫。墙角有一棵孩子那么高的树,树枝好像结了很多银色的霜,上面装饰着星星、小天使和金色的小灯泡。它叫圣诞树,我想起上个星期大夫人让阿布去买了一棵,不过蒂亚小姐这棵树是银白色的而不是绿色的。桌上的玻璃花瓶里插着四朵鲜花,中间夹着小卡片,我偷偷瞥了一眼上面的字,是医生写给蒂亚小姐的,他似乎每个星期都给她送花。

墙上挂着两幅画,一张画的是穿安卡拉长袍的女士,另一张像是某种黏土雕成的头像,上面挖了几个洞表示眼睛、鼻子和嘴巴,脸上还有些奇怪的线条,顺着前额一路到眼睛再到下巴,像有人一怒之下用长指甲划出的伤痕。

"这些画是从莱基半岛[1]的 Nike 美术馆买的,那地方很不错。"她指着那张头像的画说,"我最喜欢这张带疤的画像,它就是伊费博物馆网站首页的青铜头像,象征着人类文明的伟大艺术。你喜欢艺术吗?"

"我在《尼日利亚的事实》那本书里读到过,里面写到英国人是怎么偷走尼日利亚的艺术品的。"我说,"对了,你说的惊喜是什么?"

"你先找个地方坐下,我很快就回来。"

---

1 拉各斯东南部的莱基半岛。

我坐到沙发上,她回来时手里多了个蓝色牛仔包。

"这儿,"她睁着大大的眼睛从包里拿出三本书,"提前送给你的圣诞礼物,几本英文语法书。"她说,"这本叫《精进英语》,我大概浏览了一遍,特别适合你。剩下的两本也很好,不过还是建议你先读这本。"

我接过书,眼泪一下涌上来:"谢谢你,你真的,真的太好了。"

"还有个东西要送给你,"她从包里拿出一个纤细的黑色手机,跟孩子手掌差不多大,"这个用起来超级简单,大小也适合藏起来,我已经帮你——"

她还没说完,我几乎跳起来一把抱住她,书从腿上纷纷掉落到地板上。

"谢谢你,蒂亚小姐!"

"这没什么,阿杜尼,"当我松开手,她说,"我很担心你。当你说他……闯进你房间。后来你的房间安锁了吗?"

我点点头:"大夫人派人来装了一把锁。"

"现在你还多了一个手机。"她按下几个键,手机发出叮叮的铃声,几乎把我吓一跳。我笑了,她也笑了。"我来教你怎么发信息。我把电话号码提前存好了,万一遇到什么麻烦,你只要拼一个词:求助[1],我就会尽快赶过去。我还录了一些单词的读法,有空的时候你可以听。"

我,阿杜尼,一个来自伊卡迪村的小姑娘竟然拥有了手机,连

---

1 原文:HELP。

爸爸都没有。我难以置信地接过它，内心充满了感激之情。

"千万别让大夫人发现，明白吗？"

"当然。对了，蒂亚小姐，我的手机里也有'脸书'吗？"我爱不释手地打量着它，仿佛是一件刚刚从天而降的宝贝。

"没有。"她说，"我想你还是过一段时间再接触互联网比较好。还有，"她咬着嘴唇好像陷入了沉思，"如果你家夫人的丈夫再试图碰你，你要反抗！用手、头、任何东西反抗、尖叫。听懂这两个词了吗？"

我点点头："后来他没有再靠近过我。"我撒谎了，我只是不想让蒂亚小姐去找大夫人，万一再发生点什么，我就无家可归了。

"要是再发生——但愿不会——要是那个浑蛋再靠近你，我就叫人把他抓起来，让他见鬼去。"她眨着眼睛生气地说。我感到胸腔中有什么东西涌动着：为什么蒂亚小姐对我这么好？我有什么好的？很多时候连我都瞧不上我自己。我想要憋住该死的眼泪，它们还是不争气地涌了出来。

"啊，我没想让你哭。"蒂亚小姐为我擦去一侧的泪水。

"您为什么对我这么好，蒂亚小姐？"

她摇摇头，将我的两只手举起来，十根手指像栏杆一样立在我眼前。她注视着双手背后我的脸，目光仿佛要越过那道墙，进入我的灵魂。

"告诉我，你生命中最想要什么？"她问。

"希望妈妈还在，"我哽咽着说，"希望她回来，让一切都好起来。"

"我知道。"她温和而悲伤地笑笑,"还有其他的吗?"

"上学,"我说,"现在我只想赢得奖学金。"

"为什么上学对你如此重要?阿杜尼?"

"妈妈告诉我,教育能让我拥有说话的权利,但我想要的不止这些,蒂亚小姐。我想要拥有洪亮的声音,成为一个重要的人。"我说,"我希望走进一间房,还没有开口的时候,人们就能看到我。我想在有限的一生中帮助更多人,这样当死亡来临的时候,我仍然可以通过那些曾经帮助过的人继续活在这个世界上。想想看,蒂亚小姐,假如毕业以后我成为教师,我就能拿到薪水、存钱,然后在伊卡迪建一所学校,让所有女孩都能念书,因为我们村里的女孩上学的机会很少。我想改变这一点,蒂亚小姐,我相信这些女孩长大以后会哺育出更多伟大的人,他们就是尼日利亚的未来。"

蒂亚小姐不停地点头。"你一定可以做到。"她说,"上帝已经给了你成就自己所需要的一切,它就在你的内心深处。"她拿起我的手指指胸口。"就在你的心里,只要你坚持这个信念,永不放弃。每天起床的时候,我希望你提醒自己正在变得一天比一天好,你是个有价值的人,你会成为一个重要的人。你必须相信这一点,不管奖学金的结果怎么样,好吗?"

我注视着蒂亚小姐闪闪发光的眼睛,心融化了。我知道她说的这一切都是出于善良,但是当你出生在贫穷而艰难的环境中,一切并没那么容易。但也许这就是一个开始,于是我慢慢点头,重复着:"明天会比今天更好。我是一个有价值的人。"

"很棒,阿杜尼,你很棒。"蒂亚小姐有些激动地说,"走吧,"

她拉起我的手,"车在外面等着呢,咱们去集市。"

一辆黑色的轿车——蒂亚小姐叫它"优步"——停在大门前。

司机叫迈克尔,他看到蒂亚小姐的时候点了点头,将衬衫领子拉到下巴的位置,头歪到一边,那副吊儿郎当的劲儿简直让人以为他今天早上吃错了东西,这会儿正发病呢。发动汽车之前,他抬头看了眼后视镜,又舔了舔嘴唇。

"嘿,女士,"他说,"你可真靓,你知道吗?"

我看了看蒂亚小姐,她很热[1]吗?

但她只是翻翻眼睛,"能打开收音机听会儿歌吗?女士今天没有心情闲聊。"

"当然可以,"男人说,"但您也没必要翻白眼和我说话吧。"

接着他打开音乐,发动汽车。我们在车流中行驶了整整一个小时,上坡又下坡,穿过一排排鸣笛的汽车,最后拐进一条挤满了人的窄街。迈克尔把车停在一家名叫"弗兰基"的餐厅前,招牌上画着三块粉色蛋糕,一个小孩站在蛋糕前吃着冰激凌。

"好了,女士们,"迈克尔说,"前面走不动了。"

我们下车,迈克尔点着头把车开走了。

"他为什么总歪着脑袋点头?他没毛病吧?"我问。蒂亚小姐牵住我的手走进了拥挤的集市里。

---

[1] 原文中司机说的是"hot"。此处有"热辣、火辣"的意思,表示轻佻的调戏,但阿杜尼并不知道这一层含义。

"我确定他没毛病,"蒂亚小姐四处张望着,"现在咱们从哪里开始?"

我环顾四周,感到有些头晕。巴洛贡市场是一条长长的窄街,人山人海,就像是上帝把整个城市塞进一个手提箱里,然后忽然打开箱子,"砰"地所有东西都蹦了出来——全世界每个声音几乎在同一时间响起:我听见汽车鸣笛的声音,听见山羊的咩咩声,听见毗邻的清真寺和教堂外挂的喇叭里同时宣扬着"真主万岁"和"赞美耶和华"。我听见食品小贩身上的铃铛声,油滋滋的鲜炸馅饼和奶油炸糕装在一个个玻璃盒里顶在他们头上……男人、妇女和孩子们声嘶力竭地叫卖着裤子、内衣、鞋子、冰激凌、袋装水、干虾卷面包、假发等。远远望出去,无数人头会聚成一张长长的地毯,在不断起伏,又像成千上万只蚂蚁沿着窄小的街道移动着。

人群中的我被挤得连自己的脚都看不到,人和人之间没有任何缝隙,旁边还有人一个劲儿往我这边挤,对着手机嚷嚷"中国货,中国货!"。

"抓紧点。"我猜蒂亚小姐要说的是这句,但头顶的喇叭声同时把她的声音淹没,约鲁巴语播着某种治疗男性疾病的草药广告。街上还有很多汽车,一辆黄黑相间的拉各斯出租车卡在那里动弹不得,只能不停按喇叭。与此同时一个男人正敲打另一辆汽车的风挡玻璃,朝里面的司机大喊:"快把你这玩意儿挪开,浑蛋!"

人流慢慢往前移动,散发出各种各样的味道:女人身上的经血味、汗液的沤味、浓烈的香水味、焚香的味道、干面包味、烟草味,还有脚丫子的臭味混合在一起。街道一侧女人们站在粉色的、红色的、黄色的、白色的大伞下,朝着来来往往的行人兜售着鲜鱼、椰子糖和真人头发做成的假发等。还有很多小贩头顶着大堆东西跟我们一起往前艰难移动着。

"咱们去哪儿?"我对蒂亚小姐喊道。这时不知道从哪儿冒出来个男人把我从她身边分开,冲我耳朵大喊:"好姑娘,跟我去买金色的紧身裤,原装的。"

我刚把手拽出来,另外一个身穿粉色背心(上面还有几个洞)、脸上挂着黑色墨镜的男人举着白色小风扇蹿到我脸边。"要不要试试小风扇?凉风吹走你的一切烦恼,一百奈拉享受五分钟,要不要?"我摇着头紧紧抓住蒂亚小姐的手,眼前的一切把我的心脏都要挤爆了。

我们经过一个卖鞋的摊位,橡胶的,皮革的,各式各样的鞋一只只攀缘到货架顶层。一个头顶瓶瓶罐罐的女人靠过来,直接将一块冰块放到我脸上。"透心凉的冷饮啊!"她从头上拿出一瓶冰可乐贴到我脸上,"想喝可乐吗?我还有美年达、七喜。你要哪个?"

我们前后左右、四面八方都是摊位和商铺,上边挂着琳琅满目的货物:裤子、T恤、杂物。纠缠不清的灰色电线越过我们的头顶从一个房子绕到另一个房子上,上面挂着各种各样的广告。

蒂亚小姐抓着我的手继续往前走。"到了卖鱼的那儿往左拐,"她大喊,"这里简直疯了!"

可是我们并没有感觉在走,人群就像自发运动的大机器,我们只能随波逐流。随着人群,我们终于顺势左拐,来到人稍微少点的一条街上,沿路都是卖珠子、安卡拉织物的小贩。我还没来得及问蒂亚小姐是不是这儿,一个身穿印有"PRANDA"[1]黑色T恤的男人微笑着朝蒂亚小姐挤过来,顺势将一串巨大的红色珠链挂到她脖子上:"夫人,我这儿有您想要的一切。您要什么货?"

"看在上帝的分儿上!"蒂亚小姐用手擦擦额头,"我只是想买些布料。"

"我们也有设计师设计的T恤,"男人弯腰从脚边的袋里拿出件白色T恤,"原装进口。"他撑开这件T恤,蒂亚小姐的目光落到上面——"Guccshi"[2]——接着摇摇头便要走开。

"我想要纯正的安卡拉,"她说,"我就是为这个来的。"

"我这里还有香奈儿包呢。"说着他便用那热烘烘、汗津津的手拽着我。

"你为什么不直接去大夫人的店里?"我费力把手从那个男人手里扯出来,"我从没见过这么疯狂的地方,这真的是拉各斯?"

在伊卡迪,市集是一个集中购物的小广场,但是每个人都很安静,彼此认识,平平静静地说话聊天。

"这儿确实是拉各斯,"蒂亚小姐疲惫地笑笑,"弗洛伦斯店的东西太贵了。往这儿走。"

我们跨过臭气熏天的水沟,小青蛙和小鱼在浸满烟蒂、纸巾和报纸的污水里游来游去。我们来到街道另一头,那里有一排专门卖

---

1 奢侈品牌Prada的仿制品。
2 奢侈品牌Gucci的仿制品。

布料的店铺。

"终于到了。"蒂亚小姐说着，我们走到一家小店跟前，铺子里五颜六色的安卡拉布料从天花板一直挂到地板上。胖乎乎的老板正一边唱着约鲁巴歌谣，一边叠着布。一看到我们，她立刻放下布料，指着身后的布墙。

"欢迎，亲爱的，"她对蒂亚小姐说，"我这儿的布料都是高档货，怎么洗都不会变形。看看这个，最新的。"说着她抽出一张叠好的黄绿相间的安卡拉面料，放进蒂亚小姐的手里。

"这个太棒了，"蒂亚小姐用清晰标准的英语说，"摸上去真柔软，花纹也很精致。我可以来三块，每块六尺，用它们来做客房的床单和枕套倒是不错。"

"靓宝贝从伦敦来吧？"老板对蒂亚小姐说，"给你的话，六尺就六千奈拉吧。你要三块？我有。你先坐，我去拿伦敦进口的尼龙袋给你装。"

蒂亚小姐看到布料的眼神让我想起了伊尼坦。每当她在市场上看到颜色新颖的眼线笔或者唇膏，眼睛里也像亮起一盏灯似的，只不过伊尼坦没钱买，所以我们只是看看，然后大笑走开。蒂亚小姐不一样，她想买什么就能买什么。这让我不禁想：伊尼坦和蒂亚小姐之间到底有什么不同？蒂亚小姐和我也是朋友，却不像和伊尼坦那样。

"阿杜尼！"蒂亚小姐朝我眨眼，我点点头，马上开启讨价还价模式。

"没门儿，"我用约鲁巴语说，"六千奈拉买六尺？上帝都不答应,太贵了!三千。"

"四千五,最低。"女人有些愠怒地把布料从蒂亚小姐手里抓过来,"这是进口的,最新款。"

我对她换了张笑脸:"好妈妈,我也是约鲁巴族的女儿。如果您愿意卖我们三千,我下个星期还带她来。这次我们可是顶着大太阳专程过来的,就三千吧,下次还有生意呢。"

女人叹了口气:"钱拿来吧。"

我转身对着蒂亚小姐说:"三千奈拉,给她吧。"

蒂亚小姐笑了:"阿杜尼,这就是为什么我要带你来啊!"

两小时过去了,我的腿都逛肿了。

我的头被太阳烤得像滚烫的足球;我的喉咙发干,舌头打结;蒂亚小姐则像是中了邪似的疯狂买买买,让我不停还价,我的嘴皮子都磨干了。她那么兴奋,每次我为她砍下一笔钱,她都会激动地拍手:"你简直是天才!我们必须再来一次!"

直到太阳落山,天空变成橘黄色,蒂亚小姐拖着步子和鼓鼓囊囊的尼龙袋(她坚持不要让我帮她拿任何东西),我们慢慢走到那家"弗兰基"餐厅,也就是来时司机把我们放下的地方。

"你想吃点东西吗?"蒂亚小姐说。

"太好了,"我舔着嘴唇,"我好饿。"

"饥肠辘辘,你可以用这个词,阿杜尼,饥肠——辘辘[1]。"

---

[1] 此处原文为"starving"。

暴晒暴走一整天，她竟然还有心思纠正我的英语？餐厅里开着空调，我一眼挑中靠门的第三个座位，走过去整个人陷进那张豪华的皮革沙发椅里便再也不想动了。我的前面是一张高高的木头桌，左侧墙壁上挂着一张巨大的馅儿饼、香肠卷和烤鸡蛋的美食照片。

"我去点吃的。"蒂亚小姐把袋子放下便去点餐了。

不到一会儿，她便托着一盘美食回来，里面装满了肉馅饼、香肠卷、黄色小蛋糕和橙汁。

"太好玩儿了，"她说着坐下，"等我弄完那个洗澡的仪式以后，我让肯再去和弗洛伦斯说说，咱们下次还来。来吧，开吃吧。"

眼前的食物让我口水直流，我这一辈子从没吃过这么多美味，真希望卡尤斯和伊尼坦也在，我们一边一起享用美食一边开怀大笑。幸福来得如此之快，几乎让我无力承受。

"这太多了，"我微笑着打起精神，"太多太多好吃的了。"

"你不是饿坏了吗？快吃吧。"

我尝了一口肉馅饼，闭上眼睛，感到牙齿深深咬进面包里，醇厚温暖的肉和土豆汤从面包里流淌出来，在舌头上融化。

当我睁开眼睛时，蒂亚小姐正微笑地望着我。

"你今天简直太厉害了，"她说，"那么自信地和她们说价。"

我耸耸肩，咽下馅饼又拿起一块香肠卷，咬了起来。

"我母亲身体又不好了，"她用刀叉将蛋糕切成小块，扎起一块尝了尝，"我下周要去哈科特港过圣诞节和新年。你的推荐信我已经写好打印出来了，现在只差你那篇自荐文章了，阿杜尼你得快点写，这两天能写完送到我家吗？"

"我尽力。"实际上最近我一直在琢磨怎么写,我在等待着灵感时刻的到来。

"确保你的字迹清晰,用质量好的钢笔写。写完折好,从我家的前门塞进来,我会亲自送到海洋石油公司。但这一切得在我去哈科特港之前完成,你能在两天内写完吧?"

见我没说话,她紧紧握住我的手。"压力很大?"

"有一点儿,"我说着擦去嘴边的面包屑,"我不知道要写什么。"

"写出你内心的东西,"她说,"真实最重要。比如说从——"忽然她松开我的手,眼睛盯住前门,露出震惊的表情。我顺着她的目光,看到了那个太太协会上的瘦女人,她穿着黑色英伦套裙装,夹克衣领笔挺得简直像要飞起来似的。

"糟糕,是蒂蒂·本森。"蒂亚小姐小声说,"她朝这边来了。闪,阿杜尼,现在快闪。"

"鸭子?"[1] 我环顾四周。"餐厅里有鸭子?"

"闪到桌子下面,"她从牙缝里挤出这句话,"现在!"我瞬间钻进桌下,藏在购物袋后面,心怦怦狂跳。

从桌子下,望着那两条细线似的腿向我们这一桌走来,我忍不住暗暗吃惊:那么瘦的腿穿高跟鞋竟然能走得飞快。

"蒂亚·达达,"瘦女人在我们桌前停下来,香水味瞬间将肉饼和香肠卷的味道吞没,"你来巴洛贡市集做什么?"她说,"让

---

[1] 蒂亚小姐用了"duck"这个词,在此处是"闪开"的意思,阿杜尼以为是"鸭子"的意思。

我猜猜——为了写一份环境污染的报告？"

"蒂蒂，你好。"蒂亚小姐的喉咙里像卡着块蛋糕似的，"很高兴遇见你，你好吗？"

"我很好，"蒂蒂小姐说，"怎么点这么多吃的？你在等人？"

"没错，"蒂亚小姐说，接着苦笑一声，"不，全是我的，我饿坏了，结果点了这么一桌。"

"噢，饿坏了，"蒂蒂小姐的声音忽然高昂起来，"什么意思？烤炉里有小面包了[1]？多久了——"

"你的包真不错！"蒂亚小姐打断了她的话，"特时髦。"

"我就知道。"蒂蒂说着用一只手摸摸垂挂在粗金链子下的蓝色方形包。包夹上有两个交叉的金色字母C，看起来很贵，就像她的黑色高跟鞋。"这个宝贝都跟了我三年啦！"我听出她声音里的笑意，像夸自己的儿子一般骄傲。"最棒的小牛皮。你的包也很漂亮，意大利牌子的？"

蒂亚女士的包是半截三角形的形状，由黑色和粉色皮革制成，上面有个金色别针纽扣。"尼日利亚产的，"蒂亚小姐说，"我的东西大多是尼日利亚的牌子。"

"香奈儿才是最高级的。好了，我得去布罗德大街第一银行开董事会，快迟到了，但弗兰基他们家的肉馅饼实在是让人无法拒绝，比董事会上点的沙拉强太多了！没办法，我得赶紧走了，替我向肯尼斯问好。好好照顾自己和烤箱里的小面包！回见！"

---

[1] 原文是"a bun in the oven"，英文俚语，意指孕育、怀孕。

女人走远,高跟鞋在地上发出咔咔的敲击声。

等了六七分钟,蒂亚女士才把手伸到桌下示意我出来。

"为什么我要藏起来?"我从桌下爬出来,伸了伸腰,"大夫人知道我和你一起来集市了,而且她干吗总是说烤面包的事儿?[1]满脑子都是吃的!"

"弗洛伦斯确实知道你和我来集市,"蒂亚小姐的声音听上去有点疲倦,"但她不知道我带你出来吃东西了,她也不知道我们有多亲密或者我一直在帮你学英语。如果蒂蒂看到你坐在我旁边,她一定会觉得可疑。为了你的申请,最好别让人知道咱俩这么亲密,至少现在还不行,明白了吗?"

"我明白了。"我拿起吃到一半的肉馅饼放进嘴里,忍不住在心里埋怨那个瘦女人——都怪她,让我的美味变得又冷又硬。

这天晚上,大夫人没有从店里回来,我提前干完家务回到房间。虽然全身累到几乎睁不开眼,但我还是找来纸和笔,尝试着开始写那篇文章。

一开始,不管想到什么我都往上写:我的名字叫什么,我的妈妈在哪里生下我,我的爸爸和兄弟们在伊卡迪过着怎样的生活。我描述着一种贫穷却快乐的生活,我编了许多美好的事情。但是当我将它们读出来的时候,只觉得胃里一阵恶心:谎言,全是谎言,就连那张写满了字句的纸似乎都在抗议。

---

[1] 阿杜尼不明白上文中的俚语的含义。

写出真实的你，蒂亚小姐说，真实的你。

于是我把它撕成碎片扔到地上。我静下心来，任由思绪游到记忆之河的深处，我找着了那把被自己扔掉的已经生锈的钥匙，用它打开了过去的生活。我跪在床边，开始动笔，将身体里的记忆全部倾倒出来。

我写到莫鲁弗，写到他喝下"鞭炮"以后对我做的事；我写到卡蒂嘉，她是怎么死的，我是怎么逃跑的；我写到爸爸、妈妈、卡尤斯和"老大"。我告诉学校，这份奖学金就是我全部生命的希望，我需要靠它活下去，成为一个有价值的人，然后帮助其他像我一样的女孩。最后我告诉他们，我深深爱着尼日利亚，尽管在这个国家，我的生活充满了苦难。此外，我还加上了在《尼日利亚的事实》中发现的最有趣的三件事。写完这一切，我觉得整个人都被掏空。我试图为这篇文章起一个吸引人的标题，但我的大脑已经没有力量去思考，于是我抓住第一个浮现在脑海里的一行句子：大声说话的女孩——阿杜尼的真实故事。

清晨来临，趁自己还没有改变主意，趁任何人都没有苏醒，我一口气跑到蒂亚小姐家门口，将这篇文章叠起来从门下塞了进去。

42

事实:穆罕默德·布哈里在1983年至1985年期间担任尼日利亚国家元首。1984年他提出"反无纪律行为"的主张,被视为侵犯人权和限制新闻自由的举措。

圣诞节像一阵风似的,飞快地过去了。

大夫人和大先生每天都要出门拜访,到家的时候已经很晚,浑身散发着炒饭、炸肉和酒精的味道。科菲回加纳和妻子孩子们过新年了,我则待在家里,打扫卫生,洗衣服,一有机会就去图书馆看书。每每回忆起伊卡迪的圣诞节,我的内心便落满悲伤——过节的时候我们会纷纷从家里来到村子广场上放小爆竹、喝饮料,吃巧克力糖果,一直玩到深夜。

节日一过,眨眼便是2015年开年的第一个工作日,大夫人让我和她一块去商店上班,因为员工回老家了。我们坐在车里,阿布一边开车一边收听着收音机里用豪萨语[1]低声播报的新闻。

车后座上,大夫人正和她的朋友卡洛琳打电话。"那太可怕了,"她说,"要是布哈里上台,尼日利亚人可倒大霉了。那个人一肚子坏水,你还记得咱们80年代那会儿经历了什么吗?多少人因为他那个'反无纪律行为'丢了工作? 1984年的一天我在奥巴伦德那边等车的时候,还挨过他的士兵一鞭子呢。天知道要是他赢了会发生什么?我的顾客中至少有三个准备离开这个国家,宁愿流放。凭什么咱们必须眼巴巴等着灾难降临?简直是一场噩梦,咱们必须召集拉各斯纺织行业的商会开会,动员大家联合起来不要投票给他。"

因为我喜欢学习新东西,于是便转过头去看她,听她聊着那些关于布哈里的事情。她边说边点头。"我知道,卡洛琳,但我不明白这对我们有什么好处,那个人制定一条法律就能把我整个生意毁了。你也知道我百分之九十的收入都来自给婚礼、葬礼和订婚定制布料……如果人们开始减少在织物上的开支,对我来说简直大难临头。"忽然她瞪住我。"你先等一下。"

我还没来得及扭头,她就用戴着金戒指的手指猛敲我的头。

"看路,别听我说话。白痴。"

我听到她从包里拿出什么丁零当啷的东西往前座一扔,没有砸中我,而是落在了阿布的脚边。阿布瞥了我一眼,继续开车。

大夫人一路继续聊电话:"对不起,卡洛琳,刚刚阿杜尼偷听

---

[1] 豪萨语:非洲三大语言之一,主要分布于尼日利亚北部和非洲其他几个国家。

我说话,没人要的废物。不,她要和我一起去商店,店员格洛瑞回家过圣诞节不回来了。我正在招新人呢,这几天先让阿杜尼顶一会儿。对了,我找到了你最喜欢的邮轮旅游套餐,咱俩一块去玩儿吧,我家好老公会帮我埋单的啦。不,不是皇家'加勒比号',回头跟你说。你到哪儿了?噢,还行,现在阿沃洛沃路不堵车,一会儿见,拜拜。"

我揉了揉被敲疼的脑袋,泪花冒了出来,我听懂了"没人要"这个词的意思[1],我不是没人要的废物,我是阿杜尼,一个有用的人,我的明天会比今天变得更好。自从蒂亚小姐教我这些话以来,我每天都在给自己打气,今天也不例外,就这样我一路安慰着自己直到车开到店门口。

商店的台阶由纯白大理石打造而成,每个台阶上亮着一盏小灯,柔光照在我们的脚上。

我们来到店铺顶层,大小和大夫人家的客厅差不多,我环顾四周,被这里的明亮华丽震撼了。店里的空调温度调得很低,空气里弥漫着香水和钞票的味道。

这里没有汽车的噪声,没有小贩的喊声,没有人身上的汗味,只有精致璀璨的玻璃货架从地板一直延伸到天花板,铺满整面墙,每格玻璃架子里都有一个小梯架,顶上装着白色圆形探灯。那是我

---

[1] 指大夫人前面骂阿杜尼"godforsaken idiot"中的"godforsaken"一词,意思是被人遗弃的、嫌恶的。

一生中见过的最漂亮的织物,它们被叠得整整齐齐摆在每一级梯子上。各种材质的,各种纹路的,数以百计的奢华织物陈列在屋里,仿佛大夫人将整个花园都收入这个房间,无数朵鲜花幻化成一块块织物。有些布料上镶嵌着闪闪发光的宝石——紫色、粉色、红色、蓝色、白色、黑色,还有一些颜色我不知道怎么用英文来形容。材质也各不一样,有些像轻盈的网,有些像窗帘一样厚重,还有些像海绵一般蓬软。天花板上的华丽吊灯,我抬头数了数,一共有十六颗小灯泡点亮在银色的金属灯箱里,每一颗都像圆圆的眼睛发出耀眼的光。

我看到那天科拉先生在车里指给我看的人形模特,其中两个仍旧赤裸着站在那儿。她们的脚边围着一圈白色蕾丝花边。每个人偶旁还有两个藤编花瓶,里面装了许多黄色的干花。

商铺的中间摆着一把弧度优美的紫色沙发,椅脚是金色的。椅子旁的玻璃茶几上有几本杂志,内页折得像一把张开的手扇,我一眼就注意到其中一本奢华的时尚杂志,封面上是三位诺莱坞女演员,看上去有钱又快活。

"把我的手提包放在收银台上。"大夫人指着我左边的玻璃桌子,上面有台小电脑,旁边是一支笔和一张纸,桌子后面是把圆形高脚椅。店里的墙上也有一台超薄电视机,和家里的那个一样。

我放下她的手提包,等着她下一步的命令。

"储藏室在那扇门后面,"大夫人说着坐进紫色沙发里,踢掉鞋子,"门没锁,打开地上那个袋子,里面装着包好的货,拿过来。"

"好的,夫人。"我转身向身后的门走去,扭开金色的把手。

储藏室里很暗,但我能辨认出一排排梯架,上面挂着各种材质的布料,多到数也数不清。我拿起地上的尼龙袋,然后关上门。

回到大厅,我看到卡洛琳来了。她穿着蓝色紧身牛仔裤和金色的吊装,脚上是一双粉色尖头高跟鞋。和上次聚会不一样的是,今天她的瞳孔不是绿色的,而是蜂蜜般的金棕色。她到底是怎么改变自己眼球的颜色的?难道是戴了什么特别的眼镜?[1]

她的头上裹着一条红色头巾,当她对我点头微笑的时候,两个又大又圆的耳环上下跳动。

"你都帮我挑好啦?"她说着从我手里抓过那个袋子,打开往里面瞧。"弗洛伦斯,你必须把最好的货拿出来给我,我要为一个特别的男人准备一条新裙子。"

大夫人笑得像匹马一样:"哪个特别的男人呢?你这个女人,总有一天会被你丈夫抓个现行,到时候我可不会帮你说话。"

"他一天到晚出差,怪不了我。"她说着从袋子里抽出布料,摊开。那张丝质面料像巨大的红色波浪倾泻在地板上,上面的碎钻在明亮的灯光下闪闪发光。"他今天在沙特,明天在科威特,一天到晚追着钞票跑。但我是个女人呀,女人需要男人来暖床。"

"我知道啦,"大夫人说,"对了,你找的谁做衣服?"

"冯克定制工作室,"卡洛琳说,"弗洛伦斯,天啊,这料子太棒了!勃艮第的色彩简直栩栩如生!还有边上的花纹,我的天!这种多少钱?"

---

[1] 阿杜尼并不知道什么是"美瞳"。

"十五万，"大夫人拿起桌上的杂志扇起风来，"对你，对所有人都一个价。整张布五码你都要？"

"我想做一件中长裙，"卡洛琳对着面料说，"所以三码就够了。我等不及想看看冯克工作室的裁缝们要怎么发挥了，没准我会在上面镶更多的钻石，必须给我闪亮到死！"

"看来你的这位新男友很特别嘛。"大夫人打着哈欠说，"看你笑得多开心。"

卡洛琳说："弗洛伦斯，十五万太贵了，降五万吧。我马上让阿杜尼去我的车上取钱。"

"降价？"大夫人拿着杂志轻轻一拍，整个人坐直了，"卡罗儿[1]，我们说的可是瑞士蕾丝，降是没法降了，你的新男友难道不值得这么好的料子？我这儿还有一块新到的上等锦缎，刺绣美得很，我担保你会爱上它，做成连衣裙也很适合你和你的新男友约会穿。颜色是诱人的香槟色，我还专门配了一条完美的丝绒头巾。州长夫人刚跟我打电话预订了三码，说要穿着这个料子做的裙子去美国大使馆参加午宴。你要不要看看？"

我看着大夫人，完全想不起她什么时候和州长夫人通过电话，但她的表情就像真的似的。

"弗洛伦斯，"卡洛琳笑着摇头，"你这是要让我破产啊！这两种料子，每种各来三码多少钱？你说的那种头巾还有吗？"说完她转向我，"阿杜尼，你去楼下停车场找我的车，我家女佣在车里，

1　卡洛琳的昵称。

叫奇索姆，你找她拿我的手提包。"

我离开时，大夫人还在继续推销着："趁我没忘，我这儿还有一种蓝绿色的薄纱，我知道你一定会喜欢……"

卡洛琳的黑色吉普，四扇车门大敞着。

一个女孩坐在前排，手机夹在耳朵和肩膀之间聊着电话。她一边点头一边笑，从膝盖上的碗里舀起满满一勺炒饭放进嘴里。

司机在驾驶座上睡觉，黑色帽子遮住脸，两条腿翘起搁在方向盘和打开的车门之间。当我走近那辆车时，他连动都没动。

"你好，"我看着那个吃得津津有味的女孩，伸出手捂住肚子，生怕我的胃会咕咕叫，"你是卡洛琳的女佣吗？"

她看起来一点也不像女佣——头发整整齐齐编织着披在背上；穿着亮黄色和粉红色的衣服，上面画着一只鸟栖息在树上，完全不像是工作服。我没看到她的脚，但注意到她拿着勺子的手指甲上抹着和裙子一样的粉色指甲油。

她对手机说："我再打给你。"

"你是她的女儿吗？"我想也许她是卡洛琳的女儿，她看起来确实像富家千金，不管是穿着还是说话的语气。

"你好。"她对我说。

"我在找奇索姆，"我说，"卡洛琳太太的女佣，她让我来拿她的手提包。"

"我就是，"她上下打量着我，"你是大夫人的女佣？"

"是的，"我说，"我是来给你家太太取包的。"

"当然。"女孩说着转向后座，拿起一个黑色皮包，上面印着许多大写字母 L 和 V，然后递给我。"你叫什么名字？"

"阿杜尼。"我看着她，咽下口水。她拿起塑料盒盖盖住米饭和炒肉。

"阿杜尼，你怎么这么瘦？"她看我一会儿，然后看着碗，笑了。"你要不要来一点？我吃不完。"

我把目光从碗上移开。我不能吃，大夫人知道了会打我，但是也许我能躲起来偷偷吃。

"丽贝卡总是很饿，"奇索姆说完拍紧饭盒，把碗递给我，"吃吧，没关系，我家太太会再买一份给我的。"

"你认识丽贝卡？"我的眼睛睁得大大的，所有饥饿一扫而空。"她什么情况？你知道发生了什么吗？她是从阿甘村来的吧？"

奇索姆耸耸肩："她以前常提起阿甘村，但我和她不太熟，所以不知道她是不是来自那儿，但每次只要见到她我都会给她吃的，直到后来有一天，我再也没见过她了。"

"她什么时候不再来店里了？"我问。

奇索姆想了一会儿："也许是在她忽然发胖以后。之前她和你一样，特别瘦。"

"发胖？"想到藏在枕头下的那一串腰珠，我的心开始狂跳。难道是因为她后来变胖了，珠子戴不下，所以才取下来？但是那串珠子有弹性，根本犯不着取下来，想到这里我叹了口气。"奇索姆，她有没有告诉你——"

"阿杜尼！"大夫人在楼上喊道，"你是去沙特阿拉伯取卡洛琳的包了吗？你是要办签证还是怎么？还是你皮痒痒了？我下来亲自来帮你拿的话你就等着——"

"我来了，夫人！"大夫人还没说完，我赶紧大喊着回答。

我迅速转身跑向楼梯，差一点儿摔倒，就在我爬楼的时候，我回头一看，奇索姆正对着我笑，一边摇着头。

"您的店真好，大夫人。"当我们离开商店时，车开上一座矮桥，我对大夫人说。

"又宽敞又漂亮。"我的肚子饿得咕咕叫，闭嘴不说话简直让我难以忍受，于是我不停地说着，就算大夫人坐在后座板着脸，呼吸急促，一句话也没回答我。

"简直就像天堂，"我说，"所有的灯都闪耀着美丽的光芒，空气也香喷喷的，还有那些布料，闻起来也香喷喷的，那么奢华又那么高贵。"

阿布瞟了我一眼，好像在问我是不是疯了，但我的嘴皮子就是停不下来："还有那些来您的店里买东西的人，个个都是大人物。我想您的孩子一定因为有您这样一位母亲而骄傲。"一口气说完这些我终于停了下来。

当车转到通往房子的大路上时，大夫人说："你真这么想吗？"起初我不确定她是不是在和我说话，于是我低声回答："我是这么想的。"

大夫人笑了。那是一个真正的笑容，我转过身去，她正面露微笑地看着我。没错，她在朝我微笑。

"您是那么懂得做生意。"我几乎忘记了饥饿、奇索姆还有一切让我担心的事情,"今天来店里的每一位顾客,您都成功地做成买卖,赚了不少钱。您是做生意的天才,真的,夫人。如果未来有一天我想卖衣服,我一定要向您学习。"

"向我学习?"大夫人把戴满金戒指的手指按在胸前,又笑了,她那双疲惫的眼睛几乎照亮了车里的空间。"阿杜尼,我可是白手起家,"她坐起来,身体往前倾,"十五年前,我卖廉价的料子,一家家上门磕,到处寻找客户。我可不是富贵人家的孩子,我的成功全靠一点一滴打拼出来,都是靠我双手奋斗出来的,这不容易。尤其是我的丈夫,他还没有工作。如果你想在生意上变得和我一样,阿杜尼,那你得非常非常努力,不管生活砸给你什么苦难,你都要承受住,然后超越它。永远也不要放弃你的梦想,明白吗?"

我点点头,看着她。那个瞬间我觉得自己和她之间有一些共同的东西,让我觉得温暖,就像老朋友之间的拥抱。

接着阿布按响喇叭,大夫人眨眨眼,环顾四周。"我们到家了?阿杜尼,你干吗盯着我?在我把你的头剁下来之前,赶紧从车里滚下去回家干活。白痴!"

我开门从车里下来,脑子里闪过刚刚和大夫人之间短暂的和平:温和的眼神,稍纵即逝的微笑,还有她几乎对我表示出来的友好和关爱,等等。我在脑海中迅速将这一切推翻,一口气跑进屋里。

43

事实：尼日利亚是非洲基督教人口最多的国家。一次教堂礼拜活动记录的会众人数可以多达 20 万人次。

布哈里赢得了选举。

科菲兴高采烈地跳起舞来，看上去就像他的亲兄弟赢得选举似的。"改变终于到来！"上个星期当电视播放着布哈里选举胜利的消息时，他摘下头上的白帽子，扔起又接住然后大笑。"改变来了，尼日利亚会繁荣起来的！这正是我们一直在等待的！"

爸爸一直在关注选举，我忍不住有些痛苦地想，如果他也正为此而欢欣鼓舞，不知道会不会想起我。

唯独大夫人怒不可遏，她一遍遍狠毒咒骂着布哈里，我甚至担心他会不会被她咒死。她骂他是个巫医，说他不懂英语。这倒是让我忍不住想，既然他英语不好都能成为新上任的总统，也许阿杜尼某天也能当总统。

今天是4月份的第一个周末，我们要去教堂参加专为商界女性举办的感恩节特别活动。大夫人让我帮她拎那些准备分给组里其他女性的布料。来拉各斯以后我还从来没有去过教堂，上车坐到阿布身边的时候，我的心情非常兴奋。

大夫人和大先生坐在后座，大夫人身穿金光闪闪的厚重奢华的长袍，以至于她上车的时候我必须帮她托住衣角。她的肩膀和袖口上有许多颗白色闪光的宝石，脖子上环绕着一条粗银色镶边。她头上戴的金色头巾像艘小船，耳环上各穿着五颗红色的珠子，把耳垂几乎拉到肩膀。

我依旧穿着丽贝卡的鞋，因为不合脚，昨天我拿针线重新把它缝了一下。但我喜欢这双鞋子，穿上它让我觉得丽贝卡就像是自己的一位老朋友，不管走到哪儿都和她在一起，分享着她的生活、她的秘密。我相信过不了多久，关于她的一切都会真相大白。

蒂亚小姐仍旧在哈科特港。昨天她给我发消息，告诉我她的母亲在新年伊始就住进了医院，事情终于"差不多解决，应该会搭乘下一班飞机回拉各斯"。她还提到她的丈夫，"上帝保佑他是那么善良，每周五都会来哈科特港陪我"。

我把短信读了整整三遍，才回复：好的，回见。

"你有钱捐给教堂吗？"大夫人问大先生。汽车行驶在桥面上，整座大桥看上去就像被很多根细线高高悬吊在空中。我想这就是蒂亚小姐晨跑会经过的莱基－伊科伊大桥[1]。

"你问的是什么蠢问题,弗洛伦斯?"大先生说,"你给我钱了吗?"

大夫人哼哼着打开她的羽毛手提袋。"这是五万奈拉,"她从一堆钱里抽出一大捆对大先生说,"捐一万,剩下四万是你在下周会议上要捐的。长官,麻烦你老老实实把钱捐了吧,上次我让你在中年男性静修会上捐的二十万奈拉,教堂秘书说他压根儿没收到。"

大先生抓过钱,塞进绿色长袍里的口袋。"你干吗不干脆等我们到了教堂,拿着麦克风向所有人宣告,你,给了——你的丈夫,一家之主的我——二十万奈拉捐款,结果他把钱花了个精光。没用的女人。"

大夫人若无其事地点头,下巴却在颤抖,努力抑制不让自己哭出来。我为她感到一丝难过。她把脸扭到窗户一边,好像抽了抽鼻子,阿布把收音机调大,瞬间播音员的声音充满整个车内的空间。

车一路往前行驶,谁也没有听收音机里的东西,直到车开下桥,在一个环形路口往左拐了个弯。

阿布停好车,大夫人从车里下来,大先生说一会儿过来找我们;他要先抽根烟醒醒脑子,好让自己更好倾听上帝的声音。

教堂是圆帽的形状,屋顶竖立着一个看上去很沉重的金色十字架。我数了数窗户,竟然一共有五十扇,彩色玻璃上面勾画着鸽子

---

[1] 莱基-伊科伊大桥是尼日利亚第一座斜拉桥,是拉各斯著名景观。

和天使。整个院子里停满了像大夫人的吉普车那样的大车,每个人像参加生日派对或者结婚典礼般盛装出席,女人们踩着高跟鞋,头戴彩虹般艳丽的头巾,穿着昂贵的蕾丝衣物,脸上是奢华的妆容。

在我的故乡伊卡迪,教堂只是一间陋室里面摆着长凳和鼓。人们穿着像是哀悼的衣裳参加礼拜,唱起歌来也像是在哀悼。而在这里,光是站在外面我就听到了里面五彩斑斓的音乐,让我几乎想要跳舞。

我们上楼走到一个类似会客室的地方,里面有很多人喧哗说笑,彼此打着招呼,房间尽头是通往教堂的两扇玻璃门,门下铺着红地毯。

门前站着一个像是看门的女人,黑裙子勒得几乎让她喘不过气,上身的红色T恤小得像是儿童服,把她的胸部挤到脖子上。虽然化着厚厚的妆,但还是遮不住满脸的痘痘,看上去就像得了麻疹一直没好。

"早上好啊,欢迎来参加庆典。"女人向大夫人投来一个夸张的微笑,脸上所有痘痘全挤到同一个方向。

"我猜这是你家的女佣。"她看着我,好像我的衣服穿反了似的。

我屈膝向她打招呼:"早上好。"

"阿杜尼,起来去把我的包拿来。"大夫人说。"她是我家的女佣,"她对那个女人说,"她不能进礼堂对吧?她就是来帮我搬东西的。"

女人摇了摇头:"对,她不行,但她可以参加教堂后面专门给女佣们举办的活动,我带她过去。来吧,小姑娘,上帝保佑你。"

我看着大夫人走进那扇玻璃门。门打开，冰凉的空气和优美的歌声扑面而来。

"为什么我不能跟我家夫人进教堂？"大夫人消失在那扇门以后，我问那个女人，"她那边结束了我怎么找她？我对这儿不熟，我怕迷路。"

那个女人抿嘴飞快地挤出一个微笑："不要担心，跟我来吧，这边。"

出了教堂，我们往后走了很长一截路，她穿着红色的细高跟鞋就像踩在钢丝上。小路两侧长满郁郁葱葱的灌木，接着我看到一座房子。那是我第一次在拉各斯看到一座灰蒙蒙的平房，和伊卡迪的差不多，没有刷墙，也没有门窗。屋子旁边是另一间小房子，没有门，里面飘出一股尿味，我这才注意到屋里的白色马桶和碎裂的棕色地板瓷砖。和辉煌壮阔的教堂相比，后面的小屋和厕所简直是另一个世界。

"这就是女佣们做礼拜的地方，"她说着用手捂住鼻子，尖尖的红指甲嵌进脸颊，"厕所的冲水坏了，估计下周日就能修好。不管怎样，进去到她们中间找个座位坐下吧，牧师很快就会来了。教堂那边的活动一结束，我就过来找你。"

我走进去看到五个女孩坐在地板上，纷纷低着头，看上去和我的年纪差不多大。所有人都穿着脏兮兮的安卡拉或者素色裙子，鞋子像卫生纸似的又皱又破。她们的头发像枯草，身上闻着有股怪味，表情也很相似：失落，恐惧，和我一样。

"早上好，各位。"我试着挤出微笑，寻找着可以说上话的人，交上朋友。

但是没有人回答我。

"早上好,"我又说了一遍,"我的名字叫阿杜尼。"

其中一个女孩抬起头来,直勾勾地望着我。她的眼神里除了冷漠和恐惧,什么都没有。她什么也没有说,但目光似乎在说:你就是我,我就是你。我们服侍的夫人虽然姓名不同,但她们都一样。我张望四周,看到奇索姆坐在右边角落里玩手机。我径直走向她,她的两只耳朵里塞着耳机,一边随着音乐点头一边嚼着口香糖。她穿着蓝色的教堂服,黑鞋子里露出干净的白袜子,似乎很快乐。当我低下身子看她的时候,几乎怀疑她到底是不是女佣。

"奇索姆。"我说。

她正在吹泡泡,然后用舌头捅破它。她拍拍地板叫我坐下,摘下耳机。"瘦姑娘!"她说,"你好吗?"

"我叫阿杜尼,不过无所谓了,谢谢你。"我说,"你也是来参加礼拜的?"

"不,"她说,"我家夫人去了另外一个教堂,我们是为了女性商业项目来的,但为什么我要坐在这个屋里,而且还是坐在地上!我问那个满脸粉刺的女人,她说'这是规矩'。我家夫人说我应该和她一起进去,她回头要投诉这个教堂。对了,什么是'规矩'[1]?"

"我不知道。"我坐下,像其他女孩那样收起膝盖。"你家夫人对你很好,"我说,"为什么?"

---

[1] 原文为"protocol"。

"因为她是个不错的女人，"奇索姆说，"更重要的是我和她了解彼此，我照顾她，她也照顾我。"

"比如说？"如果她能告诉我原因，我也可以试试照顾大夫人，让她也对我好点儿。

"我了解我家夫人的一切，"奇索姆说，"那些没人知道的事，我为她保守所有秘密，她和我已经超出了夫人和女佣的关系，我们就像姐妹。但是你，还有这里所有其他的女孩，你们不可能让家里的夫人那样，她们中的一部分就像是魔鬼。"奇索姆重新把耳机塞回耳朵，打了个响指，继续摇头晃脑起来。

等了一会儿，我用胳膊肘碰了碰她："奇索姆？"

她拿出耳机，不耐烦地看了我一眼："怎么了？"

"那天在店里，"我轻声说，"你说丽贝卡之前很瘦，后来变胖了。你知道她变胖以后发生什么了吗？她为什么会发胖？她真的是跟人跑了？"

"我不知道。"奇索姆说，"我和她不怎么说话，但是我看到她的时候，她浑身就像肿了似的，我第二次见到她的时候，她好像更胖了，而且越来越胖，于是我就明白了。"

"你把我弄糊涂了，奇索姆。"这时一个男人走进屋子，他穿得像个工人，手臂夹着黑色的《圣经》。"各位好，"他微笑地打量着我们坐下的每个人，"我是克里斯牧师。今天我们将要——"

"明白什么了？"我剧烈的心跳声淹没了牧师的声音，"告诉我，你明白什么了？"

"丽贝卡告诉我她要结婚了，"奇索姆悄悄地说，"她看上去很高兴又很害怕。后来他们说她某个下午去了集市就再也没回来，可是——"

"我刚说了全体站起来，"牧师拍了拍手，"你们两个角落的，不要说话了。站起来！"

"等等，"我继续说，完全没注意到牧师，"丽贝卡和谁结婚？"

"我不知道，但是我想——"说到这儿她捂住嘴。"嘘，牧师朝咱俩过来了。"

那之后我就无法和奇索姆说话了。

她的夫人卡洛琳在礼拜进行到一半的时候过来把她带到那个大教堂去了，之后我等在教堂大门口试图找到她。我在那些衣着华丽、吃着馅饼、谈论着这次教堂活动的男男女女中搜索，但我没找到她，也没见到卡洛琳。正当我纠结要不要进教堂找的时候，大夫人从身后揪住我的头发把我拽进了汽车里。

车行驶在回家的路上。

大先生在后面打鼾，大夫人则在电话里聊着"为两百位婚礼宾客准备欧根纱[1]面料"的业务。

到家后，大夫人和大先生先下车，但我并不想进那个屋子，我只想待在车里，把自己永远藏起来。

奇索姆说的每件事都让我困惑——如果丽贝卡要和谁结婚，为什么科菲会不知道呢？为什么所有人都不知道这件事？我叹了口

---

1 一种质地透明或半透明的轻纱，大多覆盖在缎布或丝绸上面。

气、饥饿、困惑和愤怒一齐纠缠着我，我猜测丽贝卡可能发生了什么不测，但我希望并非如此。也许当时的她很幸福，也许她真准备结婚，于是下决心逃跑，为的是躲避大夫人的阻止。

就像我不希望大夫人阻止我的上学计划一样。

可是如果是要结婚，她为什么要把腰上的珠子取下来？

我又叹了口气。

我头上被大夫人一把揪起的地方火辣辣地疼，身体上到处是挨打的伤痕——背上的伤口还被大夫人用鞋跟戳开两次，伤口连续流了一个星期的脓水，过了很久才慢慢干掉。我的耳后、额头上也有伤口。

我要怎样才能逃走呢？尽管只有几个星期，4月底看起来却遥不可及。就算是那样，我也不知道自己能不能得到奖学金，就算得到，大夫人会放我走吗？我深深地想念伊卡迪，一股思乡的情绪牵动起我的心，我忍不住哭了起来。

"阿杜尼！"阿布叫我，我抬头，忘了他还在车里，"拜托，你怎么哭了？"

我擦擦脸。"每一件事，阿布，"我说，"我的生活，丽贝卡，每一件事都很糟糕，我好累。"

我把手放到车门上，准备下车。

"等等，"阿布说，"丽贝卡怎么让你难过了？她又不在这儿。"

"她在。"我把那串腰珠，还有奇索姆告诉我的事情都说了出来。

阿布听我说完这一切，点了点头，叹了口气："愿真主保佑她。"

"阿门。"我说，"我觉得她当时遇到麻烦了，也许发生在她身上的事情也会发生到我头上。我觉得自己离她很近，她从阿甘村来，离我家乡不远。我多么希望她安然无事，或许她只是逃走去结婚了，或许我只是在杞人忧天。"

"阿杜尼，"阿布回过头看看远处的那栋屋子，"我想给你看一些东西。一些我在车里找到的东西……就在丽贝卡失踪以后。"

"你找到什么了？"

"但不是现在，"他说着又回过头看了看，"那东西在我房间里。等大先生晚上睡着或者他不在家的时候我再拿给你看吧，好吗？"他的脸看上去很严肃，眼神里充满恐惧。我又听到自己轰隆隆的心跳声。

"好。"我说，"你来的时候在门上敲三次，我就知道那是你了。我晚上不会给任何人开门。"

"嗯。"他点点头，"我会敲三下，然后在外面等你开门。"

"到时候，"我正说着，忽然手机在我胸口振动了一下，于是我下车走到屋外的花盆后面拿出手机。

是蒂亚小姐发来的消息：

准备登机回拉各斯，咱们明天下午的洗澡仪式上见。
你的夫人同意让你陪我去"市场"，不用回复了。XX。

我微微一笑，猜测着末尾的"XX"[1]是什么意思，一边把手机放回内衣口袋里，跑进屋里开始干家务活。

---

1 英文中短信末尾打"XX"表示亲亲，类似于"么么哒"。

44

　　事实：约鲁巴族认为双胞胎是一种强大的超自然吉兆，人们相信降生的双胞胎会为家庭带来巨大的财富和庇护。

　　"嘿。"星期一下午我朝院子里的蒂亚小姐打招呼。

　　她坐在椰子树下，一看到我立刻就弹起来，拍掉屁股上的沙土："我的天啊，看看你瘦成什么样了？自从上次见你过了差不多四个月。"

　　"是的，"我说，"从圣诞之前。"

　　她给了我一个大大的拥抱："圣诞节到现在我飞回拉各斯几次，但只是匆匆去办公室处理工作，本想着顺便看看你，但是实在抽不出身。你收到我的短信了吧？"

　　"收到了，"我说，"你母亲怎样？身体好些了吗？你和她的关系呢？"

我们出了门便往她家的方向走去，黑色的柏油马路往前笔直延伸，烈日照射下像盛满了油，上方空气被烘成薄薄的水波纹。

她点点头："她胸腔感染了，我们差一点就失去了她，但最终她还是挺了过来。我们的关系好多了……谢谢你的关心。你的圣诞节和新年过得愉快吗？你家大夫人怎么样？她还打你吗？你瘦了太多。"

她总是问我是不是还挨打，而我的回答永远都一样。"昨天从教堂回来她泼了我一身水，"我说，"有人用了楼下厕所却没有冲，她说是我弄的。她一边打我一边骂我是恶魔、肥婆、撒谎精，我连饭都没吃饱怎么会是肥婆呢？后来她强迫我把手伸进马桶，一点一点把里面的脏东西掏出来。"

蒂亚小姐露出一副想吐的表情。"这简直……"她摇摇头便什么都没有说，直到我们到了她家。一辆车停在门前。

蒂亚小姐放慢脚步。"那是我婆婆的车，"她压低声音说，"我告诉她你会陪我一起去，肯说她答应了。我简直不敢相信我要去做那些事情，希望那个洗澡仪式会有用吧，至少让她的压力，每个人的压力，所有这些都彻底停止。"她摇摇头，用只有她自己才听得见的声音说。"我从去年开始就停止吃避孕药了，我们一直在努力做正确的事情，但什么都没有发生。这真是太折磨人了。"

我知道那种药，是片剂合成的，就像在莫鲁弗家的时候卡蒂嘉为我配置的那种。如果蒂亚小姐已经停止服药并为了怀孕努力了几个月，为什么至今都没有宝宝的影子呢？

我把手放在蒂亚小姐的肩膀上告诉她一切都会变好,就像她经常安慰我的那样。

她给了我一个柔软的微笑,接着拉起我的手。"来吧,咱们试试。"

蒂亚小姐的婆婆是个很瘦的女人,鼻子像只茶壶。

她看起来就像女版的肯医生,只是没有胡子而已。她穿着昂贵的红色蕾丝连衣裙,上面镶着碎宝石。当我向她打招呼时,那个茶壶鼻子哼了一声。

蒂亚小姐上车和婆婆坐在一起,我坐在前排副驾驶座上。

"莫斯科,"医生的母亲对司机说,"我们要去伊凯贾[1]的'奇迹中心'。绍普莱特环岛路口那个,记住了吗?"

这个叫莫斯科的司机——他的大脑袋好像灌满水泥似的显得很沉重——懒懒回答了一声"好的",然后发动汽车,同时扭开收音机。我坐在旁边,在飕飕的冷风下听着收音机里的新闻,听着美国女播音员谈论着新总统布哈里,以及尼日利亚会如何变得更好。

蒂亚小姐和医生的母亲在后座上一路沉默着,车内唯一的噪声是收音机里那个美国女人发出来的。她语速太快,行驶的一个小时里我唯一听到的词是奥巴马。窗外堵得一塌糊涂,路上汽车像疯了似的狂按喇叭,司机忍不住地骂人。大约过了三个小时,汽车终于拐进一扇大门,停车,熄灭引擎。

医生母亲对蒂亚小姐说:"我们到了。我带了条围巾,拿它盖

---

[1] 拉各斯州五大管理区之一。

住你的头,这里很神圣。你把这张报纸给前面的那个人,她也得遮住头发,我实在不理解为什么你要带一个陌生人而且还是个女佣来参加这么神圣私人的事情。"

"她必须和我一起来,"蒂亚小姐说,"我们事先说好了,如果她不能一起进去,我就走。她可以用围巾,我用报纸。"

"你这样进去像个什么样子?一个穷鬼?拜托,蒂亚,注意注意形象吧。"医生母亲说话的口吻仿佛受够了蒂亚和她惹出来的"麻烦"。

"是我邀请她的。"蒂亚小姐说,"她是被我拉来的,现在却让她用报纸遮住头,这太不公平了。"

"你要是用报纸盖住头,那就不要进去。"医生的母亲说。

"行,那我就不去。"蒂亚小姐说着,双手交叉在胸前像个生气的孩子似的噘起嘴。"如果阿杜尼不戴头巾,那我一步也不迈。"

医生的母亲用约鲁巴语嘀咕着什么,我知道蒂亚小姐听不懂,但我可以。她嘀咕着抱怨蒂亚小姐的脑子有问题,她的儿子是从国外哪个旮旯找了这个哈科特港的疯女人回家的。我不希望她们因为我而争执,于是我转向后座。"我可以戴那个报纸,"我说,"如果您需要,让我穿它都行。报纸在哪儿呢?"

我给了蒂亚小姐一个眼神,求她将报纸递给我。

蒂亚小姐点头,从座位上拿起报纸递给我。我将它围起来罩在头上,这里折一下那里折一下,好几个地方都撕坏了,但最后还是被我弄成奇怪的帽子形状。

"看,还不错。"我说着给了她们一个大大的微笑。

医生的母亲哼了一声,打开车门就走了出去。"去里面见我。"

她用力关上车门就走了。我和蒂亚小姐面对面,忍不住大笑起来。

这个"奇迹中心"的先知是个矮个子男人,一对罗圈腿就像两个字母c,走起路来一弹一跳很滑稽。

他的两只眼睛毫无神采——明明睁开着,也让你忍不住想要冲上去把他喊醒。他穿着红色长袍,肚子上系着条白色腰带,白帽子斜固定着一个紫色十字架,手中拿着金色铃铛。当我和蒂亚小姐走进去,他几乎是跳起来摇响手里的铃铛:"欢迎来到奇迹中心。请坐。"

这个地方大约有三十条木头长椅,就像我在伊卡迪读书时的教室。医生的母亲坐在一张长凳上,我和蒂亚小姐坐在另一张长凳上。教堂正前方摆放着木质祭坛,上面的棕色十字架后方挂着一个人的照片,我想那个人是耶稣。但这个耶稣看上去很饿,表情有些恼怒,样子有点像蒂亚小姐在伦敦的室友凯蒂,只不过是长长的棕色头发。

为什么耶稣看上去像是外国人?也许耶稣是从外国来的。

空气中弥漫着一股刺鼻的气味,顺着气味我找到了地板上的三块绿蚊香,飘散着灰色的烟。地板上还点着红蜡烛,我数了数,祭坛周围一共有十五支。

"阿拉菲亚。"先知说。

"他在说'愿你平安',"我小声对蒂亚小姐说,"'阿拉菲亚'在约鲁巴语中的意思是平安。"

于是蒂亚小姐也对先知说"阿拉菲亚"。

我则向那个男人问好。

"阿拉菲亚。"他对我说,同时摇起了手中的铃铛。

医生的母亲用流利的约鲁巴语与先知聊起来。她说蒂亚小姐嫁给了她的儿子一年多也没有生孩子。她厌倦了为婴儿祈祷,认为蒂亚小姐体内可能有一个邪灵在吞噬婴儿。蒂亚小姐特意虔诚地过来,就是要把她体内的邪灵赶出去。当她说这句话时,目光投向我,因为她知道我懂她的话。

我看着先知的脚。他没有穿鞋子,脚指头像烧焦了似的。

"所以,你带她来接受沐浴。"先知用英语说,"这是正确的解决之道,阿门。这里是奇迹之地,每时每刻都会发生奇迹的地方。"他咳嗽了一声。"她带了换的衣服吗?她必须把穿来的衣服永远扔掉,她披着不吉不育的外衣而来,走的时候会带着一对双胞胎的祝福回家,阿门。"

"一个孩子就够了。"我小声说。

"双胞胎,"医生母亲说,用眼睛盯着我,"阿门,最好是两个男孩。"

"我带了牛仔裤和T恤。"蒂亚小姐说。

"很好。"先知说,"年轻的太太您跪在这儿,这样我好先为你祈祷。"

蒂亚小姐从长凳上滑下来跪下,我和医生的母亲也都跪下。接着先知跳起来,开始绕着蒂亚小姐走。他绕一圈,摇铃一圈,衣裳像鹰的翅膀一样撒开。当他绕着她转两圈,便摇铃两次,就这样绕了七圈,他整个人的表情像陷入昏迷似的。铃声停止后,继续在我脑子里丁零零响了两分钟。

接着他开始上下跳跃,拍着两只手哼着断断续续的咒语:"以利。……哈。……婴儿。……"医生的母亲在一旁点头附和,"是的,是的",然后说:"小男孩儿们,小男孩儿们。"

蒂亚小姐偷偷睁开一只眼睛,好像随时要大笑,然后又闭上眼。我们就这样跪着,直到先知完成他的仪式,说:"正式召唤婴儿的时候到了。"

45

事实：尼日利亚居住着一部分全世界最富有的牧师，他们的总净资产高达1.5亿美元。

先知蹬着他的罗圈腿一弹一跳领着我们穿过一条由红沙铺成的小路。

路边种着一些长满荆棘的绿色植物，像断指的手掌竖在两旁的陶土花盆里。小路尽头，一位穿着和先知一样衣服的女人走了过来，脸上挂着僵硬的微笑。她的身材纤细，手臂上满是汗毛，黝黑的脸上硕大的眼球往一侧微微倾斜，让我想起家里飞来飞去的苍蝇。她身上裹着条又薄又长的紫色布巾，仿佛收束起来的翅膀。她也戴着和先知一样的帽子，但她的帽子鼓鼓囊囊的，底下是乱蓬蓬的红色假发，看上去像是被汽车碾过很多次似的。

她在先知面前跪下来："阿拉菲亚。"

男人点点头，把手放在她的帽子上："也祝你平安，伟大的圣母。"

说完他转向我们。"这是圣母蒂努。"他说，"她拥有超凡神圣的能力，掌管着我们奇迹中心女性生育中心的事务，你可以叫她'圣母蒂努'。她会将我们的姐妹们带到河边，男士止步，我就在这儿等你们完成仪式。"

蒂亚小姐难以置信地问："现在？不能等一会儿吗？我还需要再考虑考虑。"

"你完成了摇铃绕七圈的仪式了吗？"圣母蒂努问先知。"一旦完成就必须开始，不能反悔。"说完她笑了。"仪式很快的。"

"阿杜尼能和我一起吗？"蒂亚小姐问。

"想什么呢？"医生的母亲说，"不可能。"

"阿杜尼，你可以和我们一起来，"没想到圣母蒂努说，"不过你必须在整个仪式过程中闭上眼睛。这里可不是电影院。"

"好的，夫人。"我说。

"去吧，"先知说，"仪式结束以后来教堂找我领一些擦拭身体的神圣香膏。"

"还要擦身体乳？"蒂亚小姐说，"要不干脆再来个丽思卡尔顿酒店套房标准的按摩服务，最后用贵宾轿车送我们回家？你说不过是洗个澡而已。"

"现在先别多嘴了，"医生的母亲紧咬着牙齿，"听从先知的安排。"

"跟我来。"圣母蒂努说。

我们跟在她身后左转走上另一条路。脚下的红色沙子变得冰冷而湿漉漉的,直到眼前出现一个棕色的岩石洞穴,上面开了个圆形入口供人们往里面走。空气中传来许多女人哼出的韵律,像一首悲伤的歌,又像是可怕的呻吟。

蒂亚小姐抓紧我的手,指甲几乎抠进我的皮肤里。

"这是什么地狱一样的地方?"她悄悄对我说。

"这不是地狱,"我低声回道,"这是圣地。"我喜欢蒂亚小姐,但有时她会喜欢问一些毫无意义的问题。

"她们全都在为你祷告,"圣母蒂努说,"洞穴的后面就是神圣河,你将在那里沐浴。带了要换的衣服了吗?"

"我车里有衣服。"蒂亚小姐说。

"付过钱了?"圣母蒂努的视线移到医生的母亲身上,"我们这里有严格的政策。不交费,没法开始仪式。"

"付钱?"蒂亚小姐说,"我们必须为这个花钱?"

"我已经处理好了。"医生妈妈强硬地说。

"既然如此,咱们就开始吧。"圣母蒂努说,"仪式完毕,阿杜尼,你就跑回车上拿衣服。"

"这边,"她对蒂亚小姐说,"进去低头,里面全是石头。我们可不想让你撞到脑袋,毕竟你是来祈求宝宝的,而不是满头包。"说完她自己笑了。

我们缩着脖子弓着腰像老人一样走进洞窟,里面很小,只能排队。圣母蒂努走在最前,我第二,身后是蒂亚小姐,最后是医生的母亲。里面漆黑一片，洞穴很低，一不小心我就撞到头，于是只能把腰弯得更低，几乎是爬行着往前，就这样我们艰难地穿过整个洞穴从另一边出来。眼前奇迹般地出现了一条河，树枝低垂，仿佛谦恭地低下头颅。墨绿色的浪花像卷曲的舌头拍打在灰色岩石上，舔舐着落在岩石间的褐色树叶。这个地方把我带回遥远的过去，那个时刻我仰望天空，太阳藏进云里，灰色笼罩着整个天际，一场倾盆大雨即将来临，卡蒂嘉躺在地上与死神搏斗。同样的灰暗，仿佛随时要下雨，只不过在这里，遮蔽着天空的不是乌云，而是枯叶。

河前跪着四个女人，胸口和头上都系着白色布巾，脖子上戴串贝珠。她们跪在地上身体晃动着，仿佛风在吹拂着她们，仿佛低垂的枝叶正在将一首温柔而悲伤的歌谣送入她们的耳朵。

"呜——"她们齐声低吟出一种声音，"呜——"

"我不喜欢这个，"蒂亚小姐低声说，把我的手抓得更紧了，"我一点也不喜欢。"

"我也不喜欢。"我说。

"能暂停吗？"她用力握住我的手低声说。

"安静！"圣母蒂努忽然转过身来大吼，吓得蒂亚小姐几乎弹起来。

"不许当着召唤婴儿的使者的面窃窃私语，"圣母蒂努说，"在那里等着别乱动。我去取圣布和圣帚。"

等到圣母蒂努走开，蒂亚小姐说："扫帚？干什么？"

在伊卡迪我从来没有听说过有人用扫帚洗澡，我知道海绵和黑皂，但怎么也想不到会是扫帚，我觉得事情不太对劲。"我也不知道，"

我说，"也许我们要先扫地。"

"阿杜尼，你听到圣母刚说什么了吗？"医生的母亲说，"闭上你的嘴。"

圣母蒂努拿着一块叠起来的白布和一包扫帚走了过来，她走近我才看清：整整四把扫帚！每把扫帚由无数根细尖的木棍扎到一起，顶部用红线绑起来。在伊卡迪我们用这种扫帚扫地，但在这里要干吗？

"拿着这个，"圣母蒂努说着把布递给蒂亚小姐，"脱掉你的衣服放在地上。将白布系在你的身上，小的那块系在头上。"

蒂亚小姐拿过布巾，慢慢脱下牛仔裤和T恤，留着里面的粉色胸罩和蕾丝短裤。她的小腹平坦，皮肤光滑，肚脐左侧有个深色胎记，形状像个小小的颠倒过来的非洲地图。她将那块折叠的布巾紧紧按在胸间，一个字都没有说。她的嘴唇颤抖着，好像随时要迸出愤怒的字眼，但又被什么东西束缚住了。

"来吧，蒂亚，"医生的妈妈说，"我们得快点。脱掉你的胸罩和内衣，那些也必须脱了对吧，圣母蒂努？"

"是的，所有穿来的东西都得脱掉。动作快些。"

"让她自己慢慢来。"我大声说。

"闭上你的臭嘴。"医生的母亲说。

蒂亚小姐将布系在胸前和头上，接着她从里面褪下内裤，从胸前拉出胸罩，都掉在了地上。

"现在，"圣母蒂努对我们说，"请你们两位后退几步。"

我和医生的母亲分别后退几步，像战场上的敌人彼此相距甚远。

我看着圣母蒂努领着蒂亚小姐走到河边。

我看到那几个女人停止吟唱,她们同时站起来,从圣母蒂努那里拿过扫帚,仿佛为这次行动已经计划准备了好几个星期。

接着我看到一个女人走上前一把扯下蒂亚小姐身上的布,然后开始用扫帚抽打她。一开始蒂亚小姐几乎吓呆,她站在那里,嘴巴张开成字母"O"的形状,等到反应过来以后,她开始反击。她乱踢、尖叫、嘴里大声呼喊着,但另外三个女人冲上去抱住她的手和腿,捂住她的嘴。她们脸上没有任何表情,她们奋力将蒂亚小姐拖到潮湿泥泞的河边。其中一个女人用粗硬的棕绳把蒂亚小姐的两只手反捆在背后,另一个女人则绑住她的双脚,用绳子打了一个结。

做完这一切,她们退后一步,拿起扫帚开始抽打她。

我要冲上去拼命将蒂亚小姐救下来,但不知什么东西拉住了我的腿,我的双手好像也被人缚在身体两侧,几乎无法移动。

于是我只能眼睁睁看着她们抽打她,看着蒂亚小姐在地上打滚尖叫,直到光滑的皮肤被沙子刮破,直到她的整个身体变成大地般的血红色。

46

当仪式完成后,蒂亚小姐已经不再挣扎。

她满身鲜血与伤痕地躺在地上。圣母蒂努捡起地上的扫帚把它们扔进河里,抬头喊道:"恶灵已经被赶走,赞美她的重生吧!"那四个女人拍手喊道:"以利。……哈!"

她们温柔地把蒂亚小姐拉起,从河里舀水浇在她的身上,好像在道歉:对不起,我们折磨了你。对不起,对不起,我们鞭打了你。

蒂亚小姐转身时,我看到了她的脸。我的腿变得像橡胶一样软,就像有什么东西把我所有骨头都拔了出来。我跌倒了,内心深处发出一声叫喊。蒂亚小姐的脸上布满伤痕,就像挂在她家客厅里的那幅没有眼睛没有嘴巴的青铜头像。蒂亚小姐有眼睛、嘴巴和耳朵,但它们痛苦地拧在一起。而她的眼睛露出野兽般的眼神,一种猎人要杀死猎物的眼神。

我的胸腔憋得快要爆炸，只想大喊，但这时我感到一只温暖的手搭在我的肩头：医生的母亲。

"我不知道，"她小声说，眼里闪着泪光，声音颤抖，放在我肩膀上的手指也在颤抖，"我不知道她们会这样对她，整个仪式如此残酷。他们告诉我这只是一个普通的仪式，如果当初我知道，绝不会……我应该阻止他们，我儿子要是知道了……"说到这里她叹了口气，把手从我的肩上拿开。"去把她的衣服从车上拿下来吧。"

我振作着跑了出去。我的胃搅动着，昨晚吃的豆子几乎要从喉咙里吐出来。我停下脚步，在低矮的灌木丛旁弯腰扶住膝盖。我压着肚子用力干呕，但什么也吐不出来。我用裙子擦擦嘴，继续走。

教堂后面，敞开的窗户里，我看到一个女人跪在地上，手里拿着一支红蜡烛，一边点头一边喊着"阿门"。先知在她身边跳来跳去，嘴里振振有词："以利……以利。"

我看到祭坛后面照片上的耶稣脸上不再写满烦恼，现在的他看起来疲惫而悲伤。

47

回程的车上，我们像棺材里的尸体。

没有人说话甚至动弹，车里太小，或者说这个棺材太小了。空调的冷空气将我的嘴唇吹得像鱼鳞一样干。大家一言不发，仿佛只是在用压抑的呼吸声交谈。

我的脑子里涌动着千言万语，我想告诉蒂亚小姐我对这一切感到很抱歉。我想质问医生的母亲，为什么来这里遭受苦难的不是医生，而是妻子？既然孩子是两个人共同孕育的，为什么是女人受苦？难道就因为孩子是从女人的肚子里出来的？我想尖叫：为什么尼日利亚的女人比男人受到的苦难更多！

但是这些信息并没有传递到我的嘴巴，它们只是盘旋在我的脑海里，以至于我的头开始疼起来。

医生的母亲试图与蒂亚小姐说话："我也不知道会这样，我保证——至少不会这么残忍。"她说,"我想阻止她们,但是我怎么拉得住啊,她们人那么多。而且我想到生命的奇迹,毕竟是你的孩子……咱们能不能守住这个秘密?编个故事告诉肯,别让他知道是我把你弄成这样的……想想九个月以后吧,蒂亚,一切都会苦尽甘来的。"

蒂亚小姐一路盯着窗外,什么话也没有说。她只是坐在那里,呼吸急迫而沉重,膝盖上的手指紧紧绞在一起,皮肤几乎被抽打得要裂开。

车大约开了十五分钟,来到一条小街上后放慢速度。一个卖冰激凌的小贩举着冰激凌,把鼻子贴到窗户上。

"来块冰激凌吧!"隔着窗户,他的声音嗡嗡得好像嘴里塞了什么东西。

但是当他看到车里满身伤痕的蒂亚小姐的时候,整个人僵住了,脸上冒出担心和害怕的神色。司机按下喇叭,吓得他往后一跳,跑了。

回来的时候,整个院子里都很安静。

这会儿已经是晚上8点多,大夫人应该在客厅里喝着橙汁看电视,对着CNN的新闻节目大声咒骂尼日利亚才对,但她的车没有停在院子里,她去哪儿了?我快步来到厨房后面,隔着窗户看到科菲半个身体都塞进了烤箱。我敲了敲窗,他回过头来,向我招手。

"晚上好。"我走过去和他打招呼,厨房弥漫着烤蛋糕的香气,甜腻腻的味道却让我想吐,虽然我一天都没吃东西了。

"你去哪儿了?"他问道,在围裙上擦了擦手。

"和蒂亚小姐在一起。"我说,"大夫人找过我吗?"

"她去医院了。"他说,"她的妹妹凯米发生了意外,她从店里直接赶去医院,不知道什么时候回来。大先生在客厅看电视,没用的男人,小姨子进了医院,却让我给他做糕点和咖啡。"说着他搓搓手。"对了,我必须给你看看我老家房子的照片,屋顶就快完工了,地砖还得重新——切尔,你的脸怎么拉得这么长?发生什么了?奖学金的事有消息了?你被拒了?"

"没有任何消息。"我说,"晚上有什么活我能帮忙吗?"虽然很累,但我却想干活,洗洗刷刷之间把一天里看到的可怕场面全部清空。

我只希望大脑一片空白,什么也没有。

"嗯,楼上有些衣服需要熨烫,但你状态看起来很差,回去躺下吧。有人找你的话,我帮你挡着。"

"谢谢你。"我说。

我转身正要走。

"阿杜尼。"科菲叫道。

我停下来看着他。

"你饿不饿?"他问,"大夫人不在家,我可以拿给你一些蛋糕,我记得你喜欢吃蛋糕。"

"不吃了,谢谢你,"我说,"晚安。"

他看了我一眼,叹了口气。"会好起来的,"他说,"总有一天,生活会好起来的。"

"我知道,"我发出微弱而疲惫的声音,"明天会比今天更好。"

"哦对了，阿布找过你，"科菲说，"要我去告诉他你回来了吗？"

"今晚先不了。"我很想听阿布口中关于丽贝卡的故事，但不是今晚。今晚我只想爬上床，闭上眼睛，安安静静清空我的脑子，什么也不想。

"没问题，"科菲说，"快去休息吧。"

阿杜尼：奔向光明

48

我怎么也睡不着。

不管多么苦苦哀求,睡意迟迟没有降临。虽然眼皮重得如装满湿漉漉的沙子一般,但只要一闭眼,今天目击的那一切就会出现,我的胸口就疼。我从来没有这样想念过妈妈,哪怕她能来到我身边一分钟也好,我想把一切的一切都向她诉说,那些连上帝也看不下去的可怕的事情。

就在这时,一个声音打断了我的思绪,猫头鹰在树上发出两声短促的叫声,我起身走到窗前从窗户的缝隙望出去——满月的光辉落在草丛里化成无数蓝绿色的小灯泡,发着光从大夫人家的围栏延伸向远方。我顺着月光望出去,不禁想何时才能逃离这可怕的生活,未来还会不会变得更好。

我回到床上,依旧没有困意。我想着自己的生活、蒂亚小姐、大夫人和她受伤的妹妹，还有丝毫不关心家人的大先生。富人们就算有钱又怎样呢？钱也无法帮他们摆脱生活中的种种痛苦。就这样我胡思乱想着，第一丝晨光竟不知不觉到来。

天一亮，我便洗漱好穿上制服，在厨房里找到科菲。

"早上好，阿杜尼，"他正把一颗鸡蛋在碗边敲开，"今天感觉好些了没？"

"大夫人回来了吗？"我问。

科菲摇摇头，打着哈欠。"她还在医院。我这会儿正给那个饿鬼做早饭呢。"说着他开始用叉子搅拌鸡蛋。"因为他昨晚要吃蛋糕，折腾得我到半夜才睡，结果凌晨四点又要吃炒鸡蛋。你找大夫人干吗？你现在应该拿扫帚——"

"我要出去，"我离开厨房时说，"要是大夫人回来问我，你就说我……随便吧，你想怎么说都行。"

"阿杜尼，"蒂亚小姐打开大门，"你来得真早，快进来。"

她看起来不太好，头发裹在一条黑色围巾里，眼睛又红又肿，脸像是在火里烤过似的，结出一条条黑褐色的痂痕。让我不寒而栗的是她的眼睛，充满血丝和愤怒。

"你一直在哭吗？"我想抚摩她的脸，但她缩了回去，裹紧身上的衣服。"昨天谢谢你。"她说，"我很抱歉让你遭受到那一切，你一定吓坏了……"说着她用两根手指按在眼睛上，不再说话。

"对不起，我没有救你，"我说，"我想冲过去但迈不动腿。"

她露出悲伤的微笑，伸手捏了捏我的左脸："不是你的错，你什么也做不了,我知道。"

"嗯。"我说,"医生的母亲说她也不知道会发生那样的事情,我觉得她不是个坏人。"

蒂亚小姐慢慢点头。"没关系了。"她说着转过身往院子里走,我们来到厨房的后门。她停下来,我的脚踩着清晨的青草,像踩在撒满碎冰的地毯上。

"你怎么连鞋都没穿,"蒂亚小姐说,"很冷。"

"你的脸成这样了,"我说,"很难受吧?"

"会好起来的。"她说。

"每天在脸上擦棕榈油,疤痕很快就会消失的,然后你就会变得和之前一样好看。"

她忽然拉过我的手,用力把我抱住,几乎吓我一跳。"谢谢你,"她说,"你是个勇敢的女孩。"

"医生怎么说?"我小声问,"看到你的脸,他说什么了?"

蒂亚小姐把手放在脸上轻轻抚摩着,仿佛要刮掉脑海里那些可怕的记忆。"和他母亲吵了一架,说她伤害了我。她母亲说自己只是想帮我们,然后肯说没用,一切都是白费力气,接着便把她赶出我们家。她的母亲离开的时候,肯说那个仪式注定毫无意义,因为——"她深吸口气,挺起胸脯,语速忽然急促起来。

"因为是他有问题,他不能让我怀孕。"她说,"连他妈都不知道,他从没告诉过任何人。肯没法生育——这正是他的前女友莫拉离开的原因,也是他成为一名妇产科医生的原因,因为他明白那些不孕的家庭经历着什么。他说我们婚前提过不要孩子,所以他以为这不会是个问题,没想到……该死!"她用力朝门上踢了一脚,门砰地撞到墙壁上。"该死!"她又骂了一次,然后哭了起来。这时候我才明白,她不是要去厕所。[1]

"结婚之前,他完全瞒着你?"等她缓过来一些,我说。

"我不知道。"她的声音哑得像是搅拌器里的沙子,"如果知道,也许一开始我们就可以寻找替代方案或者想想解决办法。他没有告诉我是因为他觉得我没必要知道,后来我们开始讨论要孩子,他害怕我因此而离开他。说实话,现在我感觉很乱。"

"雪上加霜的是我昨天夜里接到个电话,妈妈的病情又加重了,明天一早我就得去看她。"她叹了口气。"也许不错,至少让我可以离开这里缓缓。"

"明天会比今天更好,"我微笑着说,"一定会的。"

她从喉咙里挤出一声干咳。"我倒希望可以把教堂里的那帮人抓起来。"她说,"这种野蛮可怕的行为必须停止,简直是扯淡。"

"非常屎。"我说。虽然我并不知道蒂亚小姐口中的"bullshit"是什么屎[2],我只知道牛屎和山羊屎[3]。

听到我的话,蒂亚小姐笑了。她拿出纸巾擤鼻涕,好像要把整个鼻子连根拔起似的,然后把纸巾用力揉到一起,扔进我身后的白色垃圾桶里。"别担心,我一回来就会帮你看录取结果。"

这句话像云一般笼罩在我的头上,然后缓缓落下,罩住我的灵

---

[1] 阿杜尼并不知道"shit"(大便)还有"该死"的意思。
[2] 指的是上文中蒂亚小姐口中的"扯淡"。
[3] 阿杜尼并不知道"bullshit"的意思,她只听懂了后缀"shit"一词。

魂和意识，仿佛要把我拖到一个遥远的地方。"如果我被录取，"我小声说，"我要怎么告诉大夫人呢？"

她坚定地看着我："我会帮你说。我会告诉她你获得了奖学金，你要去念书。"

"如果……"我犹犹豫豫地说，"如果我没有被录取呢？"

"阿杜尼？"

"嗯，蒂亚小姐？"

"昨天我终于知道你经历了什么。"她说着拿起我的手。

"我的经历？"我问。

"我读了你的文章，阿杜尼。"她说，"你经历了太多，那么血腥和暴力，但你这个坚强的小家伙，脸上总是挂着该死的微笑。昨天被鞭打的时候，我想我感受到了一小部分你的痛苦——"她放下我的手，深呼吸一口，然后再次握住。"我感受到了你人生遭遇的痛苦中的一小部分，我感受到了你的生命。阿杜尼，我不得不说，你是世界上最勇敢的女孩。和你的经历相比，发生在我身上的这些乱七八糟的事情，根本算不上什么。"

我的喉咙里像鲠了块石头，一点声音也发不出来。

"先不说我这乱八七糟的事情，我大概一周以后回来，回来先帮你看结果。如果被录取了，我来帮你注册，然后咱们为你的开学做好一切准备，需要什么就买什么，任何事情你都不用担心。只要有空我就会去看你，我会尽我所能地帮助你，支持你。我知道很难说服你家夫人放你自由，但我会想尽一切办法，就算找警察把她抓起来也在所不惜。这是你努力争取得来的机会，谁也没有权力夺走你的自由。"说着她再一次握紧我的手。"如果你没被录取,我也会想办法帮你,你不能再留在弗洛伦斯身边,只是我需要时间想办法。眼下咱们就先安心等待结果吧,好吗?"

我点点头想说谢谢,眼泪却不争气地流出来。我想擦,手却被蒂亚小姐紧紧握着,于是眼泪从我的脸颊滑进脖子和衣服里。

49

事实:虽然2003年国家颁布法令明确禁止贩卖人口,但2006年联合国儿童基金会的一份报告显示,尼日利亚仍然存在大约1500万14岁以下的非法童工,其中大部分是女孩。

当我回到大夫人家时,科菲正在后院睡觉。

他躺在长凳上,白色厨师帽叠在眼睛上,两手交叉在胸前,看上去就像一具等待被推进太平间的尸体。

"科菲?"我说着拍了他两下,"你睡着了?"

"我在游泳,"他说,"在海洋中遨游。"他拿下帽子,支撑着坐起来。"阿布发疯似的一直在找你,说有事要和你说。你跑哪儿去了?"

"让阿布来我房间吧。"我说,"我去找蒂亚小姐了,我很担心她,但现在一切都好了。"

"你担心她什么?"

我耸耸肩,摇摇头。我想告诉科菲关于蒂亚小姐的事,但我必须保密。

"想想吧,如果大夫人在家,"他说,"看到整个院子脏乱成这样她会怎样呀?要是因为那个什么蒂亚小姐你丢了工作,切尔,到时候我可帮不了你,顶多只能给你递几张抹眼泪的纸巾。"

"她妹妹怎么样?"我问,"情况好些了吗?"

"在做手术。"科菲说,"几分钟前大夫人才来过电话,让我炖些鱼,然后领着她所谓的老公一块去医院。我猜她可能几天都不会回家。你怎么回事?看上去这么开心?"

虽然没人逗我,但我还是咯咯笑了,好像有什么东西挠我的脚似的。我想跳舞,于是我哼起一首离开蒂亚小姐的家便一直萦绕在我脑海中的歌曲:

这是我快乐的一天,
无比快乐的一天。

科菲站在原地看着我拿着扫帚边唱边跳,脸上也挂起微笑。

"科拉先生给你发薪水了?"当我停下舞步,他问。"难道?让我猜猜,奖学金有消息了?我记得近期就会出结果吧?难怪高兴成这样。"

"奖学金还没有消息呢。"我拿起扫帚开始扫落叶,"自从来了这里,那个满嘴胡言的科拉先生连影子都没出现过,他就是个人贩子,和大夫人一样。我就是被他贩卖的奴隶,唯一的区别是我身上没有挂铁链。"

"哟,最近念书你学了不少东西嘛。"科菲把帽子扣回头上,拍了拍,"说说看,关于奴隶你还知道些什么?"

"我知道废除奴隶制法案签署于 1833 年,"我说着用扫帚朝他脚边扫过去,"但一点用也没有。虽然制度废除了,现在人们不用铁链捆人了,也不敢明目张胆地把人卖到国外去了,但人口买卖的行为还在继续,本质是一样的,我真希望自己有一天能彻底改变这种事。不仅是买卖人口,而是真正改变人们的想法:人和人之间是平等的。"

"切尔,我发誓,如果你能做到这一点,"科菲笑着说,"我就真的得向你致敬了。谁知道呢,也许会有那么一天,你成了历史上的英雄,人人都在谈论着你的故事。"

听到他的话,我停下手中的动作,抬头看着他的眼睛。

"不是'他'的故事[1],"我说,"是'她'的故事,是阿杜尼的故事。"

---

1 阿杜尼强调"历史"不是"his-tory",而是"her-story"。

50

现在是午夜。

外面雨点像枪声一样敲打着屋顶，空气中弥漫着尘土的气息，还有我渴望自由的心情。我躺在床上和妈妈说着话，向她诉说着蒂亚小姐的遭遇、医生对她的欺骗还有我的奖学金即将揭晓的事情。就在这时，我的房门响了。

"咔、咔、咔。"

房门响了三下，是阿布。

我从床上爬起跑到门口，把柜子从门口挪开，然后开门。"阿布，"我说，"对不起，昨天你找我的时候我不在。"

"你好。"阿布说着迅速朝我点点头。我没有让他进屋，于是他就站在门外，只是快速地左右扫视了一眼漆黑的走廊，然后把手伸进口袋，拿出一张折叠的纸。他的脸上写满恐惧，衣服被雨水打湿沾在胸口。"我刚从医院大夫人那边过来,特意回来把这个东西交给你。阿杜尼,千万不要告诉任何人这是我给你的,明白吗?就算你告诉别人了,我也不会承认!"

"这是什么?"

"丽贝卡失踪一个星期以后,我在接送大先生的奔驰车里发现的。"他说,"我一直留着它,但太沉重了,沉重到几乎让我无法面对真主祈祷。我必须交出去,阿杜尼,拿着,把它从我这里拿走!"

他把那张纸交给我,接着将我的手指合拢起来,仿佛那是一张可怕的符咒。"阿杜尼,接下来我要告诉你的事情未来我再也不会提起。丽贝卡失踪的第二天,我去给大先生洗车,当我打开车门的时候……"他深吸一口气,说,"发现前排座位湿漉漉的,好像有人往上面泼水,我跑去问大先生这是谁干的,他说他不知道。于是我问大夫人,大夫人说没准儿是店里的店员不小心把水倒上面了。于是我又找到那个店员,人家说自己根本没有往座位上洒水。直到丽贝卡消失一个星期以后我发现这封信才知道原因,从那以后我就一直保守着这个沉重而可怕的秘密。"

"座位是湿的?"我疑惑地问。

"那封信,"阿布摇摇头仿佛没有听到我的话,一直沉浸在痛苦的回忆中,"它卡在车座安全带的锁扣里,当时我准备扣起安全带打扫座位,却发现怎么也插不进去,才发现里面藏了一张纸条。你有空的时候打开看看就会明白我在说什么了。我得回医院帮大夫人做事了,再见,晚安。"

话音还没落,阿布就低头转身消失在黑夜中。

我颤抖地打开它,那是一封没写完的短信,黑色字迹小而整齐,几乎连每个字母的宽度大小都一样。可是到了信的结尾,字迹忽然变得很潦草,纸上还有些污渍。

我把信放到灯光下举起来,整张纸像是被人匆忙撕下,可怕的是纸的边缘有一两处手指的印记,仔细一看,红棕色的,像是血迹。恐惧一下将我的心脏紧紧攫住,写信的人当时正在流血。

我努力按住狂跳的心脏,静下心来阅读它,四周的房间似乎跟着开始旋转。

"我叫丽贝卡,是弗洛伦斯太太家里的女仆,我管她和她的丈夫叫大夫人和大先生。不幸的是,在大先生的诱惑和逼迫下,我怀上了他的孩子,他说只要我乖乖听话就会娶我。有时候,大先生会在大夫人的果汁里放安眠药,等到她睡熟以后便来到我的房间和我幽会。

"得知我怀孕以后,大先生很高兴,说会娶我做第二个老婆,从此幸福地在这里生活下去。

"今天早上他说要带我去医院检查,但我决定写下这封信,因为我觉得有些事情不对劲儿。自从吃下他拿给我的食物以后,肚子一直很痛,但我什么都不敢说,我害怕大夫人会发现……"

后来呢,丽贝卡?你为什么没有写完?又为什么要把这封信藏在安全扣这么隐秘的地方?

我把纸折到不能再折,直到它变成一个小而坚硬的方块,就像颗子弹。我整个人都在颤抖,看来他们口中的丽贝卡所谓的男朋友就是大先生,但她为什么要把贴身的腰珠摘下来?为什么信上会有血迹?难道大先生杀害了她……还是把她彻底藏了起来?

我把信捏在手里爬上床,心里堵得慌,在床上翻来覆去胡思乱想着,以至于当门把手被扭开时,我几乎没听到。

当门把手再次发出声响,我猛地坐起来。一开始我以为是雨声,或是院里的小树枝开裂,"啪"地掉在地上发出的声响。直到堵在门后的柜子移动起来,我跳下床。

"阿布?"我记得他走的时候我没有锁门,只是用柜子挡在门口。难道是阿布回来想告诉我更多关于丽贝卡的事情?"阿布,是你吗?"

没有人回答。房间的门开了,柜子继续移动,在地面上发出刮擦的声音。

"谁?"我一动不敢动地站在床边。"谁在那儿?到底是谁?"

大先生。我知道是他。我能闻到他身上的酒精味,隔着那张门我也能感觉到他身上的邪恶。

我想冲到门口把柜子顶回去,但我知道自己的力量不够,我只能迅速藏进床底,紧闭上眼睛。

当他进来时,我屏住呼吸大气也不敢出。我听到他的脚在地板上朝我靠近,衣服发出簌簌声。我的手用力紧紧捏成拳头,仿佛它是我的唯一反击的武器。

"阿杜尼?"他的声音混着酒气飘过来。他就站在我的床边,离得很近。他那丑陋的大脚趾像折断的箭,指甲又黑又长,卷曲着几乎挨到地板。我想冲出去一口狠狠咬住他的脚,咬出血来。

"我知道你在这里。"他低声说。

床嘎吱一响,床垫几乎压到我的脸上,弹簧压向我的头、我的肩膀、我的胸膛,几乎把我全部的骨头和身体压碎。接着他整个身体都倒了下来,床垫不断挤压我的胸口,越来越挤,越来越挤,我终于承受不住,发出一声轻轻的哭声。那声音很轻,但他还是听到了。

"啊哈!"他的脸出现在我面前。脸上全是眼睛,邪恶的眼睛。

"啊哈!"他一把抓住我的脚,把我整个人拖出去压在他身下。他的身体散发着浓浓的酒精味和汗臭味。

反抗。你必须反抗。

我不知道是蒂亚小姐还是妈妈的声音。

阿杜尼,反抗,尖叫。

我发出尖锐的喊叫直到喉咙撕裂,耳朵几乎要被震破,我的声音传到窗外化作一声炸雷。他试图用手掌捂住我的嘴,但我一膝盖顶进他的肚子,只听见"噗"的一声,大先生疼得呻吟起来,开始疯狂扇我,几乎把我打蒙。

"闭嘴,"他咕哝道,"闭嘴!"

他伸出两只手把我按在地上,身体压住我。我一口狠狠咬在他的脸上,嘴巴尝到血液中的咸味和酒精气,然后一口回吐到他的脸上。

我听到他的裤子拉链扯断的声音,他的喉咙里发出咕噜噜的呻吟声。从他呼出的气息里我闻到他腐烂的牙齿混合着一丝香草的甜味,那是昨晚科菲做的蛋糕留下的味道。

反抗。

但我的手脚被死死钉在地上,怎么反抗?我不停地左右扭头,大声叫喊,紧接着他湿热的手一把捂住我的嘴和鼻子。

妈妈,我在心里哭泣着大喊:救救我,妈妈!

忽然窗外闪过一道惨白的闪电,和在莫鲁弗家第一夜的闪电一模一样。只不过这道闪电之后是震耳的雷声,轰隆巨响。我知道那是妈妈在为我打气:反抗,阿杜尼,反抗!

我用尽全身力气咬住他的手,牙齿嵌进肉里,疼得他哇哇大叫。我趁机从他的身体下爬出来,拿起床上妈妈留下的《圣经》狠狠砸到他的头上。搏斗中,他的手机亮起屏幕显示着一串电话号码,接着便从口袋里飞出去砸到地板上。手机像风扇似的转了几下,仍旧不停地响。

"婊子!"大先生像野兽似的号叫着向我扑来。

就在这时,门开了,整个地面都在颤抖。大夫人站在我的房间门口,大先生飞快地拉上裤子拉链,一把将她推开,冲出了房门。

大夫人一脸茫然,像鬼魂似的走过去捡起大先生掉落在地上的手机,拿起来,盯着它,看了好一会儿。我不知道她看到了什么,但一定是非常糟糕的事情,甚至比发生在我身上的一切还可怕。接着我看到大夫人跪倒在地,双手放到头上哀号:"卡洛琳?我的爱宝贝?不!"

她看上去那么可怜,以至于在那个瞬间我忘记了自己的遭遇、丽贝卡和大先生。

我多么想帮帮她,求她不要再哭喊,但她只是捏住手机盯着它,嘴巴张得大大的。我从没有见过她的嘴张得那样大,甚至比贝努埃河还要宽,那是尼日利亚境内最宽的河流。

51

之后的一切眨眼般飞速过去了。

我记得大夫人坐在房间的地板上哭了很久,直到我走过来试图伸手安慰她。她像不认识我一般盯着我,然后一把将我推开,冲出门跑回了别墅。

房间里只剩下我自己时,我仍然能闻到他的气味。

他的汗液,他腐烂的牙齿,酒精,还有我的恐惧。我手上的汗毛根根竖起,仿佛还没从刚才那场恐惧的事件中恢复过来。

外面的雷电已经停了,静寂之中远处传来一个女人即将生产的微弱呻吟,那声音好像从一口深深的井底传来,那么沉闷,那么凄凉。我感觉房间里闷得透不过气来,心里生出一种不祥的感觉,于是打开房门向别墅跑去。

走进客厅,我首先看到的是大夫人的假发,挂在墙壁镜子上像一张死老鼠的皮。靠垫扔得到处都是,掉在电视机、立式风扇以及沙发的周围。大夫人的金色高跟鞋歪倒在地上,旁边是那个羽毛手提包,口红、眼影、眼线笔、钱……散落一地。

大夫人坐在沙发上,双眼紧闭,眼泪顺着臃肿的脸庞流下来,几乎完全没有注意到我。我看到她颤抖的双手按在下巴上,嘴角附近有血迹。她发出沙哑的呻吟声,仿佛失去了往日的力量。堵在我心里的那团苦涩渐渐融化。

"大先生呢?"雨水浇湿的衣服和愤怒一齐紧紧包裹在我的身上,手中的信纸像一片湿漉漉的树叶,"他人呢?"

她缓缓抬起沉重的眼皮,却没有看我,眼神像喝醉了一般迷茫,但她喝下的不是酒精,而是悲伤和痛苦。

"我有一封信,夫人,"我说,"丽贝卡写的。"

"丽贝卡走了,"她拖着声音说,"走了——"

"我知道夫人,"我说,"但是她写了些东西——"说着我拿出那封信,黑色的字迹被雨水冲得褪了色,"我给您读读吧?"

她摇摇头,伸过手来。我把信递给她。她盯住纸但并没有读,她的眼睛肿得厉害,像瞎了似的。接着她将那张纸按在胸口,仿佛要把自己那颗破碎的心包起来。

"他不如把我杀了,"过了很久很久,她开口了,像对着空气说话,"其他女人的事就算了,我忍他甚至帮他收拾烂摊子,但这次太过分!阿德奥蒂长官,你太过分了!"

我转身走进厨房,科菲不在。我接了一碗温水又拿了块毛巾,回到客厅，将毛巾在水里浸了浸，拧干，然后慢慢替大夫人擦去嘴角的血和泪水。一开始她很抗拒，但是我紧紧握住她的手，直到她终于放松地闭上眼睛。就算再坚硬的人也会有软弱的时候。

我唱着以前在村里妈妈教给我的歌谣，也是我第一次坐车来拉各斯的路上唱的那首。我轻轻唱着，抬头看到大夫人的眼睛依旧闭着，却打起了呼噜。于是我把信从地上捡起，走回房间。

52

事实：尼日利亚商界中大概有 30% 的女性企业家，这些女性企业家的企业对尼日利亚的经济发展起到重要作用，然而其发展却因为性别问题而遭遇重重阻碍。

"切尔，昨晚到底发生了什么？"

科菲站在我的房间门口，茫然地眨着眼，好像脑袋刚被人打过一般。"怎么回事？"

我整晚都没有睡着。

我的脑子像洗衣机似的，思绪彻夜不停地翻滚，直到今天早上科菲敲开我的房门，才把我拉回现实。

"今早我一进客厅，里面乱七八糟，"科菲说，"大先生不在，大夫人整个人像被车撞了似的，到底发生了什么？"

"你去哪儿了?"我一只手撑在门上,另一只手捂住睡裙。科菲从来没有对我有任何不礼貌的行为,但经过昨晚的事情之后,我下意识地对男人产生了警惕。

"大先生给我放假了,"科菲说,"他昨晚特意让我出去玩。既然大夫人在医院陪她妹妹,我也没啥事儿干,就跑去以前工作的地方看了几个加纳的老朋友。说实话他给我放假我还觉得挺奇怪,但这几天实在太累了——昨晚家里怎么了?"

"没什么。"我说。

"切尔,跟我说实话,他是不是来骚扰你了?"他脸色一沉,手捂在胸口,"难怪他昨晚把我支开,阿杜尼,你跟我说实话,别光看着我啊。他对你做什么了?"

"没什么,"我说,"别问了。"

"他强奸你了?"科菲的声音忽然变得很高。"那个畜生强奸你了?"强奸这个词像是一把尖刀,我一生中从来没听人亲口说过。然而,不需要查《柯林斯辞典》,我也知道它的意思。

"他没有强奸我,"我轻声回答,但昨晚的记忆仍然使我不寒而栗,以至心脏又怦怦狂跳起来,"幸亏后来大夫人来了。"

科菲朝地上吐了口唾沫:"该死的,上帝会惩罚他的。"

"丽贝卡读过书吗?"我问,"她的英语说得怎样?人聪明吗?"

"丽贝卡?她英文不错,人却天真得很。"科菲说,"她的上一任雇主送她去学校念过书,甚至连出去度假都会带着她。后来那个女人去世了,丽贝卡才来了这里。你问她做什么?"

"没事。"我说着,心想如果丽贝卡是个聪明女孩,就会知道大先生不可能娶她,她整天都能见到大夫人,难道会看不出来大先生在撒谎吗?我终于明白原来识字懂英文并不能说明一个人就聪明。英语只是语言工具罢了,与约鲁巴语、伊博语和豪萨语一样,没有本质的区别,并不能决定一个人的智慧。

"你这儿有留下了她字迹的东西吗?"我想拿到证据,以免大先生死不认账。我必须要让他受到惩罚,就像巴米德尔必须为卡蒂嘉的死负责一样。

科菲摇摇头:"没准阿布有,她总是写好购物清单然后直接交给他,我回头问问他吧,他昨晚出去的,今天早上应该回了。"

我刚要关上房门,科菲伸过手来挡住。"大夫人叫你呢,"他说,"让你去她房间找她。她为什么让你去她房间?她从没有邀请任何人进那间屋子的,更别提是你了——昨晚是不是还有什么事情你没告诉我?"

"好的,谢谢你。"说完我关上了门。

"进来。"大夫人的整张脸像一个巨大的伤口,上面写满疼痛。虽然门开着,但是我站在那儿没动。她穿着件红色长袍,衣服像丝绸翅膀环绕在身体上。

"进来吧。"她又说了一遍,然后转身走开,"关门,坐在那把椅子上。"

我走了进去。房间正中央有张大圆床,上面铺着柔软的床单,堆了有差不多十五个枕头,我不知道她是怎么找到睡觉的地方的。我身边的墙上挂着她的孩子们小时候的照片,他们在操场上欢快地笑着；还有大夫人的照片，年轻时的她很苗条，很美，皮肤也很好，我几乎想对那个照片中的美人说句抱歉，很遗憾你未来会遇到一个坏男人，他会毁掉你的人生。

房间里的味道很奇怪，像厕所消毒水和脚的酸臭味混合到一起，我注意到左边的化妆台，上面摆满各种护肤品的瓶瓶罐罐和一个大化妆包，里面塞满了各种粉，不同颜色的口红、眼线笔、眉笔，等等。那些瓶子上写着"进口""美白""提亮肤色""润肤"一类词。

为什么大夫人要抹这么多东西到皮肤上，闻上去还有种酒精消毒液的味道？明明她以前皮肤很好，却要把脸抹得五颜六色；年纪大了以后她的膝盖和脚踝黑乎乎的，脸却白一块黄一块，有时还有几坨绿色，太奇怪了。

我坐到那把紫色长椅上，正对着大夫人的床，将裙边拉起来叠到腿上。"科菲说您叫我。"

她拨弄着手指甲，好像在检查它们是不是肿了。"我问你，阿杜尼，昨天长官他有没有……"

我摇头："不，他没有强奸我。"

她猛地抬起头，眼睛眯了起来："你知道强奸意味着什么吗？"

"是的，夫人。"我说。

"昨天蒂亚·达达，就是肯医生的妻子打电话给我，说什么要来我家跟我谈谈你的未来。你有什么未来？她以为自己是谁？给你支付薪水的人是我！她还真把你当作她环保扶贫的对象了？"说着她吸了一口气，"我一脑子火气就上来，整个人都气炸了。我把我妹妹扔在医院，让司机送我回去准备到家就把你打一顿，然后彻底让你滚到大街上去。全是因为你,阿杜尼,自从你来了我家麻烦就没停过。蒂亚·达达连我的朋友都算不上,四十岁不到的小丫头,竟然敢直接挂我的电话?我本来要先回家对付你,然后再去收拾她,结果打开你的房门,看到的竟然是自己的丈夫。"话到这里,她再也说不下去,嘴唇颤抖着。

"他每个星期都会去教堂,这么多年了,一个经常去教堂祈祷和忏悔的人为什么心里还是没有上帝?"大夫人沮丧迷惑地问。

"因为上帝不是教堂,也不是教会。"我低着下巴轻声说。

我想告诉她上帝不是一幢由石头和沙子盖成的建筑,上帝也不是被人们关在教堂里供人拜祭的。判断一个人心中是否有上帝的唯一标准就是看他怎么对待其他人,是不是像耶稣那样带着爱、耐心、善良和宽恕去面对每一个人。但我实在是太紧张了,心脏跳得飞快,以至几乎想要小便,我从制服上揪下一根红线,在手指上绕来绕去,然后捏成一小团,直到它在我的手指上打出个结。

她将一只手放到膝盖上,身体往前倾:"我一直在想蒂亚的话,阿杜尼,你知道她要和我聊什么吗?"

"不,夫人,"我轻声说,"我不知道。"

大夫人缓缓点头:"如果她要带你离开这里,你会和她一起去吗?"

我点头。

"因为长官?"

我想说的有很多,但怕她生气,于是只说了一部分:"因为您对我和科菲不是很好,您打我,让我总是哭着想妈妈。还有大先生,他也是我想走的原因。"

我咬着嘴唇不说话,话语却在我的内心流淌:如果丽贝卡是你的女儿,你一定会不遗余力地寻找她,一分一秒都不休息。在我们的关系里,你像奴隶一样对待我,反过来在婚姻中你却又是大先生的奴隶。

她往后一靠,闭上眼睛,小声地说着什么,仿佛我并不在房间里。"他怎么能这样,这样对待我们?他要是走了,我要怎么办?别人问起来,我又该怎么解释这一切呢?"

"他从来都没有陪在你身边,他做的一切都是在毁灭你。"

"这话什么意思?"大夫人的声音陡然尖锐起来,她猛地睁开眼睛。

我的声音怎么从脑海里跑出来了?我开始拼命摇头试图编个谎言。

"阿杜尼,你说这话什么意思?趁我还没撕碎你之前,给我把话说清楚。"

我的手指疯狂地揪着裙子的边缘,直到手指失去知觉。

"一切都是他。大夫人,您的丈夫是个邪恶的人。"

我抬起头,好像什么东西拧开了我嘴里的水龙头,一切苦涩、真实、尖锐的字句奔流而出。

"他总是打您,让您充满愤怒和痛苦,于是您便把内心的痛苦发泄到我和科菲身上,被打得最严重的是我。其实一切的根源都是您的丈夫,是他让您痛苦和疯狂。"他在毁灭您。最后这句话我没有说出口。

"对不起，夫人。"我看到她的眼睛几乎要从眼眶中掉出来，继续说，"是您让我说出内心话的，这就是我想说的。"说完，我像彻底泄气的皮球，慢慢站起来，呆呆地环顾四周，我不想再看她的脸。

"让我为您按摩吧？"我问，"或者给您按按头。昨晚我为您唱了一首歌然后您睡着了，我可以为您唱歌吗？那是我妈妈教我的——"

"走吧。"她说着向门口挥挥手，眼睛里湿漉漉的，但很生气，"滚出我的视线！"

53

晚上门外响起疯狂的敲门声,像有人用手一掌一掌拍在方向盘的喇叭上。整整三分钟过去,敲门声仍旧在继续。我从床上起来,拉开房门偷偷看。

"那个傻瓜在门口唧唧歪歪半个多小时了。"科菲也在走廊上,打着哈欠揉着眼睛说。

"谁?" 我走出房间关上门。我们站在一起注视着屋外,夜晚像一堵厚厚的黑墙,只听得见蟋蟀和某些其他昆虫疯狂地奏着乐曲。

"大先生呗,"科菲说,"疯了似的不停地喊。奇怪的是大夫人这一回特意吩咐我和阿布不要给他开门。

"为什么奇怪?" 我问。

"以前,她从不让我们把他关在屋外头,就算是知道他那些破事。"

"你见过他的女朋友吗?"

"他有好多女朋友,"科菲说,"我见过其中一个——绍普莱特勾搭上的小姑娘,看样子简直像才12岁,风一刮就会倒的那种,那家伙就喜欢年纪小的。"科菲低头看着我,"对了,大夫人把你叫到她的房间干什么?"

"没什么。"空气中又响起敲门声,"大夫人为什么不让咱们开门?"

科菲耸耸肩:"我刚刚不是说了吗?她从不这样。以前不管他回来多晚,她都会吩咐我给他准备吃的。这一回她告诫我们不要开门,你也见到了,那双眼睛简直跟铁似的,我从没见过她那么坚决。"

"对了,你找阿布要丽贝卡写的购物清单了吗?"

"啊,在这儿。"科菲从裤兜里拿出一张纸。"这是她写的最后一张……你明白的。"

我接过纸打开,看到上面写着要采购的肥皂、大米、保鲜膜、卫生纸等一类东西。字迹和那封信上的一样,是丽贝卡。

我重重叹出一口气:"科菲,你有没有见过她和大先生在一起?"

"好几次,"科菲皱眉,额头上拧出三条线,"我好几次发现他从丽贝卡的房间出来,两人亲密得不正常,尤其当大夫人不在时。我提醒过她要小心,她却说我在吃醋。我吃什么醋?几乎每个女佣都会被他迷住,这就是为什么我第一天就警告你要离他远点,每个来这里工作的女孩,我都会提醒她们。"

我感到浑身一阵寒意:"大夫人有没有去过丽贝卡老家找她?"

科菲摇摇头:"丽贝卡失踪一两周以后,我倒是听说大先生去过,大夫人好像没去过任何地方。"

又是一声号叫,紧接着大夫人尖锐的声音从屋里传出来:"滚回地狱去,长官,这里不是你的家。"

那个男人到底对丽贝卡做了什么?我的眼泪不知不觉又流了下来,我赶紧伸手擦掉:"我得回房间睡觉了。"

"我也是,"科菲说着又打了个哈欠,"看起来这个傻子今晚得在车里和蚊子一块过夜了,这报应太小了。"

大夫人在屋子里关了整整两天,既不去店里,也不去教堂,似乎只是在房间里躺着。早上科菲送去木薯、鸡蛋、面包或者茶,她只吃了一口就让拿出来。剩下的科菲都给我吃了。晚上她会让我过去给她按摩脚,但一句话也不说,只是坐在那里,将眼泪锁在眼眶里。我想拿出那封信再给她看看,但她那副沉重的样子让我实在于心不忍。

后来大先生不见了,我们没有再见过他。我和科菲、阿布聊起他去了哪儿,什么时候会再回来,没有人知道到底发生了什么。

大先生消失的第三天,大夫人把我叫过去。

这一次她坐在紫色长椅上,正在用手机打电话。她伸手示意让我等会儿,于是我站在一边,双手垂在身后。她看上去好多了,肿胀发紫的眼睛和那张长椅的颜色一样。

"长官的家人明天回来,"她对着电话说,"不,你不用来陪我,你安心调理身体。我知道他们会求我,昨天他的姐姐给我发短信说他一直在找家里要钱，连汽车的油钱都没了。以前连他加油的钱都是我给的，哈哈。"她苦笑起来，"啊，凯米，我一直是个傻瓜，大傻瓜。"

是的，夫人，我用眼睛告诉她。您真的太傻了。

"当我累死累活忙事业养家的时候，他家里人做了什么？帮我们照顾孩子？帮补贴家用？你是我的妹妹，"她用手擦擦左眼的泪水，"你知道我过的是什么日子。我从来没有告诉过你，凯米，这么多年，我都是把赚的钱带回家拿给他，他呢？接过钱转身花在别的女人身上，然后还打我。就算这样，我还是给他钱花，给他衣服穿，让他过得舒舒服服，他闯的祸都是我给擦屁股，结果呢？还在我的眼皮底下跟我的朋友乱搞，卡洛琳！别说什么冷静，我冷静不下来，这一切又不是我凭空捏造的，我倒希望是我自己的脑子坏了。

"怎么发现的？他手机上给人家取的名字叫'爱宝贝'，他都从来没这么叫过我！凯米，什么叫'你确定吗？'，我当然确定！我直接和她对峙了，她说这一切都是走火入魔，竟然好意思怪到魔鬼身上去！亏我还一直把她当朋友。"说到这里，她颤抖的手捂住嘴哭了起来。我想起那个绿眼睛长得像一只猫的卡洛琳，想起帮她保守秘密的女仆奇索姆，我还想起那天晚上大先生偷偷给她打电话的画面。

这才是大夫人不肯原谅大先生，也是她如此痛苦的原因，而不是因为我，一个差一点儿被她的丈夫强奸的女佣。

大夫人听着手机那一头女人的话点头，叹气。"我不知道祈祷对我还有什么用，凯米，"她最后说道，"去休息吧，你需要休息。"

挂掉电话，她把手机扔在床上然后望向我。顷刻间，那双眼里的悲伤几乎把我淹没。

"帮我按按脚吧。"她把两条腿伸出来,"我的脚踝肿了。"我点了点头,弯腰将她的脚放在我的腿上,手指轻轻按摩,想将一直笼罩在她身上的疼痛与疲惫全部推走,让她舒服起来。

就这样,她好像缓过来了一些。

"我要报警抓他,"她好像思考了很久,"对,把他抓起来,他必须为丽贝卡的失踪负责。除非他交代出那个女孩的下落,否则就在牢里一直关到死!"说着她把头向后靠,闭上眼睛。"阿杜尼?"

"在。"

"那天晚上……我记得你说过丽贝卡写了一封信。"

"是的,夫人。"希望从我心里生起,我一直在等她问起这件事。我多么希望能帮助丽贝卡做些什么。

"我想看看,"她说,"这回好好读读,你明天早上拿给我。现在我需要好好睡一觉,我的眼睛太疼了。唱一会儿歌吧。"

"好的,夫人。"

我将紫色长椅上的大夫人想象成妈妈,希望我的歌声带走她身体的痛苦,希望我的歌声能够让丽贝卡免遭不测,希望我的歌声能驱走蒂亚小姐和她丈夫之间关于怀孕的烦恼,也希望自己不再因为这些人的痛苦而痛苦。

当我唱完歌抬起头,大夫人已经闭上眼睛,张嘴轻柔地呼吸着。但下巴每隔几秒钟就会抽搐,梦中的她咬紧牙关,好像试图死守住灵魂中仅剩不多的安宁与静谧。

但那些静谧还是从她的灵魂里溜了出来,一点点散落在我们四周。

54

事实：2003年一份针对超过65个国家的调查研究表明，全世界幸福指数最高的人民生活在尼日利亚。

清晨五点我便醒了。躺在床上，我听见邻居家里养的孔雀发出丛猴[1]一般的啼叫声；我听见风吹落椰子树的树叶撞击在窗户上；我听见科菲在厨房里工作锅碗瓢盆发出的撞击声。

我感到浑身僵硬极了，起床从枕头底下拿出丽贝卡的那封信，将它折叠成正方形塞进内衣。穿好制服然后开始穿鞋——小心翼翼地将磨得很薄很细的鞋带系进内扣，我可不希望一不小心用力过度而把鞋带弄断。

---

[1] 丛猴又叫婴猴，因在夜间发出婴儿啼哭般的叫声而得名。

屋外空气寒冷，薄薄的冷露覆盖在草地上，蓝灰色的天空一望无际。我走得飞快，进到厨房时看见科菲正拿着一把大刀切面包。

"早上好。"我拿起厨房水龙头后面的扫帚，朝他说道。我轻轻拍了拍手中的扫帚然后开始扫地。扫帚一下一下扫过地面，仿佛在为一位长发好友轻轻地梳头。

"阿杜尼，"科菲叫道，"我一直在等你呢，来，先放下扫帚。"

我把扫帚放在地上，擦擦手，走进厨房："有什么事？"

"我刚刚接到大使馆朋友的电话。他说录取结果昨天出来了，等我忙完早上的活儿就给你去看看。"

"谢谢你，科菲。"我说，"蒂亚小姐会帮我去看的。对了，大夫人去店里了吗？"

"今天没去，"科菲忽然把声音压得很低，"家里来人了，那个坏家伙的两个姐姐来了，他本人也来了。大夫人说不准他们进客厅，所以他们现在都在门厅呢。"

大先生会找我的麻烦吗？当着所有人的面？

"阿杜尼，"这时候大夫人走进厨房，身上穿着黑色长袍，像是要去参加哀悼会似的，脸上也是一副寡妇的神情，眼睛四周还有淡淡的紫色红肿，"你在这儿干吗？去吃饭去。"

我摸摸自己的胸口："我？吃饭？"

"那封信在你那儿吗？"

"是的，夫人。"我说，"您现在要吗？"

"我要的时候会叫你。"她说，"科菲，你让阿杜尼在后院待着，给她找点儿吃的。我在等警察来，长官和他的家人让他们在门口会客厅等着,如果他们需要的话,也给他们拿点儿吃的。但是除了楼下厕所,哪儿也不准他们去。"

大夫人走了以后,科菲摇着头问我:"为什么要叫警察?你不是说他没对你下手吗?为什么要撒谎?她说的信又是什么意思?"

"大先生确实没对我做什么。"我说。

接下来,我告诉了他关于丽贝卡和那封信的一切。

我一直待在后院干活,直到科菲叫我。

"是不是大夫人找我要信?"我走进厨房。而他站在通往接待厅的门口,耳朵紧紧地贴在门玻璃上,光溜溜的鼻子上还沾着一块白色面粉。

"别说话。"他低声说,将一根手指按在他嘴唇上,"嘘!过来听听他们在说什么。"

我走到他身边,眼睛贴着玻璃,听见自己重重的心跳声。我看到一些人影:大夫人的身躯像一座日落时候的黑色山影;大先生的帽子像只小鸟栖在头上;还有另外一高一矮两个女人,头巾像两只巨手的阴影。

"警察呢?"我低声问科菲。

"那个。"科菲指了指最左边的人。大夫人的声音响亮而愤怒:"卡姆森警官,我在电话中跟您说了,这个男人,我的丈夫他有问题,需要被带走接受审讯。我有理由相信他和我家之前失踪的女佣有关,请把他抓起来!"

"你有证据证明你的指控吗,弗洛伦斯夫人?"卡姆森警官问道。

信！我在心里大喊，鼻子重重地压在玻璃上几乎要把这扇门砸碎。必须将丽贝卡的信交给警察。

"得了吧，弗洛伦斯，"大先生说，"你鬼扯什么？我对丽贝卡做了什么？一个女佣？她不见了又怎么样？没准是自己跑了！"说完他转身对警察说："卡姆森警官听我说，我以我父亲的名义向上帝发誓，我对那个女孩儿的失踪一无所知。没错，我是有问题，但我绝对和她的失踪没有任何关系。再说我为什么要这么做？"

"闭上你的臭嘴！"大夫人的尖叫声吓所有人一跳，包括我和科菲。科菲的头砰地撞到玻璃上，幸亏没有人回头来看我们。大夫人接着说："你怎么不告诉警官你和我的好朋友卡洛琳·班克尔的那些破事？"

这句话像一记闷雷打下来，接下来全场一片寂静。

很长一段时间里，我们只能听到大夫人的呼吸声。直到大先生两个姐姐中的一个倒在沙发上，手放在头上。"这不可能，这一定是魔鬼作祟，并不是他的本意。"

"呵呵，真够可以的，竟然怪魔鬼。"科菲低声说，"哦，魔鬼控制了我的脚，是魔鬼让我精虫上脑的。"

"弗洛伦斯夫人，"卡姆森警官挪了挪脚，"我理解您对您丈夫的愤怒，但我毕竟是警察。您有什么证据认为他和丽贝卡的失踪有关？毕竟女佣从一户人家跳槽到另一户人家是很正常的。至少目前我们没有接到任何关于失踪的报警电话。不过，"他清了清嗓子，"夫人，如果她和您的丈夫确实有不正当的男女关系的话，您和他都需要接受警察讯问。"

"我?"大夫人双手捂住胸口,"你上司没有告诉你我是谁吗?我要你把他带走,你却要调查我?你疯了吧!"

"弗洛伦斯,求你原谅我。"每个人都转过头,大先生当面跪了下来。

"请让卡姆森警官走吧,这样你我就可以好好谈论卡洛琳的事情。作为丈夫,我对不起你,我错了,但我会好好解释的。"

大夫人摇摇头,用衣服的一角擦擦眼泪。

"求求你了,"大先生的姐姐说,"先把丽贝卡的事放一边,让我们的兄弟回家。你看看他都跪下来求你原谅了!他知道错了,他现在无家可归,求求你,弗洛伦斯,让他回家吧。明天我们召开家庭会议一起好好讨论丽贝卡的事。"

大夫人深吸了一口气。她似乎正在失去战斗的力量,我想跳起来敲门,让她把丽贝卡的信给他们看,把发生在我身上的事情也告诉所有人。科菲感觉到我的激动,他把手按在我的手上,好像在说:别冲动,阿杜尼,别冲动。

"您走吧,警官,"大夫人低沉地说,"如果还需要帮助,我会再和您联络。造成的麻烦请您谅解。"说完她转向大先生。"长官,以后我不想在这个家里再见到你。阿布会收拾你的东西放在大门口,车钥匙别忘了还给我。"

卡姆森警官的咳嗽打破第二次可怕的沉默。"那我走了,"说着他迅速行了个礼,"不管怎么样,我们是为人民服务的。我希望这只是一桩家事,但如果有需要调查的地方,随时给我打电话。"

不，我不能让警察就这么离开，他还没有看过那封信呢！我还不知道丽贝卡的下落，不知道他们会不会找到她，甚至不知道她是否活着。不，不，不！

"不！"我以为自己只是在脑子里呐喊，却听到喊声充斥着整个屋子，直到那些人全回过头看着我和科菲，看到我握紧拳头砸在门上，看着科菲用手捂住我的嘴将我拖了出去。

清晨的阳光下，我坐在院子里的石头上，泪水一个劲儿地往上涌，我不停地哽咽着拼命把眼泪压下去。以前我没有为卡蒂嘉战斗，这一次我也没有为丽贝卡战斗。我明知自己手中这封信的分量，但是大夫人不让我把它交给警察，一切都白费了。我不知道自己坐在石头上哭了多久，哭到身体发疼，直到科菲从屋子里走出来。

"切尔，你还在哭呢？"他说，"我可以拿自己在老家的房子和你打赌，大先生会回来的，他会继续求她，而总有一天她会让他回家。因为她需要他比他需要她更多。在这个世界上一个女人如果没有婚姻，就算有再大成就也毫无价值，这是个无奈的事实。总之起来吧，有人找你。"

"谁找我？"我睁着哭肿的眼睛看着她。

"大夫人，"他说，"在她的房间。"

"找我做什么？"我问，但科菲耸了耸肩。

"她心情不好。祝你好运。"

我擦了擦脸走进厨房，迅速掏出手机看了一眼。将近一个小时之前蒂亚小姐发来短信：

阿杜尼，你被录取了！！！
奖学金计划中有你的名字！
我现在就来接你！！
哪怕要和弗洛伦斯撕破脸也在所不惜！
快收拾行李。
×　×

我站在厨房中央背对着科菲，他正吹着口哨把盘子勺子放进洗碗机，全然忘记了阿杜尼和她的烦恼。

我又读了一遍那条短信：我睁大眼睛念出那些字，声音却困在胸膛里，好像从容器中传出的耳语。于是我闭上眼睛，在深深的黑暗中，看到那一个个耀眼的字母连成一条长长的链带，闪闪发光，充满希望！

55

当我来到门厅时,大夫人坐在鱼缸旁的沙发上,眼睛盯着地板。

另一边蒂亚小姐激动得跳了起来。我深深吸一口气又缓缓吐出来,她身上散发的椰子油和百合花的香气让我放松下来。

她看上去状态好多了,头上戴着红色的发箍,发丝蓬松而充满生气。脸上的伤痕已经褪去,皮肤又恢复了从前的光滑亮泽。

"您的皮肤真好,"我说,"恢复得不错。"

"你说的棕榈油发挥了魔力,"她眨了眨眼,"你还好吧?怎么好像哭过似的?"

"我现在没事了。"我说。

"阿杜尼,听着,"蒂亚小姐说,"我和你家夫人已经聊过你的未来了。她知道了你的求学计划,而且答应让你今天就和我一起走。但她坚持要先和你聊聊。"

大夫人站起来勾了勾手指："跟我来。"

"弗洛伦斯……"蒂亚小姐的声音很低，像是警告。

"我只是想和她聊聊。"大夫人说，"单独。"

"那我先出去了。"蒂亚女士冲我点点头，然后走了出去，轻轻地关上门。

大夫人伸出手："那封信呢？"

我摇头。

"把信交给我，否则我不会放人。我不管蒂亚会怎么做，不要逼我，不然最后吃亏的人一定是你。"

我把手伸进内衣拿出那封信递到她手中，心情异常沉重。

她夺过信开始读，眼睛飞快地扫过那些词，脸上毫无表情，甚至当她看到那些血迹时也面不改色。接着，慢慢地，她一点一点儿把信撕成了碎片。

我震惊地看着一片一片写满黑色字迹的纸屑从她手中滑下，飘落在地板上。那些碎片撞击着我的心脏，几乎要将我杀死。

如果罪魁祸首是大夫人而不是大先生呢？或许这就是为什么丽贝卡在信里写担心大夫人会伤害她？不然为什么大夫人没有让警察带走大先生呢？我想起自己提到丽贝卡写了一封信的那个晚上，大夫人几乎没有丝毫惊讶。她很疲惫，很悲伤，但不惊讶。她接过信压根就没有读，唯一让她抓狂的只是卡洛琳和大先生的事。

我试图从她的脸上寻找答案，但看到的只有悲伤和痛苦。

"夫人，那封信上有血，"我说，"就在您刚刚撕开的地方。"

"我知道，"大夫人压低声音说，"我看到了。"

"您为什么要让警察离开?"我问,"您明明知道大先生可能伤害了她或者——"当我的声音变大时,大夫人举起手,脸上满是恐惧。"别说了,阿杜尼。"

"丽贝卡到底怎么了?"我问,"如果您现在不告诉我,我就大喊大叫告诉所有人是你杀了丽贝卡。"

她发出一声尖厉的苦笑。"我,杀人?你真的这么看我吗?"她叹了口气,"阿杜尼,我不欠你任何解释,但我还是可以告诉你,丽贝卡没有死,也没有受到伤害。我知道长官让她怀孕了,我早就知道了,是我把她赶走的。"

"血呢?"我问,"为什么信上会有血?"

"你在哪里找到这封信的?"

"在我的床底下。"我撒谎了。因为我不想给阿布制造麻烦,但正因如此我也不能问为什么车的驾驶座上是湿漉漉的,虽然我知道很可能是有人为了清洗血迹而弄湿的。"她为什么会流血?"

"接下来我说的事情只能你和我知道,"大夫人的眼睛里仿佛有一百张大嘴向我发出警告,"那天我因为身体不舒服待在家里,我丈夫也不知道我没有去店里,因为我们之间已经很久不说话了。我让丽贝卡去给我做点儿吃的,因为科菲出去了,但她没有,我不得不去房间找她。结果当我打开房门,看到她极其痛苦呻吟着一边捂住肚子,一边用力地拧下腰上的珠子。她看上去非常难受,说是喝了我丈夫给她的东西。我猜那封信应该是药效发作之前她写的,然后藏在了床下面,因为当我冲出去找人帮忙时看到它在床上。"

"我看到了那串腰珠,"我说,"在窗户上。"

她把它们取下来是因为她肚子实在太疼了。

大夫人耸耸肩:"也许我们走的时候,她把它留在了窗户上吧。家里没有别人,我不得不自己把她拖到车上。阿布出门帮我去送货了,长官不知道去了哪里,我猜他应该是让她吃了流产的药,让她自己把孩子排出来。他的孩子。"

她停下来,身体摇晃了一下:"我开车送她去医院,路上她开始流血,那时她已经怀孕四个月了——我不知道自己为什么一直没有注意到——但不管怎样,她正在失去自己的孩子。她告诉我一切都是我丈夫的责任,他说他会和她结婚。

"医生后来很快止住了血,我给她办理了出院手术,把她的手机拿过来删掉和长官的所有信息,然后开车送她去最近的汽车站。我给了她一些钱让她永远离开拉各斯,再也别回来。她没有回老家,否则科拉先生看到她后一定会告诉我,总之她永远离开了我的生活。是我要让科拉先生找一个年纪很小的女佣来家里干活的,都是我自找的,因为我不知道自己嫁了一个禽兽,毫无人性的畜生!"说完她叹了口气,"现在,收拾你的行李走吧,阿杜尼。"

我看着地板上散落的碎纸:"我怎么知道您不是在说谎呢?"虽然我感觉她说的是实话。也许丽贝卡确实把信带上了车然后顺手藏在安全带的纽扣里,也许是不小心,也许是希望被人发现。

"谈话结束,"大夫人说,"现在去拿东西然后离开我的家。"她提高了嗓门说:"达达小姐,请进吧,阿杜尼和我谈完了。"

蒂亚小姐回到屋里,看到满地的碎纸屑:"这是什么?"

"阿杜尼和我聊完了,她可以收拾东西跟你走了。"

我一路跑回房间，脱掉丽贝卡的鞋子放到床下，将工作制服也脱下来叠好放在床上。我又重新穿上了自己的裙子和从伊卡迪带来的鞋子。

我慢慢地环顾着四周——床、角落里的橱柜、地上丽贝卡的鞋子、床上叠起来的制服。

我开始把属于我的所有东西一件件装进尼龙包里：妈妈给我的《圣经》，从伊卡迪带来的九百块奈拉，我的铅笔、笔记本，蒂亚小姐送给我的两本英文语法书。我拿起丽贝卡的腰珠看了许久，双手颤抖着将它也放进包里。也许有一天我会在阿甘村遇见她，到时我会转交给她。

当思绪飘回伊卡迪时，一股强烈的悲伤将我包裹起来。我想起五六岁时和伊尼坦在小溪边玩耍，我们互相泼水，全然不知未来的生活会是何种模样。思绪像从山顶上滚落的轮胎——我想起妈妈，想起她咯咯的大笑声；我想起我的朋友卡蒂嘉，许多个夜晚我们躺在席子上分享彼此的故事；我想到丽贝卡，我祈祷着不论她身在何处，宁静和幸福都跟随着她。

直到想起卡尤斯——我一直将他悄悄地锁在脑海深处，害怕因为太过于思念而发疯——我忽然跪倒在地。

我开始为了妈妈而哭泣，她整天——无论生病还是健康——都在为我的学费劳碌，顶着炎炎烈日要在热油边煎上百个泡芙；很多个深夜她流着泪回家，因为一个泡芙也没卖出去。我为爸爸哭泣，在他的心中女孩儿一无是处，只是没有声音、没有梦想甚至没有大脑的生物。

我也为大夫人哭泣，为她身处这座巨大的牢笼里而哭泣。为了伊娅，因为妈妈的恩惠而帮助了我太多。为了卡蒂嘉，她的死亡只是为了一个置她的生命于不顾的男人。更为了我自己而哭泣，为我失去的美好和快乐，为了我承受的一切痛苦，还为了未来的希望。

我的哭泣像一曲轻柔的哀曲，鞭笞着也安抚着我的心灵。直到远处传来了呼唤我的声音，像是打断湍急的溪流一般，我的哭声停止了。

我擦了擦脸，撑起身子拿出衣柜里的衣架。我跪在床上，将衣架用力掰开，成为一条细钢丝线，像是根没有墨水的笔。接着，我开始用它慢慢在墙上刻字，用力刻出歪歪扭扭的字母的同时吹掉刮下来的墙壁粉皮，直到我的脖子和手指因为过度歪扭和用力而发疼。

刻完我爬下床，拿起装着行李的尼龙袋。走到门口时，我停下来回头望着墙壁上歪扭的字母，C像正方形的一半，A就像僵硬的三角形，但是我可以读出上面写的东西：

阿杜尼和丽贝卡

最后我带着一切悲伤、痛苦和快乐的记忆关上门。我知道就算每个人都忘了丽贝卡或者我，但是我们共同住过的这间房间的墙壁会提醒人们，我们曾经在这儿存在过，我们是有价值的人，是重要的人。

56

"我被录取了,科菲!"我大喊着跑进厨房,"我要去上学了!"

科菲扔掉手里的面团,飞奔过来紧紧拥抱我。"啊,阿杜尼!刚才我无意听到了医生妻子和大夫人的对话!你被录取了!恭喜你!"说完他吸吸鼻子,用围裙擦擦一边的眼睛。"我知道学校在哪儿,有空我会去看你的。以后你要是进城拜访蒂亚小姐,别忘了打电话给我,我已经把号码存你手机里了。"

我睁大眼睛:"你知道我有手机?"

"我的朋友,你拿到手机那天我就知道了。我甚至知道你的手机密码。我在你手机上存的名字是'我的好朋友科菲',有时间一定给我打电话好吗?"

我激动得又哭又笑。"谢谢你,科菲,我的朋友,"我说,"谢谢你为我做的一切。"

科菲挥挥手:"我不过是给你提供信息然后鼓励你,我也会为我的女儿做同样的事情。关键还是靠你自己的努力和医生妻子的帮忙。"说到这他压低声音,"对了,后来她对那封信做了什么?"

"她哭着把它撕了个粉碎……"我压低了声音说。

科菲悲伤地说:"早知道我应该为她做更多的事情,帮帮她。"

"我们什么也做不了,"我说,"大夫人告诉我发生了什么事。"

科菲的眼睛睁得大大的,然后平静下来。"希望她没事,无论她现在人在哪里,你已经尽自己最大的努力了。"说完他拍拍我的脸颊,"安心去享受你的新生活吧,等我的房子盖好了,欢迎来玩。"

"那我的工资呢?我应该问大夫人要吗?"

"算了吧,我的朋友,"他说,"我一直劝你做事情讲究智慧,这么难得自由的机会,你唯一该做的就是赶紧离开!别再想什么钱了。"

我离开科菲回到主屋,快速经过餐厅,走进那间装满了图书的房间。"谢谢你们。"我对着书架上所有书说。"谢谢教会了我很多知识。"我对着那本《尼日利亚的事实》,抚摸着上面画着绿白相间的尼日利亚国旗和闪亮的地图封面说。

"谢谢你。"我对《柯林斯辞典》和其余所有书说,是它们让我在这座监狱一般的大牢房里找到些许自由。

我就这样静静地看着书架,仿佛那是妈妈的墓穴,而我的一声声感谢是往棺材上撒去的沙子,只不过这一次我悲伤的告别里带有了丝丝喜悦和感谢。

我站在那些书中间许久,直到内心感受到些许释放,是时候离开了。走出书房时，我把门打开着，希望让那一本本书的灵魂能一同跟随着我。

"可真够慢的！"当我回到门厅的时候，蒂亚小姐说。她一副迫不及待的样子，眼中闪耀着火焰。"都收拾好了可以走了吗？"

大夫人坐在鱼缸旁的椅子上，低着头，把手中的手机翻来覆去。

"我准备好了。"我说。

"达达夫人，"大夫人抬起头，我从来没见过她脸上的表情同时写满悲伤、困惑和愠怒，"阿杜尼是个聪明的女孩，活干得不错，祝她好运。阿杜尼，"她从沙发上竖直身子，站起来走到我跟前，"把所有精力放到你自己的生活和未来上，"她慢慢地，几乎是耳语一般的声音说，"管好你自己的事情，明白我说的话吗？"

我明白那些话里的警告：关于那封信，你一个字也不能对任何人说起。

"我明白，"我说，"再见，夫人。"

大夫人点点头却没有说话。她转身离开房间，轻轻咔嗒一声关上了门。有那么一会儿，我和蒂亚小姐盯着门看，好像在等她回来。但她没有。楼梯上响起她重重的脚步声，直到一扇门砰的一声关上，整座房子颤抖。

"老天爷，"蒂亚小姐轻声说，"咱们能不能马上离开这个鬼地方？"

我们走出屋子，往院子大门方向走。

"她为什么要私下找你聊？"当我们走过一排花盆时，蒂亚小姐说，"你们聊了很久，是不是跟地上那一堆碎纸屑有关？那是一封信?"

一开始我试图编织出一个谎言来打发这件事,让蒂亚小姐不要再提起。但是我知道离开这个牢笼以后,我不能让自己继续生活在大夫人的胁迫之中,生活在一个秘密盒子里。

于是我说:"是的,信是关于丽贝卡的,是丽贝卡写的。"我回过头看着那幢巨大而充满悲伤的大宅子。"今天晚一些我会把一切都告诉你。"

这种感觉真好,能够和蒂亚小姐面对面地亲口说出一切,不论是愤怒还是难过,而不是用看不到表情也听不出语气的短信来表达。

能够彻底摆脱大夫人的威胁真好,那是她的秘密,是她的恐惧,不是我的,我不会替她背负,我要把那个秘密之盒的钥匙彻底留在这里,绝不带走。

"对了,你和医生怎么样?"我的脚步轻快起来,"好些了?"

"发生了许多事,"她叹了口气,"但我想我们会挺过去的。"

"你想?"我停下脚步,用手遮住清晨直射过来的阳光,看着她的眼睛。

"是的,我相信我们会挺过去。"她点点头,"我们决定尝试'领养'[1],你知道这个词的意思吗?"

我摇头,准备说我会用《柯林斯辞典》查一查,但很快我意识到我必须将这本书抛开,因为我已经要离开这里,开始全新的生活了。

---

[1] 原文为 adoption,采用,同时有领养的意思。

"回头我和你详细说。"蒂亚女士说着握紧我的手,"不管怎样,明天都会是更好的一天,对吗?"

一开始,我没有回答。

因为我的脑海里想不到会有比今天更加美好的一天,蓝色的天空一望无际,空气中弥漫着希望和能量的气息。我知道有一天,我会回到伊卡迪去看望我的爸爸,卡尤斯和"老大",而不再心有恐惧。

那一天终会到来,我会让自己成为一个重要的人——当我完成学业,我会闯出一条路来帮助更多的女孩有机会念书,让她们都能发出自己的洪亮的声音。

那样的一天终会到来——我会成为一名老师,让爸爸买车或是为他盖一栋新房子,甚至可以在伊卡迪建一所学校纪念我的妈妈和卡蒂嘉。也许明天真的会比今天更好!于是我点点头,"是的。"未来不管怎样都会到来,会为我们打开新局面,就算有时候会发生糟糕的事情,但我们应该充满希望。

清晨的寂静中,我们推开那扇黑色大门,过去的每一天,我都要用厚厚的抹布将它擦拭清洗四遍。我们沿着惠灵顿路走,路边的院子传出孔雀的尖叫——那是富豪们饲养的宠物——终于来到蒂亚小姐的家。远远地,我看到那座白色房子的屋顶上有一扇玻璃闪着光,似乎在朝我眨眼,说,欢迎你,阿杜尼,欢迎你即将开始的新生活。

致 谢

真诚地感谢：

感谢上帝，感谢您赐予我的每一次呼吸，让我得以写下每一个字；感谢您赐予我生命中一切和未来即将到来的种种美好。

感谢费利西蒂·布朗特，在我心中你是最棒的，感谢你为这本书付出的所有辛勤工作。感谢艾玛·赫德曼和林赛·罗斯，我的两位优秀编辑，谢谢你们对这本书倾注的善意和关怀，以及在编辑过程中提出的中肯建议。感谢版权代理机构 Curtis Brown UK 和 ICM Partners，感谢 Sceptre 出版社和 Dutton 出版社团队的伙伴们，还有帮助这本书在美国出版销售的詹·乔尔、罗茜·皮尔斯、梅丽莎·皮门特尔、克莱尔·诺齐尔、路易丝·考特、海伦·弗洛德、阿曼达·沃克、杰米·纳普、莱拉·西迪基以及所有为这本书付出心血的人。

感谢创立了巴斯小说奖的卡罗琳·安布罗斯女士，是您富有开创性的工作给予像我这样的写作者机会，2018 年的得奖改变了我的人生。感谢朱莉娅·贝尔，不论是与您在办公室或课堂上的交谈还是由您组织开设的写作研讨班，都给予我莫大的助益。感谢在伦敦大学伯克贝克学院攻读艺术硕士期间每个周四晚在写作课上收获的知识和鼓励。感谢拉塞尔·塞林·琼斯教授作为这本书最初的读者，是您让我看到梦想实现的可能。

感谢我挚爱的家人。泰茹·索莫琳教授，我成长过程中的每一次进步都离不开您的鼓励和引导。感谢工程师艾萨克·达雷，您总是开玩笑叫我"公爵小姐"，您眼中的我是那样珍贵，不管工作有多忙您总会抽出时间阅读我写的东西并给予反馈。感谢赛格，你是那么独特和无可取代。还有"耶米"，从第一天相识你就给予我莫大的信任。还有我的女儿们，她们不仅是我的生命，而且在很多方面也给予这部小说灵感。我还要感谢莫杜佩·达雷夫人、布索拉·阿沃福瓦夫人、托因姐姐、裘克阿姨、奥卢斯科还有所有女孩。我要感谢温暖的食物，感谢四季中的每一句诗，感谢人们给予我的一切善意和鼓励。感谢Glit Zallure面料公司的乌拉，是你在电话中不吝地向我提供关于面料的一切专业知识，我才得以更好地完成这本书。爱你们所有人，千言万语也无法表达我的感恩。

感谢阿杜尼，谢谢你和我分享自己的世界。在我的写作之路处于最低谷时，你来了。那是一个清晨，我听到你用蹩脚的英语发出的第一句声音，它是那么怯弱，而后的三年中你的声音越来越响亮，你生命的一切越来越清晰。你的故事不仅改变了我的生活，我相信它也将改变更多像你一样的女孩。最后我还想特别地感谢你，我亲爱的读者，感谢你选择踏上这段旅程，希望我们的相遇能为这个世界带来更多可能。

感谢！

本书提及的关于尼日利亚的事实与信息均可通过网络在线搜索得到。